हिन्द पॉकेट बुक्स

राजी सेठ की यादगारी कहानियां

राजी सेठ प्रसिद्ध हिंदी उपन्यासकार हैं। आपका जन्म अक्तूबर 1935 में नौशेरा छावनी (अविभाजित भारत) में हुआ। बचपन विभाजन की त्रासदियों में गुजरा और लिखना बहुत देर से शुरू किया। पहली कहानी 1975 में अज्ञेय जी द्वारा सम्पादित 'नया प्रतीक' में छपी थी।

राजी साहित्य की सभी विधाओं में लिखती हैं। उनके अब तक 13 कहानी संग्रह और दो उपन्यास छप चुके हैं। अंग्रेजी सहित राजी की कृतियों के बहुत सी भारतीय और यूरोपीय भाषाओं में अनुवाद प्रकाशित हुए हैं। दक्षिण एशियन अध्ययन केंद्र शिकागो विश्वविद्यालय में 30 कविताओं का अंग्रेजी अनुवाद भी हुआ है।

हिंदी अकादेमी सम्मान, भारतीय भाषा परिषद् पुरस्कार, अनंत गोपाल शेवड़े कथा सम्मान सहित अनेक सम्मानों पुरस्कारों से नवाजी गई राजी, भारतीय उच्च अध्ययन संस्थान, शिमला की फेलो रही हैं।

राजी सेठ

की यादगारी कहानियां

राजी सेठ

हिन्द पॉकेट बुक्स
पेंगुइन रैंडम हाउस इम्प्रिंट

हिन्द पॉकेट बुक्स

यूएसए। कनाडा। यूके। आयरलैंड। ऑस्ट्रेलिया। सिंगापुर
न्यू ज़ीलैंड। भारत। दक्षिण अफ्रीका। चीन

हिन्द पॉकेट बुक्स, पेंगुइन रैंडम हाउस ग्रुप ऑफ़ कम्पनीज़ का हिस्सा है,
जिसका पता global.penguinrandomhouse.com पर मिलेगा

पेंगुइन रैंडम हाउस इंडिया प्रा. लि.,
चौथी मंजिल, कैपिटल टावर -1, एम जी रोड,
गुड़गांव 122 002, हरियाणा, भारत

पेंगुइन
रैंडम हाउस
इंडिया

प्रथम हिन्दी संस्करण हिन्द पॉकेट बुक्स द्वारा 2012 में प्रकाशित
यह हिन्दी संस्करण हिन्द पॉकेट बुक्स में पेंगुइन रैंडम हाउस द्वारा 2022 में प्रकाशित

10 9 8 7 6 5 4 3 2

ISBN 9789353492854

मुद्रकः रेप्रो इंडिया लिमिटेड

www.penguin.co.in

FSC www.fsc.org MIX Paper from responsible sources FSC® C047271

This is a legitimate digitally printed version of the book and therefore might not
have certain extra finishing on the cover.

सम्मतियां

एक-एक वाक्य बोलता हुआ...बाहर से भीतर और फिर भीतर से बाहर की ओर लौटने की प्रक्रिया प्रभावशाली, गहरी।...स्थिति चित्रण करती हुई ये कहानियां उससे ऊंची उठ जाती हैं। उनमें एक विशिष्ट कहानीपन आ जाता है।

– कमलेश्वर

राजी की कहानियों में लेखकीय अनुभव की जो संजीदगी, जो थिरायापन व्याप्त रहता है, वह आवेग में बुद्धि के अनुबंध से पैदा हुआ है। कहानी में कोई अनुभव, कोई विचार कच्चे माल की तरह, हड़बड़ी में, अनपके, अधपके रूप में नहीं आता। सब कुछ अतंतः पुख़्ता, पौढ़ा, तराशा हुआ...

– डॉ. निर्मला जैन

अच्छी कहानी किसे कहते हैं, इस बारे में ये कहानियां कुछ मौलिक सवाल उठाती हैं। अनुभव से अर्थ तक पहुंचने की यात्रा इन्हें विशिष्ट बनाती है।

– राजेन्द्र यादव

कमल की तरह आकंठ अनुभव में डूबी राजी की रचना संकेतों के आकाश में खुलती है या यह अनुभव कराती है कि अपने पैरों पर खड़ा व्यक्ति कितने आकाशों को देख सकता है।

– डॉ. प्रभाकर श्रोत्रिय

कथा-यात्रा

लिखना मैंने बहुत देर से शुरू किया – अपने चालीसवें वर्ष के लगभग। मेरी कथा-यात्रा भी बड़ी विचित्र परिस्थितियों में शुरू हुई – एकदम अनजाने। जैसे कोई वर्षों से थुलथुल रेत में खड़ी अपनी नौका को धीमे से जल में उतार देता है और यह उतारना भी, बिना किसी तैयारी, बिना किसी बहुत बड़ी आकांक्षा, योजना, सोच या दिशा के एहसास के बिना स्वतः हो जाता है। 'स्वतः' शब्द का प्रयोग थोड़ी सफाई चाहेगा, क्योंकि जो रचना बाद में कहानी की तरह छपी वह आखिरकार कहानी की तरह लिखी तो गई होगी। कहानी 'समानान्तर चलते हुए' लिखी ज़रूर गई, पर अविश्वास से कांपती जिज्ञासा के अधीन कि क्या इसे कहानी कहा जा सकता है? क्या कहानी ऐसी होती है?

यह नहीं कि मैं कहानी के कलेवर से एकदम अनजान होऊं। एक संवदेनशील पाठक अव्यक्त लेखक ही होता है। वह कहानी को भोगने के साथ ही कहानी को तटस्थ होकर देखता भी है। उसका विवेचन-आकलन करता है, चाहे उसके अस्तित्व से वह बाध्यता, या कातरता जुड़ी नहीं होती, जो रचनाकार के मन में अपनी रचना के रूबरू खड़े होने पर होती है। वह आसानी से देख-सुन, बोल सकता है, क्योंकि स्वतन्त्र होता है। वह चाहे तो अपनी प्रतिक्रिया में निर्ममता की किसी भी हद तक जा सकता है, जब कि अपनी रचना पर टिप्पणी का कच्चा-सा तार लेखक को हिला देने के लिए काफ़ी होता है।

कहानी लिखने के पहले का कहानी-बोध (सेंस ऑफ स्टोरी) हर किसी की तरह मुझे भी इसी पाठकीय स्वतन्त्रता में से उपलब्ध हुआ। पर लेखक की भूमिका में आते ही मेरा असमंजस बढ़ गया। एक पाठक की तरह कितनी ही रचनाओं

को मैंने स्वीकारा या नकारा। किन्हीं लेखकों के प्रति उपेक्षा और किन्हीं के प्रति अपेक्षा का भाव मन में पाले रखा। कसौटी के इसी नाज़ुक तनाव के बीच मुझे लगा, मैं इस समय खुद खड़ी हूं – पाठकों के स्वीकार-नकार उनकी उपेक्षा-अपेक्षा के स्वेच्छाचारी एकाधिकार के बीचोंबीच। एक लेखक की हैसियत से उनकी अपेक्षाओं को पूरा करने और उनकी उपेक्षाओं को सहने का आत्मबल भी मुझमें होना चाहिए नहीं तो किसी लेखक की क्षमता से कुछ अपेक्षा रखने का मेरा कोई अधिकार नहीं बनता। इस एहसास ने मुझे इतना आक्रान्त रखा कि अपने पहले संग्रह 'अंधे मोड़ से' आगे की भूमिका में ही मैंने इसकी चर्चा की थी।

पलट कर देखने पर मुझे लगता है, इस तीखे और यातनादेह एहसास ने इस यात्रा में मेरी अलभ्य सहायता की है – रचना पूरी कर चुकने के बाद रचना के प्रति निरासक्त रह पाने में और पाठकों के मत-सम्मत के प्रति सहिष्णु हो सकने में।

पहली कहानी झोंक में लिखी गई जैसे कोई बैठे-ठाले मन में पड़ी कितनी ही बातों से खिलवाड़ करता है और किसी एक बात को कह लेने के लिए प्रस्तुत हो जाता है। एक लिखी जाने पर लगता है कि, दूसरी भी लिखी जा सकती है, तीसरी भी...और अनेक। मन में जहां-तहां रखी अनुभव की मुंहबन्द पोटलियों को टटोलने और उनके भीतर एक संसार का दर्शन पा जाने के अपूर्व उल्लास के बीच। वह भी एक नशा होता है।

पहली कहानी का अज्ञेय सम्पादित 'नया प्रतीक' में और दूसरी कहानी का डॉ. धर्मवीर भारती सम्पादित 'धर्मयुग' में प्रकाशन मेरे लिए कहानी लिखने से भी बड़ी घटना सिद्ध हुई। वह आश्वस्ति हाथ लगी, जो आजन्म लेखकीय संघर्ष का हिस्सा बनी रहती है। एक सिलसिला-सा उसके बाद चल निकला। लेखन-प्रकाशन-प्रतिक्रिया-स्फुरण और पुनः लेखन।

यों लेखन मेरे लिए न तो कभी अलौकिक रहा, न पराया। लिखने की सुगमता अपने भीतर मैंने उतने छुटपन से पहचानी, जब रंगों, ध्वनियों, संवेगों की पहली पहचान मन में बनती है। किसी भी वस्तु, कथन, चेहरा, क्रिया-कलाप तक एक नन्हीं-सी टकराहट के माध्यम से पहुंचना और उसे अपना मानसिक अर्थ दे पाने

की उधेड़-बुन में पड़ जाना। सूने प्लेटफार्म, जाती हुई गाड़ियां, छूटते लोग, बोले जाते वाक्य, सीढ़ियों की उठान के बीच की विश्रान्तियों पर पसरी दोपहरियां, चुप पर बोलते चेहरे, खोखली हंसी, संयत होने का श्रम, बिजली के तारों पर अटकी वर्षा की बूंदें...। हर जगह यही लगता रहा कि जो-जो कुछ जैसा-जैसा दीखता है, भीतर से कुछ और अलग है या विपरीत है। उस 'भीतरी' को छुआ जा सकता है, समझा जा सकता है। मोड़ा-तोड़ा जा सकता है, किसी दूसरे अर्थ में काता जा सकता है। कोई भी चीज़ इकहरी नहीं होती। वह ऐकानेक रेशों का पुंज होती है। उन रेशों को अलग-अलग किए बिना किसी सत्य की उपलब्धि नहीं हो सकती। सच एक ही है, फिर भी अनेक है, क्योंकि उसके किसी एक ही हिस्से को देख पाने की लाचारी से हम सब बंधे हैं। यह सब बातें एक ऑब्सेशन की तरह मेरा पीछा करती रही हैं सालों तक। इस ऑब्सेशन की प्रगाढ़ता में कुछ तब्दीली आई है तो इतनी कहानियां लिख चुके होने के बाद। मन के भीतर के रसायन की तब्दीली के कारण। हर एक पूरी हो चुकी कहानी, अनुभव के आन्तरिक वृत्तों में हेर-फेर करती है...अर्थ के किसी वर्तुल, किसी खोज़ को मन में पूरा करती है। उसी अनुपात में वह मुक्ति भी देती है और भीतर के आधे-अधूरे वृत्तों की स्थिति में परिवर्तन भी करती है। लिखने की प्रक्रिया मुझे लगता है भीतर की सृष्टि के बार-बार ध्वस्त होने और बार-बार बनने को सम्भव बनाती रहती है। एक घट से जैसे जल निकलता है और भरा भी जाता है। जल नया होता है, फिर भी जल तो जल ही रहता है।

उस अर्थ में हर कहानी और उस पर मिली प्रतिक्रिया जाने-अनजाने रूप से रचना से रिश्ते के परिवर्तन का कारण बनती है। दूसरे शब्दों में इसे लेखक का विकसना भी कहा जा सकता है। यह तय है कि जहां से शुरू किया था, वहां से आगे चलना महसूस किया जा सकता है, अपने आपको देखा जा सकता है। सभी स्तरों पर – जीवन से, अनुभव से, भाषा से अपने रिश्ते के बदलावों को केन्द्र में रखकर।

पलट कर देखने पर स्वयं आश्चर्य होता है कि ऐसा क्यों हुआ कि पहली कविता तब लिखी गई थी जब मैं 9-10 वर्ष की थी। एक कविता तब छपी, जब मैं

20 वर्ष की थी। (साप्ताहिक 'हिन्दुस्तान' के दीवाली विशेषांक में) तब भी इन सारे सालों में बीहड़-सी चुप्पी ही क्यों बनी रही। क्यों (इस बीच) लिखने के नाम पर उठते-बैठते लिख लेना – पत्रों में, डायरियों में, चिंदियों पर, पढ़ी जाती पत्रिकाओं के हाशिये पर। कभी-कभी फुर्सत में उन चीज़ों को पढ़ने बैठना और फिर लिखने के मोह में पड़ जाना। न कोई क्रम, न कोई सिलसिला। छिटपुट-सी चाल अनुभूतियों और विचारों के प्रगटन की।

कभी निहायत कमज़ोर तरह से रचना-क्रम की बात मन में आई भी तो लगा कि अनुभूति को विधा के ढांचे में बांधना कठिन काम है, वह कौशल मुझमें नहीं है। अब सोचती हूं, वह कौशल मैंने जब भी पाया, कहां से और कैसे पाया...क्या वह मेरे भीतर था और मुझे उसका ज्ञान नहीं था? क्या वह उपार्जन की अपेक्षा में भीतर होता ही है? अब लगता है अनुभव का आवेग अपना आकार स्वयं तलाश लेता है। वह रचनात्मक तनाव की आत्यान्तिकता में से आता है। पहले एक कच्चा प्रारूप हाथ लगता है...बाद का काम वह उत्साह, वह आत्म-विश्वास करता है, जो इस प्रारूप के हाथ लगने पर हाथ लगता है।

इस अन्तराल के और भी बहुत से कारण हैं...रहे होंगे, जिनकी जांच-पड़ताल अभी बाक़ी है। पर इसका मुख्य कारण तो लिखने और छपने के बीच रिश्ते की अनिवार्यता को पूरी तरह समझ न पाना ही कहा जाएगा। कुछ न कुछ लिख पाने की इच्छा मेरे मन में सदा रही, पर छपने की आकांक्षा मैंने कभी भी उदग्र रूप से अपने भीतर नहीं पहचानी। लिखा जाता है -- चाहे आधा-अधूरा, क्योंकि लिखे बिना छुटकारा नहीं मिलता, पर छपना? वह खिड़की ऐसी थी, जो न कभी खुली न कभी खुलने की ओर ध्यान गया। तब तक कि वह घड़ी सामने ही नहीं आ गई, जिसमें वस्तुतः पहली कहानी लिखी गई...एक नहीं, दो नहीं...एक के बाद एक...शुरू-शुरू में तो एक सप्ताह में चार-पांच। 'योग दीक्षा' और 'उसका आकाश' एक ही दिन में लिखी गई दो कहानियां हैं -- अलग-अलग तरह की पर पूरी की पूरी। दोनों में कथावस्तु की इतनी दूरी मेरे मन में अनुभव और प्रक्रिया सम्बन्धी लेखन के कई सोपानों को उजागर करती है। इस बात को भी साफ़ करती है कि

कहां-कहां के अनुभव मन में प्रसुप्त पड़े होते हैं। संवदेना का चुम्बक उसे जब कभी भी उचक ले। उसकी कोई तात्कालिकता या क्रमिकता नहीं होती। एक सृजनात्मक आवेग होता है, जो कई प्रकार के सन्दर्भों को एक साथ स्फूर्त्र कर सकता है।

मेरी कहानियों की जो कथावस्तु है, वही मेरा परिवेश है, पर उतना भर ही मेरा परिवेश नहीं है। कितना कुछ है, जो भीतर अनछुआ पड़ा है। रचना जीवन-अनुभव का बहुत थोड़ा हिस्सा काट पाती है, (क्योंकि विधा के अनुशासन में बंधी होती है) बाक़ी का सब भीतर ही पुंजीभूत होता है और समय के आघात सहता-बिगड़ता, बनता-बदलता रहता है। जब रचना की घड़ी आती है तो परिवेश को लेने जाना नहीं पड़ता। वह भीतर ही होता है--कब-कब की जीवन श्रृंखलाओं से आबद्ध। वह सतत वहां स्थित होता है, क्योंकि जीवन में बने होना सतत है। वैसे भी जीवन का प्रसार और विस्तार एक लम्बा रास्ता है...अपने आवेगों, दबावों और समस्याओं से भरा। उसकी चंगुल से कोई जितनी दूरी तक छूट कर आता है, उतना-भर रचना-प्रवृत्त हो पाता है, क्योंकि यह प्रवृत्ति अपने-आप में एक बहुत बड़ा इंवाल्वमेंट है...बहुत बड़ी मांग...भीमकाय आकार के जीवन से सतत भिड़न्त।

1975 से अब तक लेखन चल रहा है। जीवन की समस्याएं जिस हिसाब से छूट देती हैं, उस हिसाब से। पहले एक ही संसार से सामना था, अब दो संसार सामने है। एक जिसमें जीती हूं, जिसमें जीवन की समस्याएं हैं, सम्बन्ध है, पर कोई चुनाव नहीं। दूसरा जिसके बारे में लिखती हूं--वहां भी समस्याएं हैं, लोग हैं, सम्बन्ध भी हैं, पर स्वतन्त्रता भी है। हालांकि उस स्वतन्त्रता के भी अपने नियम हैं। जिनके कारण ही रचना अर्जित हो पाती है।

अब तक बहुत कुछ छप चुका है, बहुत-सा बिना छपा भी पड़ा है। छप जाने ने चेतना को बहुत से वृत्तों, बहुत से सरोकारों से खाली कर दिया है, फिर भी मैं इन्हें संचित अनुभवों की मंजूषा में से उठाई सामग्री ही कहूंगी। मुझे लगता है, अनुभव की तात्कालिकता सृजनात्मक रूप से मुझ पर शायद उतना गहरा प्रभाव नहीं डालती, जितना स्थिति के उतार-चढ़ाव के बाद मिली पारदर्शिता मेरे लिए

सोचने और लिखने का कारण बनती है।

रचनाकर्म में मान्यताओं की चर्चा मुझे उद्विग्न करती है। आज तक तो ऐसा ही हुआ, जब शुद्ध रचना सामने रही, मान्यता कोई भी नहीं रही। यही लगता रहा कि इन्वाल्वड रचना खोल देती है। मुक्त करती है। भीतर पड़े अनुभव के चुभते हिस्से को ध्वस्त करके बड़ा विस्तृत आकाश देती है। मान्यताएं बनती हैं, जब रचना लेखन के संसार में स्थित होती है। जांची-पड़ताली जाती है, परिप्रेक्ष्यों और मापदंड़ों के माध्यम से दर्जा पाना चाहती है। तब, जब समय और परिवेश यह दोनों तत्व रचना में हस्तक्षेप करता है। पहले के समय, पहले के लेखन की चर्चा चलती है। आज की ज़रूरतों और समस्याओं का ढोल पिटता है। तब लगता है जीवन परिवेश के अतिरिक्त भी एक कथा परिवेश है, उसकी भी कुछ अपनी मांगें हैं। कहे-अनकहे दबाव हैं, जिनके रहते लेखन से अपने रिश्ते, समाज से अपनी भागेदारी और समय से अपनी प्रासंगिकता को जांचने की जरूरत पड़ती है।

यह सब स्थल कभी पारदर्शी होते हैं, कभी नहीं भी होते। अक़्सर जो बातें बाहर होती हैं, या जिन साहित्यिक मान्यताओं की दुहाई दी जाती है, रचना उससे परे जा पड़ती है। इसका अर्थ है रचना की अपनी निजी सत्ता है, अपनी संचरणशीलता, देखे-अनदेखे सहस्रों अवचेतन पहलू। मैं दावा नहीं कर सकती कि मैं जो कुछ मानती हूं, वह मेरी रचना में ज़रूरी तौर पर आ ही जाता है। अक़्सर अपनी भी रेशा-दर-रेशा पहचान रचना की खिड़की से देखती बाहरी आंख से आती है। रचना को पूरेपन में पाने के लिए अक़्सर अपनी भी स्मृति-श्रृंखलाएं तोड़नी पड़ती हैं। अपने अब तक के बने अस्तित्व से बाहर जाना पड़ता है। अपने कितनी भीतर, अपने से कितनी बाहर जाकर चेतना की समूहगत स्मृति में से रचना प्रतिफलित होती है। रचना की प्रक्रिया यदि इतनी इकहरी होती, तो उसे अपनी मान्यताओं का दस्तावेज़ कह पाना आसान लगता।

यों मान्यताओं की बात ज़्यादातर राजनैतिक या वाद पक्षधरता को लेकर उठती है। उन बातों पर मैं अभी सहमत नहीं हूं। समाज से बाहर जब हम नहीं हैं तो

समाज को अलग से भीतर आने देने की बात क्या है। समय और समाज के जितने अधिक पहलुओं को समझने और पहचानने की क्षमता सृजक में बढ़ती है, उसी के अनुपात में उसके अनुभवों का चयन और रूपायन होता है। यह दबाव रचना के लिए बाहरी है कि किन दिशाओं की ओर चला जाए। एक रचना-प्रवृत्त यात्रा दिशा पाने में अपना समय लेती है और यह समय बाहर से जुड़ना नहीं, भीतर से, रचनात्मक स्तर पर, समय से भागेदारी के लिए तैयार होना है। मैं 'तैयारी' शब्द पर अतिरिक्त बल देना चाहती हूं। जो किसी जलवायु में बने रहने से स्वतः होती रहती है। कथा-जगत के सरोकार बदल रहे हैं, क्योंकि हममें से हर कोई बदली हुई जलवायु में सांस ले रहा है।

अब तक की इस यात्रा के दो ही पड़ाव मेरे सामने हैं। एक जिसमें मैंने लिखा, सुध-बुध भूल कर लिखा...लिखते होने के एहसास को भी भूलकर लिखा। परिवेश की उन्हीं-उन्हीं समस्याओं के बावजूद लिखा। यह स्थिति अब बदल गई है। आत्म-सजगता का प्रवेश हो गया लगता है। यह स्थिति अच्छी है या बुरी, मेरे लिए कह सकना कठिन है, पर बकौल जैनेन्द्र जी के स्वाभाविक ज़रूर है। अपने सृजनात्मक उल्लास में अकेला पनपता रचनाकार कब परिवेश और पाठकों के एक बृहद् संसार को अपनी चेतना में इतनी दूरी तक प्रवेश पा लेने देता है, उसे पता ही नहीं लगता। पता लगता है, जब रचनामनस परिवेश की समस्याओं को लेकर अपने को चिंताग्रस्त पाता है...जब उन समस्याओं से लगे दबाव अपने लगने लगते हैं। जब शब्द-सृष्टि का अर्थ एक व्यक्तिगत सुख या उल्लास नहीं रहता, दायित्व भाव बन जाता है। जब अचानक एक ऐसी सम्बन्धता, एक ऐसी प्रतिबद्धता उन चीज़ों के बारे में महसूस होने लगती है, जो अपनी सृष्टि होने पर भी मन में मात्र निजी होने का भाव नहीं जगाती। जब परिवेश से सम्बद्ध होने, उसे समेट पाने की चेष्टा भीतर जागने लगती है। जब पात्रता को अर्जित करने की ओर ध्यान जाने लगता है। तब लगता है, कितना कुछ अपने भीतर गुज़र चुका है, अपने और अपने परिवेश के बीच एक धड़कता हुआ रिश्ता कायम हो गया है। जो बदलाव में से गुजरता भी है, बदलने की चुनौती भी देता है।

मैं यह नहीं कह सकती कि इन सब सालों की यात्रा में मेरा कथ्य से, भाषा से, सरोकारों से वही रिश्ता है जो पहले था। हर कहानी का कथ्य मुझे भीतर से मुक्त करता है और एक नई सृजनात्मक संगति को जन्म देता है और नितान्त नई रचना का कारण बनता है।

यों नई रचना का अर्थ नई दृष्टि का होना नहीं है। दृष्टि तो एक ही होती है--रोशनी की तरह, जो कमरे में रखी सारी की सारी चीज़ों को एक साथ आलोकित कर देती है। दृष्टि में प्रकार नहीं होते। दृष्टि में एक निरासक्ति भी होती है--देखना...बस देखते होना (अर्थात् भोगना नहीं) भोगने वाली स्थिति दूसरी होती है। वह यातना में बने होने का भाग है, जो दृष्टि को धूमिल भी कर सकता है। जब हम यातना को जानते हुए पकड़ते हैं और जब हम यातना में होते हैं, उन दोनों की भाषा में फ़र्क है। यह अन्विति रचना के बीच ही किसी बिन्दु पर जाकर सधती है।

शायद इसीलिए अन्तिम कुछ भी नहीं होता, क्योंकि हो ही नहीं सकता। खोज़ होती है...दौड़ना होता है रचना की पूर्णता की तलाश में। इसीलिए बदलाव की प्रक्रिया चलती है। बदलाव के जो पड़ाव हैं, वह तो आलोचकों को ही दीखेंगे। मुझे तो एक सातत्य की अनुभूति होती है, एक यात्रा की तरह जो एक चलती सड़क पर अपने दोनों ओर के दृश्य देखती और आंकती चलती रहती है।

– राजी सेठ

कथा-क्रम

ग़मे-हयात ने मारा

मैंने उसे तुरन्त ही पहचान लिया था। विशाल सहन के बीचोंबीच रखे, बड़े हवनकुंड के उस पार वाले हिस्से में वह अपने घुटनों को बांहों में घेरे दत्तचित्त बैठी थी। लपटों से बनती भाप की थरथराहट के पास उसका चेहरा अचानक मेरी पकड़ में आया था।

वह थी – चन्नी। माथे की ढलुवां गोलाई को काटती सुघड़ नाक, भरे-भरे होंठ। दंतपंक्ति में दाएं को अलग से उठा हुआ एक दांत, जो दोनों होठों के मिलाप को बाधित करता था। चेहरा पहले से ज़्यादा भरपूर, माथे पर बड़ी-सी बिन्दी, जिसके चलते सारा मुख-मंडल नया-सा लग रहा था। उससे लगकर जो व्यक्ति बैठा था, शायद उसका पति होगा।

मैंने उमगकर अपनी बांह उठाई। सिर के ऊपर ले जाकर हिलाई, उसे सत्कारते हुए। आंख मिली थी। पहचान चटक हुई थी। पर वह साझा क्षण उसी निमिष टूट गया था। मुझे लगा उसी ने टूट जाने दिया है। मुंह फेर लिया है।

अविश्वास को भ्रम का सहारा दे देना सहज लगा। हवन के समाप्त होने की प्रतीक्षा की।

'ओउम् अग्नये नय सुपथा' पंडित जी उपासना मन्त्रों के निकट पहुंच रहे थे। अपनी दोनों फैली हथेलियां ऊपर को उछाल रहे थे। लोगों को उपासना मन्त्रों के उच्चारण में सम्मिलित होने को उकसा रहे थे।

अनुष्ठान के अन्त तक आते तो वातावरण काफ़ी सामूहिक और समावेशी हो चला था। मृत्यु के प्रसंग की प्रगाढ़ता पिघल रही थी।

अब, जेठे को पगड़ी पहनाने की रस्म, फिर दान-दक्षिणा, फिर सामूहिक रूप से उच्चारा जाता शान्ति पाठ। बन्द आंखें। अपने-अपने आसनों पर खड़े हो चुके लोग।

'ओउम् शान्तिः...शान्तिः...शान्तिः ओउम्।' ओंकार की पिछड़ती लय अभी डूबी भी नहीं थी कि मैं भीड़ काटकर सहन के उसी हिस्से में पहुंच गई थी। वह वहां नहीं थी। वह कहीं भी नहीं थी। मेरी अधीरता ने उसे लगभग हर सम्भव जगह ढूंढ़ा।

भीड़ छितरने लगी थी। मैंने गेट के पास ऊंचाई पर के एक कोने में अपने को स्थित किया। वहां जल्दी ही मृतक के सगे-सम्बन्धी कतार बांधे, हाथ जोड़े, आगतों को विदा करने के लिए खड़े हो जाने को थे।

मेरे देखते-देखते परिजनों की आमने-सामने खड़ी कतारों के बीच एक गलियारा जैसा बन गया था, जिसमें से हो गुज़रता हर व्यक्ति मुझे साफ़ दीख रहा था। भीड़ छंट गई थी। वह कहीं नहीं थी। जाने कब तिरोहित हो गई थी।

मैं जैसे ठगी-सी गई। समझ नहीं पाई कि यह मेरी अवहेलना है या उसके घाव अभी भी हरे हैं।

यह चन्नी का वर्तमान है, जिसमें वह अचानक, इस तरह प्रकट हुई है। चन्नी का एक अतीत भी है, जिसमें एक दुर्घटना है। दुर्घटना ने चन्नी के जीवन की निरंतरता को काट दिया है। क्या वह अभी भी बीच में बिछी उसी सुरंग में से गुज़र रही है?

चन्नी के अतीत में मैं भी हूं। उसमें शामिल नहीं हूं, पर उसके साथ चलते-चलते उसे देख-सुन रही हूं। अतीत के लड़ते-भिड़ते, लांघते-फलांगते दृश्य इस समय मेरे सामने हैं।

मैं और चन्नी स्कूल जा रहे हैं, इकट्ठे । खेतों, खलिहानों, पगडंडियों को लांघते-फलांगते। निमौलियां बीनते, कच्ची इमली, आम और जामुन बटोरते, हरे छोलिए की झाड़ियां उखाड़ते, रहट वाले कुओं पर रुकते, दृश्य को जी-भर निहारते, छल-छल पानी में पैर छपछपाते।

यह सब दृश्य मेरे लिए नये हैं, खूब रोचक और उत्तेजक। चन्नी इन सब चीज़ों से एकरस है...भीतर तक घुली हुई, आनंदित।

मेरे पिता चन्नी के कस्बे में जिला विकास अधिकारी के पद पर स्थानांतरित

होकर आए हैं। पिता की उस कस्बे में पोस्टिंग मेरी नागरी समझ को खूब रोमांचित करने वाली है। मैंने यहां आकर दसवीं में दाखिला लिया है। चन्नी उस कक्षा में एक साल पहले से पढ़ रही है। शायद पिछले साल फेल हो चुकी है। वैसे भी वह मुझसे उम्र में बड़ी है।

चन्नी का असली नाम चन्द्रकुमारी गुप्ता है। यह नाम उसकी बुआ ने रखा है। ऐसा चांद का-सा नाम उसकी मां तो रख ही नहीं सकती थी। ऐसा चन्नी कहती रहती है। अपनी मां से उसकी बिल्कुल नहीं पटती फिर भी वह हर समय अपनी मां के राग अलापती रहती है।

हमारा घर अनाज मंडी में है। चन्नी भी वहीं रहती है। हम दोनों मंडी के ऊपर बने चौबारों जैसे घरों में आस-पड़ोस में रहते हैं, इसीलिए साथ-साथ स्कूल जाते हैं। मंडी से स्कूल का फासला डेढ़ मील का है, पर इस फासले को छात्रों द्वारा पैदल ही पाटने का वहां चलन है।

मंडी का इतिहास-भूगोल मेरे लिए उतना ही नया है, जितना यहां की और सब चीज़ें। दो सदर दरवाज़ों वाली चौखूंटे आकार वाली विशाल चारदीवारी जिसमें चौबीस घंटे गहमागहमी मची रहती है। यह गल्ले की आढ़त तथा अनाज के थोक व्यापार की मंडी है।

मंडी का दृश्य कुछ-कुछ ऐसा है। जगह-जगह अनाज की ढेरियां, बोरियां, मवेशी, खुली और जुती हुई बैलगाड़ियां, दुकानों के सामने लटके भीमकाय तराज़ू, ढ़ेरों व्यापारी, मज़दूर, पट्टेदार, गुड़ की भेलियां, भिनभिन मक्खियां, तेल-घी के पीपे। चौबीस घंटे जलेबियां छानते एक हलवाई की दुकान मंडी के बीचोंबीच। एक हैण्डपम्प, एक परोपकारी कुआं, जिससे पानी की गागरें भर-भरकर झीवर ऊपर बने घरों में पहुंचाते हैं। दुकानों की गद्दियों पर स्थापित लाला चौबारों पर चढ़ती-उतरती स्त्रियों को कनखियों से ताक़ते तौलते रहते हैं।

नीचे गल्ले की दुकानें हैं, ऊपर घर। नीचे पुरुष हैं, ऊपर स्त्रियां, बच्चे। नीचे का सब कुछ दृश्य है, ऊपर का सब-कुछ अदृश्य। नीचे खड़े होकर देखने पर दीखती हैं, लम्बाई में नीचे तक फहरती चुन्नियां, साड़ियां। या फिर दुकानों के साथ-साथ लगी सीढ़ियों में से अचानक प्रकट होती स्त्रियां। स्त्री प्रायः एक सीढ़ी

से उतरकर दूसरी सीढ़ी में चढ़ जाती है। वह चादर से इतनी ढकी हुई होती है कि चलता-फिरता लबादा जैसी लगती है। घरों से बाहर जाने-आने का यही एक रास्ता है। जो कोई भी कहीं आता-जाता है, नीचे बैठे लोगों को दिखाई देता है।

चन्नी खूब स्वस्थ है, खूब सुन्दर। नख-शिखवाली सुन्दरता उतनी नहीं जितनी गोलाई-चिकनाई वाली सुन्दरता। खूब कसे गोल गुलाबी गाल, चंचल आंखें, दाईं ओर दंतपंक्ति के बीच एक उठा हुआ दांत जो दोनों होठों को अधखुला रहने देता है। इस मुद्रा में चेहरा और ज़्यादा सुन्दर लगता है। उसे देखकर लगता नहीं कि वह रोज़ मां से पिटकर आती है। सिर को ढांके रखने के लिए पल-पल दुपट्टे तक पहुंचते उसके हाथ, सदा दिखाई देते रहते हैं। उसके नाखूनों पर झांकते चिकनाई के निशान उसके घर की कहानी कहते हैं। हर समय सिर ढंकने और गले के पास दुपट्टे को दोनों छोरों से पकड़े रहने की मज़बूरी उसकी नहीं, उस कस्बे में रहने की है, जहां ऐसा ही लड़कीपन चाहा और सराहा जाता है।

खेतों, पगडंडियों, फसलों, कुओं से बतियाने और दोस्ती करने का ढंग मुझे चन्नी ने ही सिखाया था। मंडी का सदर दरवाज़ा छोड़कर सड़क पर आते ही वह कहीं से एक संटी तोड़ लेती और ईख की खड़ी उठान को छेड़ती, झकझोरती, गाती जाती। उसके इस जीवन्त खिलन्दड़ेपन को मैं मुंह-बाये देखती। वातावरण से इतना एकरस, इतना तन्मय देखकर यह अन्दाज़ा लगाना कठिन होता कि वह आज भी मां से पिटकर आई है। वह लगभग रोज़ ही अपनी मां से पिटती है, यह सूचना भी चन्नी की ही दी हुई होती। बकौल उसके उसकी मां को उससे वैर है, क्योंकि चन्नी के पैदा होते ही उसके ऊपर वाला भाई हैजे से मर गया था। मां के हिसाब से यह घर में चन्नी के अशुभ पदार्पण की छाया है।

स्कूल से वापसी पर ईख का खेत पार करते ही सरदारी का कुआं दिखाई देने लगता। कुएं को देखते ही चन्नी का तेवर बदल जाता। कंधे से बस्ता उतारकर वह एक कोने में पटक देती। सिर से दुपट्टा उतारकर कमर में बांध लेती। सैंडिल खोलती, जूतों की उस जोड़ी को अपने नीचे रखकर पानी की निकासी के लिए बनी मेंड़ के किनारे धसककर बैठ जाती। उन छोटी-छोटी नालियों में ठंडा पारदर्शी पानी बहता होता, यह अद्भुत मनोहारी दृश्य होता। बैलों की

जोड़ी गोल-गोल घूमती, रहट से पानी खिंचता, टीन के डिब्बे गुडुप-गुडुप पानी उलटते और नालियों की राह पानी खेतों को चल निकलता। चन्नी अपना आपा भूलकर बहते पानी में पैर डाले बैठी रहती। स्कूल के टिफिन का आधा बचाया गया खाना निकालकर वह बगल में रख लेती। ऐसा लगभग रोज़-रोज़ होता।

मेरा बेचैन होना चन्नी के चैन में होने के साथ-साथ चलता। चन्नी के कुरते पर फैलते कीचड़ के निशान मुझे बेतरह परेशान करते, तिस पर घर पहुंचने में देरी का डर।

'चन्नी, उठ न, जल्दी चल, नहीं तो तेरी मां मारेगी।'

'चुप बैठ' पेड़ों पर बैठे तोतों को देखते चन्नी मुझे झिड़क देती--'बताया नहीं था, मेरी मां तो पूरी पागल है। जब मुझे पीटने लगती है तो उसका झोंटा खुल जाता है और फिर तो वह एकदम पागल लगती है। मैं तो चुड़ैलों जैसा उसका चेहरा देखती रहती हूं। पिट रही हूं, इस बात की तो मुझे याद ही नहीं रहती।

ऐसी बातें मैंने कभी सुनी नहीं थीं। ऐसी मां भी मैंने कभी देखी नहीं थी। उसकी मां की मूर्ति का खाका मैंने घर जाकर अपनी मां के सामने खींचा था। सोचा था, खुश हो जाएगी। तुलना में अपने को अच्छा मानेगी, पर मां थी कि चिन्ता में पड़ गई थी। पिताजी से खुसफुस में लग गई।

नतीजा यह कि दशहरे की छुट्टी के बाद मेरे स्कूल जाने-लौटने के लिए मैकू का साइकिल रिक्शा बांध दिया गया। मैकू, घर वालों का मुंह लगा रिक्शा वाला तो क्या पूरा गार्जियन था। पल-पल की खोज़-खबर रखता। चन्नी का और मेरा साथ इस तरह छूट गया। मुझे खूब बुरा लगा। चन्नी के चलते मैं कोई दुनिया देख रही थी। मुझे लगा शायद चन्नी को भी इतना ही बुरा लगा होगा, पर तब मुझे मालूम नहीं था, कि चन्नी के मन में दूसरों के दर्दों के लिए जगह नहीं है।

हो सकता है, मेरा साथ छूट जाने से चन्नी को सुविधा ही मिली हो। नहीं तो क्यों सरदारी का ही कुआं? क्यों देर? क्यों बचाया हुआ खाना? क्यों वैसी तन्मयता और अतिरेक कि देह को पड़ती मार, मार ही न लगे। पहुंचे हुए लोगों की तरह अपने से अलग होकर वह अपनी मां की त्वरा देखती रहे। कस्बे के इतिहास-भूगोल के चलते हो सकता है, यह दयालु-कृपालु कुआं ही चन्नी नरेन्द्र के लिए असली 'लोकेल' रहा हो।

फरवरी और अन्त का दिन। लीप ईयर की पूंछ लगी होने के कारण वह दिन सदा याद रह जाने जैसा है। वैसे भी उस दिन मेरे छोटे भाई का जन्मदिन मनाया जाना था।

मंडी की ऊंची दीवारों में उगते सवेरे को एक उन्मादी आर्तनाद ने जगाया था। हवा को लपेटती दारुण जैसी चीखें। चीखों का पीछा करते चारदीवारी में धीरे-धीरे हो हल्ला गाढ़ा हुआ था। पता लगा अनाज के सबसे बड़े व्यापारी चौधरी चतुरसिंह चन्देल के लड़के नरेन्द्र और घी-तेल के सबसे बड़े आढ़ती गोकुलचन्द गुप्ता की लड़की चन्नी ने विष पीकर आत्महत्या कर ली है।

रेशम का कुर्ता पहनकर मरे नरेन्द्र की ऐंठी हुई मुट्ठी में एक मुड़ा-तुड़ा पत्र पाया गया था। उसमें जो तफसील दर्ज थी, वह कुछ-कुछ इस अर्थ की थी -- प्रेम की राह में रोड़े अटकाने वाले पिता को दंड और अपने दोनों की एक साथ मुक्ति। आगे फिर मुक्ति की योजना का खुलासा किया गया था कि कैसे रात को गुलाबी चुन्नी ओढ़कर चन्नी भी, अपने घर में ठीक उसी समय, जहर खाएगी पर आखिरी आरज़ू यह है कि अर्थियां उठाई जाएं एक साथ। मंडी के सदर दरवाज़े से दोनों अर्थियां साथ-साथ निकलें, इकलौते की इच्छा मानकर।

चौधरी चतुरसिंह चंदेल की संस्कारी अहंकारी उठान पर ऐसा हिंसक वार। वह भी अपने बेटे द्वारा। बेटा भी इकलौता, जिसे इकलौता ही रहना था, क्योंकि चौधराइन की जनाना क्षमताओं में चिकित्सा की ग़लत दखलअंदाज़ी से खोट पैदा हो गया था। पंतनगर विश्वविद्यालय से कृषिविज्ञान से ऊंची डिग्री लेकर आते बेटे के चर्चे अभी तक लोगों की ज़ुबान पर ताजा थे। सुना था, इस मौक़े पर चौधरी ने सोने की मूठ वाली एक छड़ी नरेन्द्र को दी थी और रिश्तेदारों में गिन्नियां बांटी थीं।

अपनी खाल खिंचवाकर बेटे के जूते सिलवा सकते थे चौधरी, पर बनिये की बेटी के हाथ में सपूत का भविष्य नहीं सौंप सकते थे। प्यार होता है, होता रहे। बछड़े मुंह मारते हैं, मारते रहें। यह सब तो राजसी मिजाज के लक्षण हैं। असली बात तो गठबंधन की है। खानदान की लीक और रक्त की शुद्धता की। ठाकुरों का पुंसत्व, पुश्तों से इसी तरह अपने बीजों की रक्षा करता आया है, किसी से

मूंछ नीची नहीं की। अब भी क्यों करेंगे। क्या बनिये की छोकरी से मात खा जाएंगे। हूर की परी क्या कोई एक यही छोकरी है।

हूर की परी का फंदा, चौधरी समझते न हों, ऐसा नहीं था। संताप-विलाप में टूटते संतुलन के माहौल में कितनी ही पोशीदा बातें जाहिर होती गई थीं। चौधरी का रोना था कि वह तो चन्नी के अजीब तर्ज के अंकुराए गदराए जोबन से वैसे ही खबरदार थे। कसे कुर्ते और चुन्नटदार चुस्त चुन्नी में, बनी-संवरी चन्नी को, सीढ़ियां उतरकर, दरवाज़े तक जाते हुए जब वह कनखियों से देखते तो कुल पुरोहित की मार्फत, राजकुंवरी की तलाश की मुहिम तेज़ कर देते। उम्मीद बन आई थी कि मुहिम रंग लाती...वह कोई ऐसे ऐरे-गैरे तो थे नहीं कि सामने वाले के लालच और जोश-खरोश की ताब न ला सकें।

यह सब कुछ दिन चलता रह सकता था। अगर सुनार...

सुनार मातमपुर्सी में आया तो थर-थर कांप रहा था। वही शायद अपना पाप धोने के लिए अपनी कमअक्ली का किस्सा बारम्बार बयान करता रहा था। ऐसे हिलक-हिलक कर उसे रोते देखा तो पास खड़े बुजुर्ग ने तसल्ली दी, 'चुप रहो बरखुरदार, तुम्हारा क्या कसूर। यह तो होनी थी जो तुम्हारी देह में दाखिल होकर बैठ गई, नहीं तो जैसे इतने दिन चल रहा था और चल जाता...छोरा अपने-आप संभल जाता।'

सुनार हाथ बांधे उनके सामने खड़ा था, गाव तकिए के सहारे मसनद पर बैठे चौधरी ने देखा। 'कुछ दिन पहले जड़तवाली एक मुंदरी आई थी हुजूर, रकम वसूली नहीं पाई। वैसे तो मर जाता, ख़ादिम तकाज़ा न करता...दुकान आपकी है, पर वहम-सा मन में आया कि कहीं ऐसा तो नहीं कि ताबेदार के साथ आपने रकम भिजवाई हो और वह बेईमान हो गया हो। वैसे मैं क्या जानता नहीं कि बेटे के तालीम-याफ्ता होने पर जो बाप गिन्नियां बांटे, वह क्या किसी की रकम दाब लेगा? पर हुजूर, अगर बुरा लगा हो तो गुनाह मुआफी...'

'मुंदरी? कब?' चौधरी पीले पड़ गए। गल्ला खोला। सौ-सौ के नोटों की एक गड्डी उधर फेंकी, 'लो गिन लो जितने बनते हैं और दफ़ा हो जाओ।' चट मसनद से उतरकर उन्होंने गुरगाबी में पैर फंसाए।

सुनार घिघियाया, 'रुकिए हुज़ूर, यह क्या ग़जब कर रहे हैं? अपने हाथ से गिनकर दीजिए...भूल-चूक हो गई तो...' पर चौधरी का ध्यान कहीं और था। मुनीम को पैसे गिन लेने का इशारा किया, और खुद बाहर निकल आए।

समझ गए, मुंदरी कहां गई। बेटा दुष्यन्त बनने को उतावला है। जाता हूं, कुतिया के बाप को देखता हूं। उनकी पीठ के पीछे सोने की गांठें पक्की करने में लगा है 'तेलची'। चौधरी घी-तेल के व्यापारी गोकुलचन्द गुप्ता को इसी नाम से पुकारते थे। गुप्ता को दुकान से बाहर खींचकर फिर से कसने-उमेठने का इरादा मन में लिए चौधरी ने मंडी का आधा ही सहन पार किया था, कि पिछली बार की झड़प में गुप्ता को उनके मुंह पर फेंका गया फिकरा याद आया, 'चल-चल पहले तू अपना घर देख, फिर दूसरे को चोर बनाना।' यहां पहुंचकर चौधरी हर तरह से पतले पड़ते थे। पलट आए। दनादन सीढ़ियां चढ़ गए। वहां इकलौते से जमकर कहा-सुनी हुई। पुरानी नस्ल नई नस्ल से बुरी तरह भिड़ी। सो उसका यह नतीजा। इतना आत्मघाती, आत्महन्ता।

पछाड़ खाती चौधराइन और रेशमी कुर्ते में पल-पल नीले से काले होते शव को वहीं छोड़कर चिंघाड़ते बाघ की तरह क्रुद्ध चौधरी गोकुलचन्द की सीढ़ियों के नीचे आन खड़े हुए थे। वह तमतमाहट मंडी में हर किसी ने देखी। जाड़े के दिन, शरीर पर केवल बांहदार बनियान, कमर में फेंटा, आंखें क्रुद्ध लाल, 'म्लेच्छ, चांडाल बाहर निकल। बढ़ा अपनी अर्थी। यह मत समझना मैं तेरी छोरी को दुल्हन की तरह लेने आऊंगा।' चौधरी चीख रहे थे।

इस ललकार का उधर कोई असर होता नहीं दीखा। चौधरी हलकान हुए जा रहे थे, पर उधर एक अटूट चुप्पी। खिड़कियां-दरवाज़े बंद। न चीख, न पुकार, न क्रन्दन, न विलाप।...एक सुन्न सन्नाटा। चौधरी बौखला गए, 'तू क्यों रोएगा...क्यों रोएगा...तेरी तो छोरी गई...टंटा खत्म।' कहते-कहते वह लपककर सीढ़ियां चढ़े और गोकुलचन्द के दरवाज़े पर दोहत्थड़ मारने लगे। दरवाज़ा फिर भी नहीं खुला तो चौधरी का क्रोध पशुबल में बदलने लगा। अन्दर खदबदाती हिंसा को हर हाल में अपना शिकार चाहिए था।

अन्ततः दरवाज़ा खुला। जो लोग चौधरी के पीछे-पीछे सीढ़ियां चढ़कर

गए थे, उनके कथनों की कितनी ही चिन्दियां हुई थीं, जो पूरे साल मंडी के आकाश में चीलों की तरह मंडराती रहीं थीं। कोई चौधरी के लाचार ढहने की बात कहता था, कोई तड़फड़ाते क्रोध की, कोई कि कैसे उस कांपती, मिमियाती बछिया के सामने चौधरी का लाचार पौरुष एक घायल, चीत्कार में ज़र्रा-ज़र्रा हुआ था।

सुना गया, पहले तो गुप्ता, दोनों बांहें ताने, दरवाज़े को रोककर खड़ा रहा पर चौधरी का इतना तन्नाया हुआ तेज़ वार सहन नहीं हुआ। पटकी जो ली तो सीधा तख्त से जा टकराया। माथे पर ढुल-ढुल रक्त उछल आया। फुत्कारता-सा उठा। लपककर अन्दर गया। झोंटा पकड़कर सुबकती चन्नी को खींचता हुआ बाहर ले आया और चौधरी के पैरों के पास ऐसे पटक दिया, जैसे कसाई के सामने पशु।

'ले...ले...ले...तू। मरी नहीं है छोरी। अब कर ले इसका, जो करना हो।' पगलाए-से गोकुलचन्द के मर्दाने हाथ अब चन्नी की पीठ को तबले की तरह पीट रहे थे।

चौधरी अवसन्न, गुम, जैसे पैर चिपक गए हों। मुंह बाए देखते जा रहे हैं कि चन्नी अपने पिता द्वारा बेतहाशा धुनकी जा रही है। जगह-कुजगह उघड़ रही है। अब मुद्रा टूटी। आगे बढ़े। गोकुल के हाथ अधबीच पकड़े, मरोड़े और परे धकेल दिया और खुद सीढ़ियां उतरने को वापस मुड़े।

स्तब्ध हुई मंडी में अब एक दहला देने वाला लहरदार चीत्कार रवां हुआ था। बेटे की मृत्यु की दारुणता और निरर्थकता अब जाकर चौधरी पर पूरी तरह गरजी थी। विक्षिप्तता बनकर बरसी थी।

ऐसा सिरकूट चीत्कार। उस अर्थी की यात्रा मंडी की दीवारों तक को याद होगी। कंधे पर अंगोछा रखे, अपने घर की निचली सीढ़ी पर, शव यात्रा में जाने को तैयार खड़े गोकुलचन्द को देखकर चौधरी उस पर झपटे थे। एक हांफती हुई फूत्कार, 'मेरी किस्मत तेरे जैसी क्यों न हुई।' बीच-बचाव करते लोगों ने गोकुलचन्द को साथ चलने से बरज दिया। व्यर्थ घावों पर नमक छिड़कना।

उसके बाद की घटनाएं, जल्दी-जल्दी घटी थीं। विषाद, अवसाद, संवेदना

के प्रसार में मंडी बुरी तरह घायल पड़ी थी। चौधराइन को बार-बार आती मूर्छा जल्दी टूटती नहीं थी। नरेन्द्र के चौथे से पहले ही चन्नी मंडी से गायब कर दी गई थी। इतनी जल्दी गोकुलचन्द ने उसे कब, कहां भेजा, कोई नहीं जानता। दो-तीन महीने के अन्दर ही अन्दर वह अपना धंधा समेटकर खुद ही मंडी से चलता बना था। मेरे पिता का भी दस महीने में स्थानांतरण हो गया था, हालांकि यह सूचना कुछ खास महत्त्व की नहीं।

पता नहीं चन्नी वहां रहती होती, तो उसकी क्या दुर्गति होती। उठवा दी जाती? मरवा दी जाती? मंडी के लोग उससे कैसे पेश आते ? मुंह बिचकाते? या उसके जीते होने की ख़ैर मनाते?

देखा जाए, तो उसकी नियति की सुरंग कितनी संकरी थी। मर जाने में तो हानि थी ही, जी जाने में भी हानि। अजीब सिलसिला था – मृत्यु बचाव दे सकती थी, जीवन नहीं और वह थी कि शहादत के इतिहास में जाते-जाते एक मनुष्य की तरह उठकर बैठ गई थी, कौन उसे सेहरा पहनाने को उत्सुक होता।

कोई नहीं जानता उस रात के निचाट अंधेरे में हुआ क्या था? चन्नी ने विष पिया नहीं था, या पिया था तो निष्प्रभाव रहा था। निष्प्रभाव रहे होने के हक़ में कोई तर्क नहीं जाता। जानते-समझते इस आत्महन्ता कर्म में अपने को झोंक देने की उसकी इच्छा पर विश्वास भी नहीं आता।

जाने कैसे इस समय मेरे सामने एक और दृश्य चटक होता जा रहा है। शायद दुर्घटना से दो या तीन दिन पहले की बात होगी। मुझे छत पर अचानक ही चन्नी दीखी थी। उसने हाथ में सींक की लम्बी झाड़ू पकड़ रखी थी और बनेरे से लगी ध्यानमग्न खड़ी थी। शायद छत साफ़ करने आयी होगी।

मैंने बुलाया तो आई नहीं। वहीं टिकी खड़ी रही। 'तुम भी तो आ सकती हो' बोली तो स्वर रूखा था। मैं गई तो सही, पर उसने कोई बात शुरू नहीं की। उखड़ी-सी लगी, शिथिल, निरुत्साह। आंखें डूबी हुईं, कोरी, अनजान। मुझे अजीब-सा लगा, क्योंकि चन्नी और चहकना मुझे एक ही वस्तु के पर्याय लगते रहे हैं। 'पढ़ाई कैसी चल रही है?' मैंने ही उसे ठेला, 'तू अंधी है?' वह चिढ़कर बोली, 'मैं तो दस-पन्द्रह दिन से स्कूल नहीं जा रही, पर तुझे क्या। तू कॉलेज जो

पहुंच गई है, लाटसाबनी।'

मैं हतप्रभ हुई थी। कारण देख नहीं सकी थी। सकी होती तो मुझे बुरा न भी लगता, पर मुझे बुरा लगा था। चन्नी पर बुरा-भला लगने का कोई प्रभाव पड़ा हो, ऐसा नहीं लगा।

वह वैसी ही गुम, बेध्यान-सी रही। जरा ही देर में वह झाड़ू में से सीकें खींच-खींच कर तोड़ने लगी थी। ऐसा करने से झाड़ू की मूठ ढीली होने लगी थी। 'यह तुम क्या कर रही हो चन्नी?' मैं झल्लाई थी। मेरे मन में उसकी मां का विकराल चेहरा उभर आया था। पर उसने अपनी क्रिया जारी रखी। झाड़ू को क्षत-विक्षत करती रही, फिर उसे एक और फेंककर सीढ़ियां उतर गई।

इस क्रिया का क्या अर्थ लगाऊं, मैं नए सिरे से सोच रही हूं। ज़िंदगी से प्रस्थान करने की खीझ? क्षोभ? या कि यह अन्तर्भाव कि उसे तो इस रंगमंच को छोड़कर जाने की इच्छा नहीं है, वह तो नरेन्द्र है, जिसे अपने पिता को दंड देना है और जो भी नरेन्द्र तय करे, चन्नी को उसके साथ खड़े रहना है। मेरे मन को यह प्रश्न भटकाता है कि अगर अपने कर्म की नियामक चन्नी स्वयं होती तो हो सकता है, वह किसी दूसरी तरह से लड़ती, कोई दूसरा रास्ता चुनती--तलछट को थूककर जीवन से भी जीवन्तता का कण-कण छीनने वाली चन्नी।

कौन जानता है, कहां चूकी होगी। मृत्यु का चेहरा डरावना लगा होगा या जीवन का लोभ उन किशोरी हाथों में भारी तुलने को छटपटाया होगा। हो सकता है, ऐसी साझी योजना न रही होती तो आवेश में कुछ भी कर बैठना आसान लगता पर योजना की सुरंग में पहले मृत्यु के विचार के साथ अन्दर घुसना, फिर 'दिनों' फिर 'घंटों' फिर 'क्षणों' में सिमटती टिक-टिक के साथ जीते-जागते, देखते-समझते एक अन्त को चरितार्थ करना। हो सकता है नरेन्द्र साथ होता तो भीतर का बल बना रहता, चाहे यह बल कितना ही आत्महन्ता था -- अपने को, माता-पिता को, समाज को दंडित करने की हिंसा से भरा हुआ।

फिर चन्नी का एकाएक लुप्त हो जाना, जैसे किसी भंवर में खदबदाता जल अचानक जम गया हो। साढ़े पांच सालों के अन्तराल के बाद चन्नी मुझे अब दीखी है यहां। प्रदीप के पिता की तेरहवीं पर। मैंने उसे तुरन्त पहचान लिया

था। पहचाना उसने भी था, पर पहचान को माना नहीं था। मैं आहत हुई थी पर मैं क्यों आहत हुई? चन्नी के लिए मैं, मैं नहीं, कुछ और हूं – अतीत के घेरे में उठता हुआ कोई प्रेत। शायद शर्मिन्दगी? शायद जवाबदेही? शायद चन्नी अभी उबरी नहीं है? पता ही नहीं जीवन को वह किस भाव से देख रही है। श्रद्धांजलि? पश्चात्ताप? या पलायन?

यह अध्याय बन्द हो गया है, ऐसा सोचा पर ऐसा नहीं है। चन्नी फिर मुझे अचानक दिखाई दे गई है। जिस बस में मैं बैठी हूं, वह शास्त्रीनगर के स्टॉप पर आकर रुकी है। शास्त्रीनगर टर्मिनल से पहले का स्टॉप है, इसलिए बस में छिटपुट यात्री बच गए हैं, फिर भी नीचे खड़े यात्री अधीर हो रहे हैं। पंक्ति आगे बढ़ रही है। मैं खिड़की पर हूं।

हठात् निगाह ने उसे पकड़ लिया है। चढ़ने वाले यात्रियों की पंक्ति में एक वह भी है। पंक्ति धीरे-धीरे आगे बढ़ रही है। कन्धे पर काला झोला लटका है। साथ में नीले फ्रॉक और लाल रिब्बन वाली एक बच्ची है। बच्ची को देखकर मुझे खूब खुशी हुई है।

पता ही नहीं लगा, ऐसा कैसे हुआ। मेरी बांह निरायास खिड़की के बाहर लटककर हिलने लग गई है। मुंह से पुकार फूट चुकी है -- 'चन्नी...ऽ...ऽ...ओ चन्नी जल्दी आ।' उतावली में मैं अपनी छोटी सीट छोड़कर दाईं ओर की लम्बी खाली सीट पर खिसक चुकी हूं।

पीछे मुड़कर देखती रही हूं। एक-एक कर यात्री बढ़ चुके हैं। बस चल चुकी है। चन्नी कहीं नहीं है। रो दूं, ऐसी खिन्नता में धंसती जा रही हूं। चन्नी को हो क्या गया है? होने को इतना ही तो हुआ, कि फैसला प्रेम के हक़ में होता होता ज़िंदगी के हक में हो गया। यह भी क्या कोई छोटी बात है चन्नी? तुम क्या फिर से 'तुम' नहीं हो सकती चन्नी? पर चन्नी वहां थी कहां, जो सुनती।

सोचा नहीं था चन्नी फिर दीख जाएगी। हम दोनों ज़रूर किसी आस-पास के पड़ोसी मोहल्लों में रहते हैं, इसलिए उन्हीं-उन्हीं रास्तों को पाटते-काटते हैं। इसी तरह अचानक गुजरते-टकराते हैं। आज भी वह मुझे दीखी है, अपनी ही कॉलोनी के बाज़ार में। अब यह फलों की दुकान है। चन्नी जमीन पर बैठी है।

पेटी में से सेब चुन-चुनकर दुकानदार को दे रही है और तौल देने का संकेत कर रही है। बैठ जाने से उसकी कमर पर मातृत्व की स्थूल छापें टिकी दिखाई दे रही हैं। लाल रिब्बन वाली बच्ची बगल में खड़ी है।

इस समय...इस असावधान मुद्रा में चन्नी तक पहुंच पाना एकदम आसान है, पर नहीं भी है। आदान-प्रदान के जिस छोर तक मुझे पहुंचना है, वहां चन्नी एकदम अन्तर्ध्यान है, निषेध से भरी हुई, अप्रस्तुत। वहां पहुंच जाना मेरी इच्छा का पराक्रम हो सकता है, उसकी इच्छा का बल नहीं।

मेरा मन खिन्न हो गया है। दौड़कर बच्ची को उठा लेने और चन्नी को चौंका देने की इच्छा को मैंने त्याग दिया है। खम्भे की ओट में उतनी ही दूरी पर मैं ठिठकी खड़ी हूं। उसके चले जाने की प्रतीक्षा कर रही हूं। मेरे मन में न जिज्ञासा है, न कोई उत्सुकता।

इस तरह भागो मत चन्नी! तुम कैसे भी, जैसे भी चाहो जिओ, मैं तुम्हें अपनी ओर से कभी पहचानने नहीं आऊंगी।

परतें

उसका नाम रामरिख मिश्रा है। इस नाम को असल में इन्द्रजीत होना था, वह दोहरा-दोहराकर कहता रहता है।

'क्यों होना था?' अमोल राय ने पूछा था।

घनी मूंछों के बीच तनिक खुलती-सी हंसी को ढांपकर वह जूते की नोक से फर्श घिसने लगा था, 'अब आप पढ़े-लिखे होकर भी इसे नहीं जान सकते, तो कौन जान सकता है?'

'मतलब?'

'मतलब यह कि इन्द्रजीत का अर्थ क्या होता है?'

'क्या अर्थ को सोचकर ही नाम रखे जाते हैं?'

'क्यों नहीं रखे जाते? अरे देख नहीं रहे हैं आप, अभी तक...अभी तक शादी नहीं की।'

इस बार अमोल राय ने उस पर लदे वर्षों को टटोलने की कोशिश की पर खाकी ओवरकोट और कानों के गिर्द कसकर बंधे मफलर ने कोई मापक सुराग हाथ न लगने दिया। पूछ बैठा, 'अभी तक माने?'

'अरे चालीस का होने को आया हूं। गांवों में तो पैदा होते ही गोद में दुल्हन बिठा दी जाती है।

तो जीतने का अर्थ हुआ--यौन-दमन, पर शादी न होने का अर्थ यौन-दमन ही हो, यह किस किताब में लिखा है, अमोल राय ने सोचा।

रामरिख ने उसे आगे सोचने नहीं दिया, बोला, 'सुनिए साब, कोई दूसरा नहीं होगा, जो खेती-बाड़ी, घर-दुआर के रहते यहां-वहां भटकता फिरे...पर हम ठहरे मरज़ी के मालिक। 'मां-बाप कुछ भी कहें...छोटी बहनें कितना भी रोएं-धोएं, हमें तो अपने मन की करनी है।'

अमोल राय ने कुर्सी से उठने का उपक्रम किया। उन्हें अब दसवीं बार वही पुराण सुनने की इच्छा नहीं थी।

रामरिख ने बात खींचने की कोशिश की, पर कोई तरकीब काम न आई। अमोल खड़े होकर ऐसे इंतज़ार करने लगे कि बिना बोले ही बाहर हो जाने की बात समझ में आ जाए। रुचि यहां नहीं है, जमकर टीवी देखने का इरादा कब से अमोल राय के मन में खदबदा रहा है।

अमोल राय जब भी रामरिख को देखते हैं, सोचे बिना नहीं रह सकते कि इसे चौकीदारी की मज़बूरी क्या है?

अमोल नाथ राय, कॉलोनी की प्रबन्ध समिति के अध्यक्ष हैं। चौकीदार की पात्रता और गुणवत्ता का चुनाव और हिसाब उनके ज़िम्मे है। अमोल राय का असिस्टेंट जब रामरिख को लेकर आया था, तो लगा था कि वह खासा निडर और मुंहज़ोर है। आगे-पीछे की पूछताछ की तो भड़क गया, 'क्या किसी के मुंह पर लिखा होता है, कि कौन-कौन है? होने को तो कोई भी गुनाहगार हो सकता है, आप भी।'

अमोल ने इस छींटे को उसके दबंगपन के हिसाब में जोड़ा। अच्छा है। निडर है।

उसके बारे में सोच ही रहा था कि उधर से सूचनाओं की बाढ़-सी आ गई। हरदोई से पांच कोस आगे का गांव है। खेती-बाड़ी है। दसवां पास है। दो छोटी बहनें हैं। भाई कोई नहीं। चाचा-ताऊ के घर लड़कों की बारात है। वहीं खेती करते हैं। करने दो। उसे तो रात के सुनसान अंधेरे में जंगली शेर की तरह निडर होकर घूमना और सीटी बजाना पसन्द है। 'पता है, छुटपन से ही मैं ज़ेब में सीटी लिए घूमता था...सोते में भी. ..और सोचिए...'

अमोल राय ने उसे अधबीच ही खारिज कर दिया था। कब से दत्तचित्त वह उसका आत्मपुराण सुन रहे थे। झटके में नौकरी पक्की कर दी। लगा था, पेट-भरा आवारा है, घुमन्तू। ठीक रहेगा।

तब से रामरिख अमोल राय का गुलाम है। उनकी सेवा में मुस्तैद। इस पक्षपात के लिए मुहल्ले में बदनाम पर बेपरवाह। वह अमोल राय के घर में अपनी आमदरफ्त

बरकरार रखता है। मुहल्ले में मासिक वेतन की वसूली के समय एक-एक घर का हिसाब अलग-अलग समय पर आकर देता है और बातों की शतरंजी बिछाता है। घंटी इस अधिकार से टीपता है, जैसे यह उसका पुश्तैनी घर हो। अमोल राय मुस्करा कर चुप हो जाते हैं। चौकीदार अपना होकर रहेगा, तो घर सुरक्षित रहेगा।

यमुना-पार के इलाके में किसी ड्राइवर के घर डेरा डाले रहता रामरिख अब इधर आ गया है -- अमोल राय की कॉलोनी में। सामने के खाली प्लॉट पर डेरा डाल दिया है, पक्की ईंटों की बनी कोठरी और तनिक आड़ में खड़ा एक ऊंचा नल, सामने खूब खुला मैदान। मालिक के अचानक मर जाने से फिलहाल यह प्लॉट लावारिस पड़ा है। रामरिख की रिहायश अब ऐन आंखों के सामने है। अमोल राय इस स्थिति से खुश हैं।

टी.वी. के राष्ट्रीय चैनल पर शास्त्रीय नृत्य चल रहा था। लय, पग-ध्वनि, गान और वाद्यों के बीच सुसंगत रिश्ता...झमझमाता हुआ...जैसे किसी दूसरे लोक में तान के घुंघरू खुल गए हों।

कुर्सी पर बैठे अमोल राय के पैर अपने-आप चलने लगे और अंगुलियों की पोरों से लयबद्ध चुटकियां परिचालित होने लगीं।

रुचि होती तो यह दृश्य देखकर पेट पकड़ कर हंसती। अमोल और शास्त्रीय नृत्य? वह सदा 'एम' चैनल पर झपटता है। सोने से पहले उस उद्दाम उत्सव में शरीक होना चाहता है। रुचि से सदा नोक-झोंक चलती रहती है। कमर और कूल्हों, छातियों और होंठों की कक्षा में उन्मत्त अज़गर की तरह फड़कते लहराते उत्तेजक आवेश का ऐसा प्रदर्शन वह देखना नहीं चाहती। यह कामुकता उसे फूहड़ लगती है। आयातित। वह लय को साधने की सिद्धावस्था को अपने भीतर पैठ लेने देना चाहती है, इसलिए लड़ाई चलती रहती है। सोने से पहले दूरदर्शन पर वह कुछ और देखना चाहती है, अमोल राय कुछ और।

इस नोक-झोंक में यह भी भान नहीं रहता कि नोक-झोंक ही प्रमुख हुई जा रही है। समय निकल जाता है, प्रोग्राम का। रुचि कुढ़कर किताब थाम लेती है। अमोल बैठा-बैठा चैनल बदलता रहता है। अगले दिन फिर वही पसन्द और नापसन्द की लकीरों को गाढ़ा करती हुई घिस्स-पिस्त...जब कि सच यह भी है

कि रुचियों की यह बांट दोनों के लिए पूरा सच नहीं।

आज यह आश्चर्य कि कमरे में अकेले बैठे अमोल ने 'एम' चैनल खोला ही नहीं। भरतनाट्यम की रुनझुन ही उसके आसपास झमझमाती रही। क्यों नहीं खोला? क्योंकि बाधा नहीं थी कोई। तो क्या बाधा से ही लड़ने का आनन्द था सारा? रुचि से लोहा लेने का?

एक आमोदिनी हंसी उसके अन्दर बिखर गई। रुचि आएगी तो बताने में आनन्द आएगा। इस तरह...अकेले में...कुर्सी पर बैठे-बैठे हारने का।

बाहर रामरिख के डंडे की ठकठक तेज़ हुई लगी। दरवाज़ों की बजती सांकलें, गेट बन्द होने की धू-धड़ाम, दूरी से तैरते आते कुछ स्वर, रुक-रुक कर डंडे की बजती ठक-ठक को काटती लम्बी और छोटी सीटी।

अमोल राय ने मुंह धोया, बत्ती गुल की और दूसरी बार वह तिन्नी की आहट लेने गए। तिन्नी अपने बिस्तर में पेट से घुटने जोड़कर दुबकी लेटी थी। जब से रुचि गई है, तिन्नी ने एक बार भी नहीं कहा कि उसे डर लगता है। डरने की बात को लेकर वह खासी शोर मचाती जानी जाती है। जब-तब वह एक अबूझे खौफ़ से भर जाती है और यह सब होता है, किसी-किसी दिन अचानक।

उस समय तो तिन्नी से नमक तक मंगवाना सम्भव नहीं होता। कब, कहां, क्यों वह हौआ जाग खड़ा होगा और तिन्नी को धर दबोचेगा, रुचि नहीं जान पाती। कई बार रुचि ने उस अंधकूप तक जाने की कोशिश की है पर पहली ईंट पर पैर रखते ही तिन्नी उसकी पकड़ से बाहर भागने लगती है। जड़ हो जाती है जैसे ईंट, आंख बचाती हुई, काम के क्रम को अपनी बेध्यानी से बिगाड़ती हुई।

'तिन्नी', अमोल राय ने पुकारा।

एक दुबली-सी हुंऽऽ, फिर अपने गुड़ी-मुड़ी शरीर पर चादर तानते हुए तिन्नी ने धीमे से कहा, 'आपको गरम पानी चाहिए होगा। थरमस में भरकर रख दिया है।'

खूब संयत-सी आवाज़। अमोल राय को फिर लगा, रुचि के जाने के बाद से तिन्नी खूब सिमटी-सिमटी सयानी-जैसी लगने लगी है।

'दूध के पैसे बाहर टेबल पर रखे हैं।'

फिर दुबली-सी हूंऽऽ...और कमरे की सिटकनी को अन्दर से चढ़ाए जाने की तेज़ आवाज़।

सुबह अमोल राय दफ्तर गए तो फिर से ताकीद करते गए कि दरवाज़ा बन्द रखना है। कोई आए तो 'आई होल' से देख ज़रूर लो, पर खोलना नहीं है।

'कोई घंटी बजाए तो?' तिन्नी की हिरनी-सी चकित आंखें बड़ी हो गई थीं।

'बजाने दो। बजा-बजाकर अपने-आप चला जाएगा।'

'उसे लगेगा नहीं कि घर में कोई नहीं है? यह तो और भी अनसेफ है'

इधर लगातार की चोरियों, हत्याओं के चलते तिन्नी अनेक ऐसे शब्द जानने और प्रयोग में लाने लगी है, अमोल राय ने गौर किया।

'वह तो है, फिर भी न खोलना ही ठीक है। अपना मिश्रा भी अब तो सामने वाले प्लॉट में शिफ्ट कर गया है। आहट रहा करेगी।'

तिन्नी ने स्वीकार लिया सब-कुछ। गाड़ी के निकलते ही गेट बन्द किया और दरवाज़े के पीछे गायब हो गई।

आज कैलाश कॉलोनी में तीसरी हत्या हुई है। वही एक सिलसिला। निर्जन दोपहर। गैस का या सेल की किसी वस्तु का, या चंदा चाहने का कोई बहाना। घंटी टीपना। दरवाज़ा खुलवाना और धर दबाना। सात नम्बर की कोठी में मिसेज़ जैतली ने दरवाज़े के बीच अपना घुटना अड़ाया था। घुटने पर तराशी धार का तीखा वार। धकेलना, अन्दर दाखिल होना, पलंग से बांधना, धमकाना, चाबी मांगना और आभूषण और नकदी लेकर गायब हो जाना। जाते-जाते बाधा देते बारह साल के लड़के को मौत के घाट उतार जाना।

फिर वही योजनाबद्ध वार।

अगले दिन फिर वही। एक गिरोह जैसे चैन से रहते बाशिन्दों पर टूट पड़ा है। मनचाही चीज़ों को पाने का शायद यह सीधा रास्ता है। कुल्हाड़े की धार भर हिंसा और मालामाल।

अमोल सोचता है, अच्छा है तिन्नी अखबार नहीं पढ़ती। नहीं पढ़ सकती, दहशत से बची रहती है। रुचि की अनुपस्थिति के इन छह हफ्तों को तो काटना ही है। पत्रों के उत्तर में वह ऐसा कुछ भी नहीं लिखता कि रुचि की चिन्ता बढ़े।

पुलिस और चौकन्नी हो गई है। कल थाने के इंचार्ज टंडन ने उस क्षेत्र के गश्तियों की खासी धुनाई की थी, 'क्या सोते रहते हो तुम लोग? रात तो रात, यहां दिन-दहाड़े यह सब चल रहा है। गश्त को ज़्यादा ओझल और ज़्यादा सावधान करो। ग्यारह बजे के बाद कबाड़ियों की एंट्री मुहल्ले में बंद। घर के नौकरों-चाकरों के पते-ठिकाने और फोटो तीन दिन के अन्दर थाने के रिकॉर्ड में मौजूद होने चाहिए। नाइंटी परसेंट तो घर के भेदी यही लोग हैं, यही। दिलावर, तुम कॉलोनी के साउथ विंग को कल दिन में पूरा कवर करो, पूरा, कोई ढील नहीं, और सुनो, नाम-धाम हिस्ट्री, फोटो सब-कुछ चाहिए...सब-कुछ...पूरा हुलिया।'

दिलावर ने पिछला घर निपटाकर जब अमोल राय की घंटी टीपी तो दोपहर के साढ़े ग्यारह बजे थे। उत्तर नहीं मिला। फिर टीपी। फिर टीपी, इस निरुत्तरता से पुलिसिया पोरों में हिंसा उतर आई। बजर पर हाथ रखा तो फिर हटाया ही नहीं।

दरवाज़ा नहीं खुला, तो ऊपर झांका। एक सिर बाल्कनी से झांककर पीछे हट गया था। वैसे भी रेडियो या टी.वी. चल रहा था और नाली से झटाझट पानी गिर रहा था। कोई है तो सही पर, दरवाज़ा नहीं खोल रहा।

वर्दीपोश रोबदाब और यह अवहेलना।

गेट की ढलान से उतरकर दिलावर गली में इधर-उधर टहलने लगा। चेकिंग के लिए अगले घर चला जाए, यह उपक्रम उसने नहीं किया। उससे नहीं हुआ। सामने के प्लॉट पर रामरिख मिश्रा अंगोछा पहने नहा रहा था। दरवाज़ा खुला था-सपाट। कोने में खड़ी एक अकेली टोंटी के नीचे बैठा वह मल-मल कर सिर पर झाग उछाल रहा था।

दिलावर खड़ा रहा, दोनों हाथ फैलाकर चौखट पकड़े। रामरिख का खिलवाड़ शिथिल नहीं हुआ तो उसने बूट बजाए और रूलर से चौखट ठकठका डाली, 'अरे, अब बस भी करो पंडिज्जी, कब-कब के पाप धुल रहे हैं।

पंडिज्जी को अब होश आया, नहीं तो अभी भी निर्विघ्न नहाते रहते। पानी अभी घंटा-भर तो टिकेगा ही। नहायें न तो करें भी क्या? नहाएंगे, खाएंगे, सोएंगे, फिर रात की नौकरी के लिए ताज़ादम होगे।?

दिलावर ने पंडिज्जी को बदन पोंछने दिया, तहमत-कुरता पहनने दिया, फिर पूछा, 'क्या सामने वाले घर में कोई नहीं है? दरवाज़ा नहीं खुल रहा? मैंने अभी किसी को झांकते हुए देखा है। गाना बज रहा है, पानी भी चल रहा है।'

'करना क्या है आऽआऽआपको?'

पंडिज्जी एकाएक कठोर हो आए। 'तुम' कहने जा रहे थे पर 'आपको' के चुनाव पर लौटना ठीक लगा।

'हर-एक घर के नौकरों-चाकरों के रिकॉर्ड रखने का ऑर्डर हुए हैं। कल इस एरिया में चौथा मर्डर हुआ है। कल रात तो पीछेवाले घर में भी चोरी हुई। आपका इलाका है पंडिज्जी, चाहूं तो सबसे पहले आपको अन्दर करूं। क्या सो रहे थे ऊंट की मानिन्द? कहां थे कल?'

पंडिज्जी बगलें झांकने लगे, 'यहीं थे, जाएंगे कहां...यही इलाका तो अपनी गश्त का भी है।'

'तो फिर?'

'तो फिर क्या? हो सकता है, पिछवाड़ा देख रहे हों और कोई आगे से घुस आया हो। कोई जानकार रहा होगा।'

वह साफ़ बचा गए कि कोने पर बनते मकान में पड़ी मज़दूरों की गुदड़ी पर वह दो घंटे ठोंका लगा आए हैं। सिर फटा जा रहा था, जुकाम के चलते।

'जानकार ही तो होते हैं, इसीलिए घर-घर का रिकॉर्ड रखने का हुकुम हुआ है।'

पंडिज्जी सोच में पड़ गए, क्या यह उन्हें कहा जा रहा है? उन पर भी शक़ किया जा रहा है? सवाल की नोक को दूसरी तरफ़ घुमाते हुए संजीदगी से बोले, 'हां, तो आप क्या पूछ रहे थे? सामने वाला घर? हां, वहां है न तिन्नी। आपको उसी का तो हुलिया बयान लिखना है।'

'यही तो पूछ रहा हूं मां के...कोई अन्दर है, पर दरवाज़ा नहीं खोल रहा? ऐसी हुकुम-उदूली? पुलिस के डंडे तक का डर नहीं ?

पंडिज्जी ने तेल चुपड़ा, पट्टियां काढ़ीं, कुरते की दोनों बांहों को एक साथ कंधों तक खींचते बोले, 'हां है, पर वह तुम्हें...नहीं आपको दरवाज़ा क्यों खोलेगी? अकेली लड़की, उसे पता भी क्या कि आप हैं। अभी खुलवा देता हूं।' 'फिर कुरते के अन्दर दो इंच सीना फुलाते बोले, 'जानते नहीं, मैं इस कॉलोनी का निगहबान हूं। सबको यह ओहदा आसानी से थोड़े ही मिलता है।'

दिलावर के मन में आया कि खींचकर एक डंडा पीठ पर रसीद करे, पर डंडे की नोक को उसके कंधे से छुलाते हुए नरमी से बोला, 'चलो न फिर, इन्क्वायरी पूरी हो। यही पीछे के तीन घर रह गए हैं। इन्सपेक्टर साला घुड़केगा। खुद तो हर दोपहर बीवी की बगल में घुसने चला जाता है मुरदीद।'

पंडिज्जी अपने को मुकुट पहनाने में लगे थे, 'चलो तुम्हारा...नहीं आपका भी काम कराए देते हैं।' और उसने दस गज की सड़क पार कर सामने के घर की घंटी टीपी और पुकारा, 'तिन्नी, ओ तिन्नीया, दरवज्ज़ा खोल बिटिया।'

निचाट निरुत्तरता। पंडिज्जी ने घंटी और अपनी वाक्यावली जारी रखी।

'कौन?' अन्ततः बाल्कनी से एक सिर झांका।

'हम हैं तिन्नी...रामरिख...चौकीदार...दरवज्जा खोल तिन्नीया, तेरे से ज़रूरी काम है...'

लगा, तिन्नी रोज़ के परिचित चेहरे को देख आश्वस्त-सी हुई। दरवाज़े की फांक खुली। पल्ले और चौखट के बीच तनी जंजीर की फांक में दो हिरनी-सी आंखें।

'खोल दे बिटिया...थानेदार साब को जवाब जो देना है। मुहल्ले में चोरियां हुई रईं...सो अता-पता जमा करना है। आ जा, मैं हूं न इहां।'

जंजीर उतर गई, पर तिन्नी वैसी ही घर के अंदरूनी हिस्से में जमी खड़ी रही। दिलावर उसे घूर घूरकर देखता-सा।

तिन्नी ने छाती पर चुन्नी ठीक की। दिलावर हिला, 'कहां की रहनेवाली हो?'

'फैजाबाद की।'

'कब से हो यहां?'

'ढाई साल से।'

'कौन-कौन हैं पीछे घर में?'

'हम छः बहनें।'

'भाई?'

'कोई नहीं।'

'बाप ?'

'मजूरी करता है।'

'तुम्हें कैसे भेज दिया?'

'भाग आई।' उसने आंखें जमीन पर गाड़ लीं।

'किसके साथ?'

वह चुप रही। दिलावर ने घुड़का, 'चल पता लिखा अपना...बाप का, घर का, गांव का, सब कुछ। चल बोल।' दिलावर हाथ का बेंत बगल में दबाकर नोटबुक के नए वर्के पर उसका बोला हुआ लिखने लगा।

'एक फोटो भी चाहिए तेरी।'

'फोटू?' तिन्नी झिझकी, फिर उलझी, जैसे समझ ही न पाई हो कि खुश होना चाहिए या नहीं। फिर बोली, 'फोटू नहीं है मेरी।'

'खिंचाकर रखना, कल-परसों ले लेंगे।'

'कैसे?'

'देख लूंगा...देख लूंगा...बन जाएगी। मैं साब को बोल दूंगा... ज़रूरी है।' रामरिख था।

फटाक। खट से दरवाज़ा बन्द हो गया। दिलावर भौंचक्का-सा कुछ पल वहीं गड़ा रहा।

तब से दिलावर के जीव को चैन नहीं। ऐसी चकाचक गोल-गदराई जैसी तिन्नी...पैर पगलाए ललसाए-से हरदम एक ही दिशा में दौड़ते हैं। जी में आता है, इस काठ के दरवाज़े को हथौड़े से कूट डाले। गेट पर पैर रखकर बाल्कनी में कूद जाए

सौदा-सुलफ के लिए निकलती तिन्नी की गठरी बनाकर गायब कर दे। उसे पता ही क्या है दिलावर की ताकत के बारे में। मिल-भर जाए तो भुस्स बनाकर फेंक दे।

सोचते-सोचते पता नहीं कौन-सा हिस्सा उत्तेजित होने लगता है, दिलावर का। दिलावर फिर घर जाकर अपनी बीवी को भकोसता है। बीवी 'उंह-उंह' करती छटपटाती है। जब से तीसरी कन्या हुई है, उसकी पीठ के निचले हिस्से में दर्द बैठ गया है। दिलावर को इस दर्द की परवाह नहीं। उसे तो बस... कॉलोनी में कबाड़ियों की आमद पर कड़ी निगाह रखने की आड़ में दिलावर ने अपनी दिन की गश्त तेज कर दी। दो-चार चक्कर लगाने के बाद वह रामरिख की खटिया पर बैठा बीड़ी फूंकता रहता है और सामने के दरवाज़े पर ताक लगाए रहता है। तिन्नी दिखी तो दिन में ही दिखेगी।

कल पौधों को पानी देती वह अचानक दीख पड़ी थी। बन्द गेट की झिर्रियों के पीछे उसका हिरना-फिरना देख तो दिलावर थरथरा गया। लपककर आने को उठा कि तिन्नी ने लॉन से पाइप खींची और फटाक से दरवाज़ा बन्द कर लिया। पता नहीं, उसे देखकर खींची या काम निपटा चुकी थी। कब तक बचेगी साली।

तिस पर फोटो लेने जाने के संयोग को भी अमोल राय ने पूरी तरह से ध्वस्त कर दिया। इन्क्वायरी के अगले ही दिन नए सिरे से तिन्नी का अता-पता और अपने पारिवारिक फोटों में से तिन्नी की काटी गई फोटो अपनी ओर से थाने में जमा कर आए। तुर्रा यह कि जिन्हें आप इन्क्वायरी के लिए भेजते हैं, वे कौन से दूध के धुले हैं। सब-इंस्पेक्टर ने आरोपी निगाह से दिलावर को बताया था। दिलावर कुढ़ गया।

आज फिर गली में घुसते ही तिन्नी उसे सामने से आती दिख गई। सीधे हाथ में उसने एक थैला लटका रखा था। चुस्त, मगन और मस्त। दिलावर चट पेड़ की आड़ में खड़ा हो गया। बाज़ार से लाए सौदा-सुलफ का थैला ज़मीन पर रखकर अब वह पड़ोसी के छोटे लड़के के साथ गेंद खेलने लगी थी।

उस किशोर द्वारा फेंकी गई गेंद को तिन्नी उचकती, फिर वापस फेंकती, फिर उचकती, फेंकती। तंग कुरते में क़ैद भराव उस उछलने के साथ उछलते और गिरते। दिलावर व्यग्र हो आया।

अन्ततः गेंद तिन्नी ने फेंकी। लड़के के गाल को हलका-सा चपतियाया, जैसे उसकी बड़ी बहन हो और थैला उठाकर चलती बनी।

दिलावर इस झलक से तृप्त हुआ। उत्तप्त भी पर तिन्नी को जाते देख, लगा कोई चीज़ हथेली की पकड़ से फिसली जा रही है और वह ऐसा दर्शक-जैसा खड़ा है...फुस्स का फुस्स...अनायक। अपने कंधों पर इस तरह के चेहरे की दिलवार को आदत नहीं है।

रहा नहीं मया तो दोपहर झिझकते, इरादा बनाते उसने घंटी टीपी। झिझक दिलावर के अपने लिए नई चीज़ है। उसने देख लिया था, अमोल राय की गाड़ी नहीं है। वैसे भी दिन के बारह बजे कौन घर में होता है।

'कौन है?' बाल्कनी से चेहरा झांका।

'मैं दिलावर हूं बिटिया...दरवाज़ा खोल...इन्क्वायरी करनी है।' दिलावर ने रामरिख की तरह बोलने की कोशिश की।

'कर तो ली थी उस दिन।'

'नहीं, नए ऑर्डर आए हैं।'

तिन्नी रुकी रही। दिलावर प्रसन्न। शायद सोच रही हो, अब तो वह जान-पहचान का हो चला है। आते-जाते रास्ता काटता है, पर उत्तर जो आया, वह कुछ और था। तिन्नी वहीं खड़ी-खड़ी ज़ोर से बोली, 'इतवार को कर लेना।'

दिलावर कुढ़ गया। इस साले अमोल राय ने पढ़ा रखा है। कोई ताज्जुब नहीं, अपने ही लिए पटा रखा हो, बीवी को टिरेनिंग पर भेज दिया, खुद मज़े ले रहा है। दिलावर क्या समझता नहीं? दुनिया देख रखी है। एक बार यह चकमक हाथ लग जाए, फिर ऐसी ऐश कराऊंगा कि भाग-भाग कर मेरे कुन आएगी। कौन बड़ी सुच्ची बैठी होगी। क्या गजब का गदराया माल है!...

बाल्कनी से इस समय गुम होता चेहरा दिलावर को थोड़ा वहशी बना गया। कुछ और समझ में नहीं आया तो वह रामरिख के प्लॉट पर टहल गया। वह रामरिख का भरोसा करती है। उसके भरोसे के बिना तो वह घर की एक झिर्री तक न खोलेगी। खुले में उसे धर दबाना असम्भव-जैसी बात है, वह भी अपनी गश्त के इलाके में।

रामरिख खिली धूप में खुले प्लॉट के बीचोंबीच एक खरखरी खाट पर

बैठा था। पास में रानू का उपन्यास और 'फिल्मी कलियां' का एक वर्का खुला पड़ा था। उसने केवल एक तहमत पहन रखा था और सरसों के तेल में हाथ डुबो-डुबोकर वह अपनी बांहों के पुट्ठों पर मल रहा था और पुट्ठों की मछलियां उभार-उभारकर आत्ममुग्ध हो रहा था।

देखते ही दिलावर के मन में एक गन्दी-सी गाली उभरी...साऽला.. .यह किसलिए अपने शरीर को सजाता-धजाता रहता है। जोगियों की तरह लंगोट पहनकर बैठना है तो इस मला-मली का क्या काम!

'क्यों भगत जी', दिलावर ने हांक लगाई, 'यह बांके बाबू का सिंगार किसलिए चल रहा है? भोले बाबा के भगत को यह सब नहीं शोभता। क्या पारबती देख रखी है?'

'हम चाहें तो उसकी क्या कमी? पर यह जान लो, कभी कोई हुई तो रामरिख की पारबती ही होगी, नहीं तो कोई नहीं होगी।'

दिलावर सोच में पड़ गया। चोर-दरवाज़े से घुसने की ठानी, "आज अमोल राय की गाड़ी धोई तुमने?'

'हां।'

'तिन्नी आई थी?'

'हां, खाने का डिब्बा रखने।'

'तुम्हारी बात हुई थी?'

'होती रहती है। भोली है, हिरनी जैसी।'

'तुमने हिरनी देखी है?' दिलावर के कान तप गए।'

'किसने नहीं देखी...अपुन तो जंगल के मानुस ठहरे।

दिलावर में उस लम्बे रास्ते पर ठिलने का ठहराव नहीं था, सीधा मुद्दे पर आ गया, 'तू तो अपना यार है। एक बात बता, क्या मिल नहीं सकती ?'

'कौन?' रामरिख की पुतलियां चौगुनी हो गईं।

'वही तेरी पारबती...'

'मेरी पारबती?...मेरी?'

'और नहीं तो क्या। वह पूरी तरह तेरे बस में है। तेरे बिना तो पत्ता भी नहीं

हिलता। यार, हिला न कोई पत्ता। सच कहता हूं, जब से देखा है, चित्त ठिकाने नहीं है, पर पट्ठी भूलकर भी दरवाज़ा नहीं खोलती। अब तू कुछ कर', दिलावर उसके एकदम निकट आ गया था, 'मैं यह नहीं कहता कि वह पूरी मेरी ही हो। कभी-कभार तू भी दम लगा लेना। तेरी तो वहां पहुंच-ही-पहुंच है और तेरे पास अलग अकेला-जैसा ठिकाना भी है।'

रामरिख सकते में, 'यह तू क्या बक रहा है? पुलिस में रहकर मुश्टंडा हो गया है।'

'चोप्प पंडितउ...आगे मत बोलना नहीं तो बाजी उलट दूंगा। इसी इल्जाम पर दो साल चक्की पीसता नज़र आएगा। यह भली चलाई...न खुद खाओ, न दूसरे को खाने दो। मैं तुझसे सच बोल रहा हूं, इसलिए आंखें दिखा रहा है? मैं ठान लूं न तो अन्दर बैठी को गायब कर दूं। तेरी चौकीदारी को सू तक न लगे।

रामरिख अन्दर से ढीला पड़ गया। लगा, ज़्यादा उमेठ दिया तो चुप हो जाएगा। मन का मैल मन में रखेगा। पता नहीं लग पाएगा कि इसके मन में क्या है, आगे क्या करनेवाला है। मैं तो इसलिए कह रहा था कि ऐसी बातें दूसरे खतरों से खाली नहीं होतीं। कल को कुछ हो-हुआ गया तो तेरे सिर पड़ेगा। तब क्या होगा? तू ब्याह लेगा?'

'बहुत खूब?' दिलावर अपनी बाईं हथेली पर अपना बेंत फटकारते इधर-उधर टहलने लगा, 'भगत जी, अभी तो एक दोधारी घर पर साबुत बैठी है। तीन-तीन बछिया जन चुकी है। वैसे देखो, तो यह भी किसी बछिया से कम नहीं। बस्स गोद में ले लो, और झुलाते रहो।'

'तो फिर?' रामरिख ने ममत्व की इस कील को गड़ने दिया।

दिलावर आगे टहल गया। काबू में नहीं आया, 'मिलता हूं फिर', कहकर चौखट लांघ गया।

तब से रामरिख चिन्ता में है। पगा रहता है। वही सोचता रहता है। दिलावर ने उसके अन्दर एक फुरफुरी छोड़ दी है, जिसके उत्ताप से दिलावर उसे सदा घात में लगा दिखाई देता है। नहा-धोकर खाट पर लेटता है तो बन्द आंखों के पीछे एक दहकता-सा झरोखा खुल जाता है, जिसके दायरे में दो पात्र दिखाई देते रहते हैं – तिन्नी

और दिलावर। दिलावर और तिन्नी। आबद्ध। उत्तेजित। आत्मरत। अब कल्पना में अक़्सर तिन्नी भी उसे उतनी निर्दोष और निरीह नहीं दिखती। चाहे-अनचाहे शंका की नोक उधर मुड़ जाती है। उसकी कल्पना में कभी दिलावर तिन्नी को पा लेता है, कभी तिन्नी फिसल जाती है। कभी दबोचने-भकोसने पर चीखती-चिल्लाती है। कभी दरवाज़ा खोलकर उसे चुपके से घर में दाखिल कर लेती है। यों देखा जाए, तो रामरिख को तिन्नी के बारे में भी पता क्या है? कौन जाने तिन्नी भी...? तिन्नी ही...?

उसके दिमाग में गड्डमड्ड होती जा रही है। तिन्नी को देखता है, तो दिलावर की आंखों से देखता है। तिन्नी जैसे तिन्नी नहीं, बल्कि कामना की एक वस्तु। कपड़े पहने हुए भी नंगी...दूर रहकर भी उपलब्ध. ..पारबती होकर भी तिन्नी। अब वह किसी समय भी चैन से नहीं सो पाता। रात रखवाली में, दिन बेहाली में। अब वह पहले वाली मस्ती और हेकड़ी लुप्त होती जा रही है।

इस बीच जब भी दिलावर आया है, रामरिख के कंधे पर तगड़ी धौल जमाता गुर्राता रहा है, क्यों बे पंडित...अभी तेरी नींद खुली या नहीं कि हर समय का तेरा बस वही हगना-मूतना। कुछ तो आगे खिसको।'

रामरिख इस टहोके का अर्थ जानता है, पर सोंठ खींच लेता है। जल्दी से दो ईंटों पर रखी अपनी अल्युमिनियम की केतली के नीचे की आंच बढ़ाने लगता है, 'बैठो-बैठो, चाय तो पियो पहले, देखते हैं फिर।'

दिलावर शायद बहल जाता है।

इधर दो-तीन दिन से दिलावर अनुपस्थित है। रामरिख के चौकन्नेपन को यह स्थिति आरामदेह लगनी चाहिए पर नहीं लग रही। उसे लग रही है, वह दिलावर को पल-पल अपनी आंख की सीध में रखना चाहता है। पता नहीं किस उधेड़बुन में हो, उसका काला कोयले-सा मन।

एवजी में आए सिपाही से पूछताछ की तो पता लगा, कोई बहुत बीमार हुआ है घर में। शायद उसकी बेटी अस्पताल में है। एक सप्ताह की छुट्टी पर है।

रामरिख को लगा, कम-से-कम इन दिनों में वह चैन से तो सोएगा।

दिलावर की तैनाती के क्षेत्र में कल एक नए स्कूल का उद्घाटन होनेवाला

है। शिक्षा मन्त्री उद्घाटन करेंगे। म्युनिसिपैल्टी के कामगारों द्वारा स्कूल से जुड़ती सड़कों की सफाई करवाई जा रही है। चूना बुरका जा रहा है।

दिलावर के लिए एकदम मनचाही बात है। उसे ऐसे मौक़ों पर आनन्द आता है। हाथ में बेंत घुमाते हुए कामगारों के पीछे-पीछे चलते 'ऐऽ ओऽ' की हांक लगाना...ठोंकना...अपने जारी किए हुए हुक्मनामे की मुस्तैदी से तामील करवाना। ऐसे में वह अपने एरिया का राजा हो जाता है। उसे काम मिल जाता है, नहीं तो गश्त की नौकरी खासी भिनभिन-भुनभुन है। जब तक कोई लफड़ा-टंटा नहीं हो जाता, मज़ा ही नहीं आता।

और इधर तो मोहल्ले की गश्त में भी ढील होती गई है। छुटकी को हैजे की शिक़ायत क्या हुई कि एक पखवाड़े की तैनाती बदल गई। उस गली के स्मरण से ही तृष्णा तेज़ हो जाती है। कल के बाद निवृत होगा, तो उधर ज़रूर जाएगा। रामरिख को ठकठकाएगा...साला पंडित...अपने ही सिर ताज सजाए घूमता है...मतलब न होता तो इल्जाम लगाकर वह धुनाई करता कि याद रखता। शेखीबाज़। चकाचक मलाई का शौकीन!

गली के नाके तक टहल जाने की सोच ही रहा था कि दाएं को उठते छोटे से शोर ने उसका ध्यान भंग किया। गनेशी का उग्रता से चिल्लाना-बिलबिलाना उसने सुना। गणपत ने मौक़ा पाते ही दरदरे चूने की मुट्ठी उसके मुंह पर फेंक दी थी। आंख को खतरा है, यह तक नहीं सोचा। दिलावर जानता है, दोनों की दुश्मनी इतनी पुरानी है, कि उठते-बैठते मौक़े ढूंढे जाते हैं।

दिलावर ने गणपत को बालों से खींचते सीधा खड़ा किया और दाएं-बाएं कंधे पर बारी-बारी डंडा रसीद किया। गणपत निडर खड़ा रहा। उसकी ढिठाई को धुनाई की ज़रूरत है, यह सोचकर दिलावर ने पहले तो उसे धराशायी किया, फिर अगली चोट के लिए हाथ उठाया ही था कि गड़बड़ा गया।

सामने से कोई दौड़ता चला आ रहा था बदहवास।

अरे यह तो तिन्नी है!

गली के मोड़ से निकलकर बजरी के ढेर को चीते की तेज़ी से फलांगती वह उसी दिशा में भागी चली आ रही थी।

उसका एक हाथ अपने सीने पर बंधा था। दूसरा पैरों में अटक-अटक जाती स्कर्ट की निचाई को झटकार-फटकार रहा था। वह बार-बार पीछे मुड़-मुड़कर देख रही थी और दौड़ रही थी...नंगे पैर हांफती हुई...बेतहाशा। पीछे कोई भी तो नहीं था। दिलावर ने ध्यान से देखा।

उसे देखकर दिलावर की पुलसिया वृत्तियां चौकन्नी नहीं हुईं। एकाएक जम गईं।

ऐसा कैसे? परदों में बन्द तिन्नी...ऐसे? इतनी खुली सड़क पर? इतनी अस्त-व्यस्त? इतनी उपलब्ध?

तिन्नी अब एकदम उसके निकट आन पहुंची थी। इतना तेज़ दौड़ने के श्रम को अपने छोटे से सीने में दबोचती उसकी सांस टूट रही थी। हंफनी चल रही थी। चेहरा तपा हुआ लाल। दिलावर को देखते ही उसने एकाएक लपककर उसकी बांह पकड़ी। पकड़ी नहीं, जकड़ी और बिफरी, 'वोऽवोऽ वोऽ...'

'वो...वो...वो...' कौन है? एकाएक दिलावर के भीतर कुछ कौंधा और उसके भीतर एक लकीर-सी खिंचती चली गई, गहरी और गहरी। जैसे किसी वहशी हाथों ने चाकू की नोक से उसे आरपार चीर दिया हो। एक तिलमिलाहट उसकी नस-नस में चींटियों की तरह रेंगने लगी।

'ओए तेरी तो...' एक भद्दी-सी गाली उसके मुंह से निकलते-निकलते रह गई। उसका एक हाथ तेज़ी से हवा में लाठी घुमाने लगा था और दूसरा अपने सीने की खोह में गुम होते तिन्नी के सिर को समेट रहा था।

तिन्नी कांप रही थी। उसकी हिचकियां दिलावर के सीने में बज रही थीं लगातार। हिचकियों में लिपटते-घुमड़ते 'वो...वो...वो...' के अस्फुट स्वर।

वो...वो कौन है, दिलावर जान रहा है। इस बारे में उसे कोई संदेह नहीं, कोई आश्चर्य नहीं। आश्चर्य कभी हुआ तो उसे अपने शरीर पर होगा, अपने हाथों पर, जो सीने से लगी तिन्नी को इस समय किसी आहत बच्चे की तरह पुचकार रहे थे, सहलाते जा रहे थे अनवरत।

मैं तो जन्मा ही

अभी ठीक से नींद उघड़ी नहीं थी कि किसी ने दरवाज़ा भड़भड़ा दिया। एक बार तो मन में आया, टाल जाए। सुबह की नींद ख़ूब प्यारी, अंगूरी। पर इतनी सुबह की पुकार और अपना आशंकित मन।

'आपका फोन है'...नीचेवालों का छोटू था।

'हैलो, जन्मदिन मुबारक हो!'

'थैंक्यू, थैंक्यू...थैंक्यू।' शब्द हांफने लगे थे, बिना दौड़े।

'देख लो, मैंने याद रखा', कहनेवाले के मन में शाबाशी की चाह थी। 'चाहे तुम खुद भूल जाओ, मैं नहीं भूला।'

उस झिलमिल उत्साह तक उठ पाने में उसे दिक्कत महसूस हुई, पर कुछ कर नहीं सकता था। जन्मदिन उसका था, शुभकामनाएं दी जा रही थीं। वह भी किसी दूसरे के घर बुलाकर। आवाज़ को थोड़ा उनींदा और नाटकीय बनाकर बोला, 'तुम्हारे जैसे दोस्त सच में दुर्लभ हैं, जो सुबह होते ही मन में रोशनी कर दें।

'अबे गधे, सुबह में तो पहले ही रोशनी होती है। यह तो तू सोया पड़ा है।'

'नहीं-नहीं, मेरा मतलब है रोशनतर कर दें। यही न कह रहा है तू. ..मैं क्या इतना भी नहीं समझता...बरसों से जानता हूं तुझे', वह अपनी बेदिली को लीप-पोतकर कुछ और चमकाता कि सुनने वाले ने अपनी तीन मिनट की मोहलत जताई।

'तू यार दिलशाद रहे, बाक़ी के हालचाल खत में पूछूंगा।'

'हां। हांऽऽहां...ठीक है। अच्छा किया, याद किया। यू हैव मेड माय डे।'

आकर फिर से पसर जाने का इरादा बना। अपना सिर उसने तकिये के

गुदगुदेपन के हवाले किया पर व्यर्थ। एक मदालस उदासी। नयना का पत्र मन में रड़क रहा था। उसी पर सोचते वह गई-रात सोया था, 'तुम्हारे चले जाने से तो सब-कुछ और धुंधलाया लग रहा है। हालांकि यहां रहते भी तुम्हारी वही भूमिका थी। मेरी विवशताओं में दखल न दे पाना। प्रतीक्षा करना। कभी-कभी लगता है प्रतीक्षा भी तुम कब तक कर पाओगे। नई जगह नए सम्बन्ध...'

गीला टपकता-टपकता-सा पत्र। उसे तो याद भी नहीं होगा कि यह पत्र उसके जन्मदिन तक पहुंचेगा। याद होता तो कामना करती।

क्या वह नही जानती कि मैंने यहां आना क्यों चुना? जगाधरी पेपर मिल्स के इतने बड़े यूनिट को क्यों लात मारी? यहां आने का उपक्रम किया ताकि नयना का आना बन सके -- उसके पीछे। वहां रहते तो एक ही भंवर में घूमते रहना चलता रहेगा। वह भंवर नयना के पिता का बनाया हुआ है। पत्नी के अभाव में अपने कानों में तेल और बड़ी बेटी की नाक में गिरस्ती की नकेल डाले वह निश्चिंत बैठे हैं। नयना का एक भाई असहमत, एक अपंग और एक छोटी बहन -- अबोध, जिसे जन्म देते उसकी मां परलोक सिधारी थी।

पिता के अनुग्रह से नयना के विवाह का मुद्दा नहीं सुलटता। नयना के अपने चुनाव का तो सवाल ही नहीं उठता। वह हुआ तो पिता के दबाव की सरहदें परे चली जाएंगी, सो नहीं होता। अड़ियल झिर्रियां रोशनी के आगमन का रास्ता काट देती हैं हर बार।

नयना समझती है, उज्र नहीं करती। भीतर कहीं भाई के अपंग होने और बहन की अबोधता का मर्म समझते कच्ची पड़ती है। एक का जीना दूसरे की कीमत पर। ऐसा न भी करना चाहे तो चारा क्या है! अपनी स्वतन्त्रता के सवाल को लेकर मन इतना विषण्ण कि हताशा में पूरी दासता स्वीकार कर लेती है। पैसों की पोटली पिता के पायताने रख देती हैं, उन्हें शर्मिन्दा तक नहीं करती। यह सतत चल रही सुविधापरस्ती...

हो सकता है आज की डाक से उसका कोई दूसरा पत्र आए; कोई कार्ड या कुछ और...अभी तो सारा दिन पड़ा है।

उठकर चाय बनाई, सिगरेट सुलगाई और रसोई से लगी खिड़की के किवाड़ खोल दिए। एक छरहरा-सा मौसम भीतर घुस आया। सुरक्षा के विचार से वह खिड़की बन्द रखता है। दूर...सुदूर बहती ताप्ती नदी की एक पतली धवल रेखा। उसके बाद मकानों की शुरू होती उठानें। यह पिछवाड़ा एकदम अकेला-जैसा पड़ता है। कोई चाहे तो दीवार के सहारे सीधा चढ़ता आ सकता है। यह बात अलग है कि चुराने को इस घर में धरा ही क्या है!

वहीं खड़ा-खड़ा वह नयना के साथ के जीवन की कल्पना करने लगा। भीतर का परिदृश्य कुछ नरमाया-सा लगा, जैसे कि यह खिड़की उस समय नदी को न्योत पानेवाले घर की एक खूबी की तरह कहलाएगी। साथ लगे-लगे कितना खड़े रहने को जी चाहेगा। आकाश निहारते, अन्दर आने से इनकार करते...हवा का एक-एक झोंका सम्हाल-सम्हाल कर खरचते।

उसकी आंखें नयना की आंखें बनीं घर का कोना-कोना नाप रही हैं, यह उसे तब पता लगा, जब किसी ने दरवाज़े पर दस्तक दी।

घड़ी देखी -- सवा आठ। दरवाज़े तक जाते-जाते वह नल की टोंटी घुमाता गया। पानी आ गया होगा।

दरवाज़े पर चन्द्रा थी -- चिक्की। हाथों में फूलों का एक गुच्छा थामे। गुच्छे में एकाध लाल फूल के अलावा ज़्यादातर पीले फूल थे। गेंदे का गुच्छ उसने पहली बार देखा था।

'आओ, आओ चिक्की', वह सकपका गया। उसका ध्यान पहले अपने गंदले तहमत पर गया। अपनी दोनों बांहें क्रॉस करके छाती पर बांधते उसने चिक्की की अभ्यर्थना की। अपना आश्चर्य छिपाते। निगाह की तेज़ी से उसने अपना कुरता तलाशने-जैसी कोशिश भी की। छोटी-सी हड़बड़ाहट मन में भर गई। पटर-पटर बजता पानी। घर में अचानक आई चिक्की। और कुरता...

'अरे, तुम बैठो न', उसने बरामदे में बिछे तख्त की ओर इशारा किया और कुरता पहनने भीतर चला गया। रास्ते में पूरे बल से वह नल बन्द करता गुजरा था।

'चाय बनाऊं' पूछने के साथ ही वह कुर्सी पर धमककर बैठ गया था।

चिक्की अब जाकर बोली थी--'हैप्पी हैप्पी बर्थ डे टू यू' और गुलदस्ता बढ़ाया था। एक खुलती हुई मुस्कान होठों पर बिछाते।

हाथ बढ़ाते अटपटा लगा था, पर उत्सुक-जैसी मुद्रा बनाकर उसने अपनी गरदन आगे की ओर बढ़ाई, 'थैंक्यू, तुम्हें कैसे पता लगा, आज मेरा बर्थ-डे है?'

'लग ही गया', उसके मुंह पर शरारत खेल रही थी।

आग्रह करके पूछे, ऐसा कुछ उसने अपने भीतर महसूस नहीं किया। चिक्की की अपेक्षा को ही मुख्यतः आगे रखकर बोला--'फिर भी...'

'ऑफिस रिकॉर्ड से। लगाना ही हो तो लग जाता है', चिक्की के चेहरे पर साफ़ लिखा था कि वह अपने कथन के पिछले हिस्से को ज़्यादा महत्त्व देना चाह रही है।

'यहीं कहीं आसपास रहती हो?'

'नहीं...संगरामपुरा।'

'सच में? तब तो खासा समय लगा होगा आने में?'

'हांऽऽआं। यों तो बस सीधी यहां तक आती है। ऑफिस के लिए भी तो निकलना ही था।'

'चाय?' उसने घड़ी और नल के बीच अपनी निगाह तानते फिर पूछा।

चिक्की ने 'न' में सिर हिलाया -- 'आप शायद अभी उठे हैं?'

'नहीं, थोड़ी देर हुई।'?

'मैंने सोचा आपको सरप्राइज दूंगी।' उसने फिर एक गद्‌गद-सी उड़ान भरी।

कुर्सी की ढलुवां पीठ पर अपने को पीछे पसारते हुए वह धुएं के छल्ले में अपना मुंह छिपाने में लग गया।

वह निरुत्साह-सी दिखी तो फिर उठुंग हो आया, 'कौन-कौन हैं घर में?'

'सब हैं। माता-पिता, भाई बहनें। दो भाई हैं, चार बहनें। अभी एक ही बहन की शादी हुई है...मुश्किल से।'

'अच्छा! और तुम्हारी?'

चिक्की कि फिफ्फ-जैसी हंसी निकली तो अपने प्रश्न के फूहड़पन पर उसका ध्यान गया। 'यूं ही पूछा', कहकर वह उठा खड़ा हुआ। 'आर यू श्योर चाय नहीं पिओगी? अच्छा तो मैं नहा लूं जरा?'

'हां-हां, बेशक, मुझे लगा, मैं आपके साथ ही दफ्तर निकल जाऊंगी।'

'निकल सकती हो।' अब जाकर उसने अपने को मुक्त महसूस किया। बरामदे के दूसरे छोर पर लगे नल को घुमाकर सबसे पहले तो उसने अपने को आश्वस्त किया, फिर अन्दर से लपककर शेव का पाउच उठा लाया।

भीतर शीशे का जुगाड़ होता, तो ऐसा कुछ करना वहीं ठीक रहता, पर चारा नहीं था। इस मकान में आए अभी दो महीने ही गुजरे थे। एक अजीब उखड़ेपन का रिश्ता, जैसे सोने के लिए हर रात कोई किसी सराय में लौटकर आता हो। यहां वीरान पिछवाड़े के इस मकान में, जितना कुछ भी मनोहारी है, वह नयना और नदी को जोड़ देने पर बनता है। ऐसा कुछ तो उसने पिछले खत में नयना को भी लिख दिया था।

वह सच में चिक्की को भूल ही गया होता, यदि तखा से उठकर नीले दुपट्टेवाली लड़की इधर-उधर डोलती उसे शीशे में दिखाई न देती।

'कुछ चाहिए?' वह एकदम पलट गया।

'नहीं, गिलास देख रही थी।'

'पानी पीना है?'

'नहीं तो', जरा-सी खटपट के बाद ढूंढ़े हुए एक गिलास में वह गेंदे का गुच्छा भर रही थी। पानी की ज़रूरत उसने वाशबेसिन से उसके साथ सटते हुए पूरी की।

वह टाल गया और नहाने चला गया। आया तो ध्यान आया घर में पहले की तरह कैसे भी टहलते हुए तैयार नहीं हुआ जा सकता। पूरे कपड़े पहनकर बाहर आना होगा। यह नहीं कि पैंट पहनते चाय बना रहे हैं।

'चाय बने या दूध?,' प्रश्न पूछा गया था उढ़के हुए दरवाज़े के बाहर से।

'कुछ भी नहीं...अगर तुम्हें न लेना हो तो मुझे कुछ नहीं चाहिए... देर हो रही है।'

'पर चाय तो बन चुकी है।' वह थोड़ा विस्मित हुआ, 'अरे, दिक्कत नहीं पड़ी?'

'औरतों को कहीं भी दिक्कत नहीं पड़ती।'

'औरतों को या लड़कियों को?'

इस बार वह खिलखिलाकर हंसी, 'लड़कियां ही तो औरतें बनती हैं।

अपने वाक्य के निहितार्थ पर वह खुद ही मुस्कराने लगी। वह गम्भीर हो गया और गम्भीर ही बना रहा। 'कितने साल हो गए नौकरी में?'

'चार, पर इस कम्पनी में अभी आई हूं। आपके आने से छह महीना पहले।'

'छोड़ने और आने की वजह?'

'यहां वेतन ज़्यादा है।'

'वेतन तो घर में दे देती होगी?' पता नहीं, वह कैसे पूछ गया। यह क्या उसके मन में घुमेर लेती किसी दूसरे वृत्त की गूंज थी?

'नहीं, अपने पास रखती हूं...अलग बैंक में।...सब मान जाते हैं', कहकर वह दूर देखने लगी, जैसे इस चौखट के पार निकल गई हो।

'मानना ही चाहिए।...कमाती तुम हो।'

'ऐसा तो नहीं कुछ...मीता के घरवाले कहां मानते हैं।

'मीता कौन?'

'अरे वही अपनी मीता...मीता सिन्हा। ऑफिस में जो मेरे दाईं ओर बैठती है। फिर आपको मालूम है वह घर में पैसे भी देती है और अपनी मरजी से शादी भी नहीं कर सकती। एकदम सख्त हिसाब है उनके यहां. ..लड़कियों-जैसा।'

'कुछ दबाव है क्या?' उसने जानना चाहा। पर घड़ी देखते घर बन्द करने की जल्दी करने लगा। दरवाज़ा बन्द करने के बाद ध्यान आया कि नदी वाली खिड़की तो खुली रह गई है। नदी तो भीतर आएगी नहीं, अंधड़ आया तो घर को धूल से भर देगा।

वापस आया तो देखा चिक्की तल्लीन होकर इधर-उधर देख रही है।

'पहले यहां एक मंदिर हुआ करता था--बड़ा अज़ीब सा। पुराना-सा था पर खम्भे चटक नीले रंग के, ताकि बैठनेवालों के सिर की चिकनाहट न लगे।'

'मंदिर थोड़े गायब हो सकता है, तुम्हें कोई दूसरा ध्यान होगा।

'नहीं, पूरा ध्यान है। पहले कभी अपने चावला साब इसी घर में रहते थे। अपने सेक्शन ऑफिसर।...वह देखिए, वह रहा मंदिर। पीपल के आगे। अंगुली से मंदिर दिखाते वह तेज़-तेज़ आंखें झपकाने लगी थी।

उसे लगा, वह कुछ तलाश रही है। कभी पहले का कुछ पता नहीं कब का। इस बार उसने पहली बार चिक्की को ध्यान से देखा। चेहरे पर खिंची वक़्त की लकीरों का करतब। शायद वह इतनी छोटी नहीं थी, जितनी तंग कुरते और नीले दुपट्टे के कारण दिखती थी। आंखों के नीचे तांबई गहरापन और उठे हुए गाल।

'एक बात पूछूं?'

'पूछिए', कहते-कहते चिक्की के कानों की लवें तक थरथरा गईं हों जैसे। 'तुम्हें सूझा कैसे कि जन्मदिन पर जाएं।'

'और कब जा सकते हैं?'

पर आने की ज़रूरत? जैसा कुछ पूछकर वह इस निर्दोष भोलेपन की हत्या नहीं कर सका। एक सायास-सी मुस्कान बिखेरकर किनारे खड़ा हो गया।

खिल गई चिक्की। वह दुःखी हुआ। इतनी दरिद्रमना हो गई है यह लड़की कि जरा से दांत खोल देने-भर से गद्गद हो गई। क्या नयना भी किसी दिन...

स्कूटर पर किक मारते ही चिक्की उचककर पिछली सीट पर आ धमकी। बज गए थे पौने दस। गति कम करने के पक्ष में कुछ भी नहीं था। उसने सरपट वाहन दौड़ाया। ट्रैफिक के गाढ़ेपन को वाहन के हल्केपन से चीरते हुए। बाईं ओर मोड़ की गोलाई में एक तरफ़ झुकते स्कूटर पर चिक्की ने अपनी बांह उसकी कमर के गिर्द डाल दी। एक तपिश-सी उसकी पीठ को झनझना गई। झटक सकता था, नहीं झटका।

सड़क के उस पार ऑफिस था। ऑफिस के पहले का चौराहा पार करते ही चिक्की ने अपनी बांह कमर के गिर्द से वापस ले ली। 'मैं इसी चौराहे पर उतरूंगी' उसने जोड़ा।

'क्यों?' उसने व्यर्थ पूछा।

सड़क पर पैर रखते ही वह अपने दुपट्टे का स्टाइल बदलने में लग गई। चौकन्नी-जैसी हो गई। हरी बत्ती के आने तक ही उसे लग गया कि वह किसी दूसरी काया में प्रविष्ट हो गई है।

ऑफिस टेबल पर बैठा पर मन उचाट। काम से छिटकी मानसिकता। सुबह से दो-दो लोग उसकी सरहदों में घुसपैठ कर चुके हैं। जैसे किसी अनचाही घटना के रौंद देने से शिराएं पिचक गईं हों। असंगत-सी अनुभूति।

जरा ही देर में चिक्की हस्ताक्षर लेने कमरे में दाखिल हुई। एक सांवली-सी लुनाई से उसका चेहरा दहक रहा था। ओढ़ी हुई औपचारिकता भीतर से खुल पड़ने को व्याकुल। जरा-सी छूट भर दें कि...

'यस', वह सख्ती से बोला। आवाज़ की कड़ाई उसे खुद सुनाई दी--गूंजकर आती।

वह सिमट गई। हस्ताक्षर लेते ही पलट गई। अब कहीं जाकर अपने को ढील पाना सम्भव हुआ। मन में खिझलाहट कि जो उपलब्ध है, उसे लेना नहीं है, जो मिल नहीं रहा, उसी की एक सुलगती मांग अन्दर अड़ी है। चीज़ें दिखाई नहीं देतीं फिर भी कैसे-कैसे बहानों से जगह मांग लेती हैं। भीतर भर जाती हैं। ऐसे में नयना का कोई संदेश आता, तो कितना अच्छा लगता।

नयना को जन्मदिन की याद नहीं रही होगी, वह पहले सोच चुका है। परेशानियों से नरम-नाजुक चीज़ों का कचूमर जैसा बनता जा रहा है, जब कि सोचा यह था कि नरम नाजुक चीज़ें परेशानियों को दबोच लेंगी।

सोचे तो, नयना से कोई अपेक्षा, कोई शिकायत नहीं है। नहीं थी। शायद इसलिए उपजी कि कोई दूसरा आंख के सामने अपने को बढ़-चढ़कर जता रहा है। तुलना पैदा कर रहा है।

सान्त्वना-सी हुई। अब उसे आसान लगा संचित हो पाना।

कलम हाथ में पकड़ी ही थी कि मेहता आ गया, 'दिन मुबारक हो जनाब!'

'किन बात के लिए?'

'जन्मदिन है न तुम्हारा?'

धत् तेरे की...यह चिक्की। प्रकट में बोला, 'अब इस उम्र में जन्मदिन क्या मनाना।'

'क्यों? जन्मदिन तो मरने के दिन तक मनाया जाता है। बस यही एक बात तो अटल है गुरु। क्या-क्या होगा आज रात ? पार्टी? पिक्चर ?'

'कुछ भी नहीं...रियली नथिंग।' लगा चिक्की उसके बारे में बात कर पाने की अपनी हौंस को ऐसे पूरा कर रही है। दायरा फैला रही है सूचनाएं दे देकर। डांट देना होगा। चलकर घर आई तो कुछ कहा नहीं जा सकता था। आगमन के अचानकपन से वह गुम-सा रह गया था।

'अभी तो परिवार भी यहां नहीं है।'

'तब तो और भी अच्छा है। बैचलर्स पार्टी जमेगी।'

'नहीं जमेगी। मुझे शाम को कुछ काम है।'

'कल हो जाएगा।'

'शाम को देखूंगा।'

'नहीं, चिक्की ने कहा है वह खाना बनाकर ले आएगी। तुम्हारे घर बैठकर सब खाएंगे। गुप्ता को भी बुला लिया है।'

वह सोच में पड़ गया। सोच मेहता को अच्छी नहीं लगी। 'तुम ऐसे प्लेजर-किलर हो। मनहूस। बहाने को भी ध्वस्त कर देते हो।'

'किस बात का बहाना?'

'खुश होने का बहाना! और कुछ नहीं तो तुम्हारा जन्मदिन ही सही।'

'यानी कुछ चाहिए। कुछ भी...।'

'दलीलों से ही कचूमर बना डालो इस बात का।

'अच्छा बाबा!' उसने हथियार डाल दिए।

शाम दल-बल सहित पहुंची चिक्की। उसने चिक्की को भांपने की कोशिश की। क्या कहकर आई होगी घर में? किसी सहेली के यहां जा रही हूं। वहां से पिक्चर जाऊंगी। पर ऐसे लदफद कर? खाना साथ लेकर?

नहीं, नहीं। घरवालों को पता होगा कि वह कहां जा रही है। वह अपने पैसे अलग बैंक में रखती है और सब मान भी जाते हैं। उसका घर मीता सिन्हा का घर नहीं है। उसका घर नयना का घर भी नहीं है।

कोशिश खूब की कि एकसरस हो पाए। उनके छलकते उत्साह में हिस्सा ले सके पर नहीं बन पाया। भीतर ऐसा, जैसे पानी की तरल सतह के नीचे कोई पत्थर गुमसुम बैठा हो।

ये तीनों कैसे इतने उत्साही हो पा रहे हैं। बेगानी शादी में अब्दुला दीवाना। चाहने-भर से तो ज़िंदगी उत्सव नहीं हो जाती।

वे सब अपनी ही धुन में थे। केवल चिक्की रह-रहकर उसे सांझी परिसीमा में घसीटती रही। आंखों से धक्के दे-देकर। वह चेष्टाएं उसे बुरी लगीं।

लगा, थक रहा है बेकार के हंसने से। हंसने का प्रसंग क्या है, यह भी समझ में नहीं आ रहा। लहर तो मन की होती है, किसी खास दिन की नहीं। और इस लहर को निगल जानेवाली कितनी ही बातें हैं जो दिमाग के तापमान को तय करती हैं। वह चाहे भी तो उन सबके उपजाए विनोद में हिस्सा नहीं ले सकता। उनके थोपे हुए स्नेह-प्रदर्शन को सोख-भर सकता है, बस।

दो-एक बार ऐसा अकेला-जैसा कोना मिला तो लगा कि चिक्की ज़रूर कोई हरकत करेगी। पर उसने ऐसा कुछ भी नहीं किया। केवल उससे सटकर निकलने में रुचि दिखाई।

इस गपाष्टक के दौरान वह लगातार सोचता रहा कि ये सब जाएंगे तो वह नयना को पत्र लिखेगा, कहेगा ऐसे उखड़ो मत। घर में रहते कम-से-कम ठिकाना और सुरक्षा तो है। तुम दूसरी लड़कियों की तरह हर किसी के पीछे मारी-मारी फिरो, मुझे पसन्द नहीं। काम अगर है भी तो अपने घर का ही तो है। धीरज रखना ही ठीक है। लिखेगा यह भी, कि जन्मदिन पर उसका खामोश रहना उसे कितना अखरा, खास तौर पर...

यह भी कि चिक्की, मेरा मतलब है चन्द्रा चौहान -- मेरी ऑफिस असिस्टेंट--एकाएक घरेलू लड़की बनने को उतावली लग रही है। लगता है मां-बाप ने मैदान में छोड़ रखा है। कमाओ, खाओ, जहां-तहां सींग मारो। हमारे बूते में तो इन सींगों को समेट सकना है नहीं...

'वैसे तुम काफ़ी मनहूसियत फैला रहे हो।' मेहता एकदम उसके नज़दीक आकर बैठ गया। सिगरेट छीनकर अपने मुंह में लगा ली।

वह हंसने में शामिल होने की कोशिश करने लगा, पर अपने ही भंवर में कहीं अटका रहा।

चिक्की को लेकर ऐसी कोई बात वह नयना से कैसे कह सकता है। नयना कुछ और समझ बैठी तो? दूरी और प्रतिकूलता, चिक्की इस दूभरता में दाखिल होकर काम बिगाड़ेगी ही।

अब गड़ने के लिए एक और शहतीर। उसके और नयना के बीच भरोसे की जमीन क्या इतनी कच्ची है कि चिक्की-जैसी चालू लड़की के जिक्र-भर से तड़क जाए? इसमें किसका खोट है? कहां की है? रिश्ते की ताक़त क्यों अभी तक उन रेशों में नहीं है?

मेहता ने 'टू-इन-वन' पर कैसेट बदल दिया। चिक्की पहले तो तालियां बजा-बजाकर झूमती रही, फिर कुछ ऐसे अंदाज़ में खाना परोसने बैठी, जैसे चाह रही हो कि वह उसे खाना परोसता हुआ देखे।

उस घड़ी ऐसे--अपने को परोसनेवाली--चिक्की पर उसे बेतरह गुस्सा आया। पहले जान तो लेना चाहिए कि कौन कहां खड़ा है। किसकी कौन-सी धुरी है, जहां बिंधे होने के कारण ही परिधि पर इतनी मुक्ति है। अगर कोई अकेला-जैसा दिखता है, तो इसका यह मतलब तो नहीं कि वह है। यों तो जन्मतः हर कोई अकेला है। अन्ततः भी। इसीलिए तो दो की जगह चार पैरों की यात्रा इतनी अमूल्य। खरखरी ज़िंदगी के बीच यही दो सुन्दर शब्द -- आशा, विश्वास।

ये दो शब्द उसके मन में एकाएक झुनझुने की तरह बजने लगे चिक्की द्वारा फैलाए दस्तरखान के बावजूद। भीतर एक तेज़ धुकधुकी।

उसने देखा चिक्की पूड़ियों के ढेर के नीचे से नरम-नरम पूड़ियां चुन-चुनकर उसकी थाली में रख रही है।

'यह सरासर बेईमानी है...सौतेला व्यवहार', गुप्ता ने उज्र किया। चिक्की लजा गई। चिक्की के लजा जाने को उसने ढंका, 'शी इज़ स्पेशली ट्रीटिंग मी फॉर माय बर्थ डे।'

चिक्की ने इस बचाव का खूब फायदा उठाया और चहकने लगी। मेहता के चेहरे पर एक तल्खी-सी खिंच आई।

वह खीज गया। लगा, बिना किसी रस्सी के दूसरों के आवेग से बंधा इधर-उधर घिसट रहा है। जब कि वह चाहता है अकेले होना। पूरी सांस लेना। इस एक अलग से खड़खड़ाते दिन को अपनी अंदरूनी लय में समेट सकना।

अभी तक तो वह समझ ही नहीं पाया कि इतना चहकने-महकने को आखिर है क्या? उपस्थितियों की इस भीड़ ने उल्टे दबे हुए दर्द को चटका दिया है। वह 'अनुपस्थित' के साथ घिसट रहा है, पर नयना से कहने बैठा तो जन्मदिन के इस जमघट में उसका निरानंद बने होना क्या वह मान लेगी? अपनी मंशा की पारदर्शिता वह नयना के अन्तस तक कैसे ले जा पाएगा?

भीतर कहीं दुःख गया। एकान्त की भूख अब और भी उग्र। 'चलो, चलते हैं फिर...' जब तक वह वाक्य उन तीनों की ओर से आता, वह थक चुका था। अकारण का थकना। ऊपर से चिक्की कि चिंता। ग्यारह बजने को हैं, पर वह बेखबर है। उसके माता-पिता एक से दूसरे, दूसरे से तीसरे कमरे में–चहलकदमी कर रहे होंगे। बुढ़ापे में ऐसी दारुणता पैदा करती है नालायक लड़की।

दफ्तर आया तो चिक्की कुछ इस तरह से कमरे में मौजूद थी, जैसे दो बार घर आ जाने से कोई विशेषाधिकार पा गई हो, चंचल, अस्थिर। अब जल्दी ही उसे सब कुछ बता देना होगा।

यह भी कि वह खुद कुछ निलम्बित-सा है, स्थितियों के शिक़ंजे में। स्थितियां ऐसी जिनमें उसके अपने कुछ करने-धरने को नहीं है। नयना के निवृत्त होने की प्रतीक्षा है।

कैसे निवृत्त होगी नयना? ऐसे में स्त्रियों की पुरुष से क्या कोई बड़ी जैसी मांग होती है? कोई बड़ा समाधान? जैसे पृथ्वीराज संयोगिता।

वैसा बल क्या उसे अपने भीतर महसूस होता है? उसने अपने को टटोलने की कोशिश की, पर अपने को खखोल ले, ऐसा धीरज महसूस नहीं हुआ। सामने रखा कोई दो टूक उत्तर भी हाथ नहीं लगा। शायद समय बदल गया है।

चीज़ों के खोने का दर्द अब वैसा नहीं होता किसी को।

चिक्की मुंह उठाए सतत उसका चेहरा बांध रही थी। ऐसे पकड़े जाने पर वह क्रोधित हुआ, 'अभी कोई काम नहीं है, उसने बिना सोचे अपना क्रोध चिक्की पर फेंक दिया।

चिक्की ऐसे हिली जैसे हवा में लता थरथराती है। दो क्षण गुम रही फिर बोली, 'पर किसी और को काम हो सकता है आपसे।'

थोड़ा सम्हला वह, 'बताओ।' स्वर में वही ऊपरीपन, जिसे दूसरा तैयार न हो तो नहीं स्वीकारता।

'ऐसे बता पाता होगा कई पंजों पर खड़े-खड़े। कहने और सुननेवाले के बीच कम-से-कम हमदर्दी का कोई जज़्बा तो हो।'

वह कुर्सी पर तन कर बैठ गया, 'हां-हां, कहो न।' ओढ़ी हुई नरमाई। भीतर के तंतु उतने ही तने हुए। मन में यह अचम्भा कि यह फुदकती हुई लड़की क्या इतना महीन देख सकती है।

'यह तो है नहीं कि आप समझते नहीं।' शब्द चिक्की से शायद नहीं बन पड़े।

'नहीं समझता।'

'यह सरासर झूठ है।' वह भीतर से उत्तेजित हो गई, 'क्या ज़रूरी है दूसरे को जलालत की इस हद तक खींचा जाए?'

'क्या ढूंढ़ रही हो? शादी या प्यार?'

वह तप गई। 'इस तेवर में तो कुछ भी नहीं। बहरहाल, पूछना ज़रूर चाहती हूं कि यह दोनों क्या अलग-अलग चीज़ें हैं?

'हां, हैं। तुम अच्छी तरह जानती हो कि हैं। इतने दिनों से दफ्तरों में काम कर रही हो, क्या इतना भी जानती नहीं होगी?'

'मैं अपनी तरह चलती हूं' चिक्की को शायद बुरा लगा।

'सब अपनी तरह चलते हैं।'

संवाद की एक सीमा आ गई अपने-आप। दोनों के अनचाहे। बीच में सब कुछ उतना ही बंद, अव्यक्त। शायद इसीलिए उठने का उपक्रम नहीं हो पाया। शायद इसीलिए घंटी बजाई गई। चाय मंगवाई गई। अब बैठे रहने का कम-से-

कम कोई तर्क तो था -- चाय।

'मैं तो पहले ही कहना चाहता था तुमसे कि हल्की-फुल्की दोस्ती के लिए मेरा दिमाग खाली नहीं है, और शादी के लिए मैं वचनबद्ध हूं।'

बिलबिलाई चिक्की। 'यह हल्की-फुल्की से आपका क्या मतलब है?'

'मतलब तो साफ़ है।'

'आप एकदम गलत सोच रहे हैं। ऐसा ही सोचा जाता रहा है सदा। आत्मनिष्ठ को चालूपन से जोड़ लेना। ऐसी कोई गिरी पड़ी वस्तु नहीं हूं मैं। माता-पिता हैं। घर-बाहर हैं। आपस में आदर प्यार है। दूसरों की गाली क्या इसलिए सुन लूं कि मैं अपनी जिम्मेवारी खुद उठाती हूं। या कि अपना रास्ता खुद तलाश करना चाहती हूं?'

'पिता कुछ नहीं कहते?' वह कहीं और टहल गया। एक अनदेखा आतंक पिता की छवि से हमेशा टकरा जाता है उसके मन में। शायद नयना के कारण।

'पिता क्यों कुछ कहेंगे? उन्होंने क्या कम किया कि पढ़ा-लिखा दिया, एक को नहीं, छह-छह को। जब वह हम सब लोगों के लिए खट रहे थे, तब तो किसी ने नहीं देखा। उनकी लचकती ताक़त पर अब कितना बोझा डाला जा सकता है। बालिका वधू बने रहने का नाटक है। तो बढ़िया, पर खूब चतुराई से भरा। कौन जाने हम खुद ही उन परदों को फाड़ना न चाहते हों। आत्मनिर्भर होने में मेहनत जो पड़ती है। लालच कम करना पड़ता है। प्राप्तियां भी घट जाती हैं। संरक्षण भी।'

वह चौंका।

...यों देखा जाए, तो शादी में ऐसा अनोखा क्या है कि इस कदर तूल दी जाए। सब कहेंगे, माता-पिता भारमुक्त होना चाहते हैं। चलो, यही सही। पर माता-पिता के ढेरों काम हम करते हैं या नहीं? यह भी क्यों नहीं।'

अब वह हंसी। सामने से देखते उसे लगा यह हंसी अलग है। अब तक की सारी चपल चंचल परिचित्तियों से भिन्न। ऐसी अंदरूनी उठान के सामने उसे चिक्की का यह दफ्तरी पद महत्त्वहीन लगा। 'अभी तो काम करोगी न इसी ऑफिस में?'

वह एकदम हतप्रभ हो गई। बात के उद्गम को नहीं देख पाई। जैसा समझ में आया, वह क्षुब्ध करनेवाला लगा। चटाक से बोली, 'आपको लगा कैसे कि

मैं यहां रहते आपको फुसलाने में पड़ी रहूंगी? क्या बच्चे हैं आप?'

उस पर घड़ों पानी पड़ गया। संकुचित हुआ पर बिलबिलाया नहीं।

मन में एक खिड़की खुल चुकी थी। आहिस्ता से बोला, 'नहीं, इस गरज से नहीं पूछा था।'

'तो फिर?'

'जाने दो। अच्छा यह बताओ, तुम अपने को चिक्की क्यों कहने देती हो। चन्द्रा क्यों नहीं कहलाती? वह चिढ़ी। उसका अप्रसन्न होता

चेहरा उसे सामने दिखा, 'यह गुप्ता की शरारत है। वह मेरा पड़ोसी है। 'चन्द्रा' को ठेलकर घर से 'चिक्की' को उठा लाया, अपनी निकटता जताने के लिए, पर...'

'अच्छा चलती हूं।' वह खटाक से उठी और चल दी। कहने-सुनने का मौक़ा दिए बिना।

चिक्की चली गई। उसे कहां छोड़ गई, वह खुद नही जानता। कितनी ही देर वह कुर्सी पर निश्चल बैठा रहा पर ऑफिस में निश्चलता?

शाम तक फाइलों से उलझता रहा और निवृत होने का इंतज़ार करता रहा, निवृत होते ही वह नयना को पत्र लिख रहा था--

'तुम्हारी शुभकामनाएं नहीं आईं फिर भी मैं तो जन्मा ही। इस बात पर हंसना नहीं। यहां दोस्तों ने खूब हंगामा किया। देर रात तक जमे रहे। केवल मैं ही खाली डिब्बे-सा खड़खड़ाता रहा। तुम्हें खूब-खूब मिस किया। तुम्हें क्या मालूम, यहां कितनी उत्तेजक आमन्त्रक स्थितियां है, पर मैं हूं कि तुम्हीं से बिंधा बैठा हूं।...

...सतत सोच रहा हूं। तुम भी सोचना कि प्रतिकूलता से निपटने का क्या कोई दूसरा तरीका नहीं है? यह ठीक है कि घर छत और संरक्षण देता है पर क्या ज़रूरी है कि संरक्षण मिलता ही रहे। तुम्हारी स्थितियों में तो संरक्षण तुम दे रही हो। कंधा खींचकर तो देखो। कौन जाने ये अपने पैरों पर खड़े होना सीख जाएं। दुनिया में एक-से-एक अवश प्राणी हैं...'

गलियारे

बाहर की बजरी को बजाती हुई कोई ऑटो रिक्शा आकर रुकी है, इसे देवा ने भीतर लेटे-लेटे जान लिया। पैरों में सनसनाहट-सी दौड़ गई। थोड़ा उठने का उपक्रम किया -- व्यर्थ। इधर-उधर देखा – व्यर्थ। पलंग से लटकी घंटी का स्विच दबाया -- व्यर्थ। बिजली नहीं है आधे घंटे से, वह कैसे भूल गया था! कुछ और समझ में नहीं आया, तो पास रखे गिलास से टीन की अलमारीनुमा मेज़ बजा दी। ज्ञानी दौड़ा आया, 'बाथरूम जाना है?'

'नहीं!'

पानी चाहिए? कोई दवा चाहिए?'

'नहीं...नऽ...हीं!'

'तो फिर क्या है?'

ज्ञानी की आवाज़ में यों ही दौड़ा देने की जो खीझ थी, उस पर देवा का ध्यान गया। क्या हुआ था उसके पैरों में एकाएक, इसे ज्ञानी क्या समझेगा? ज्ञानी जाने लगा, तो उसने कहना चाहा कि हैंडल लगाकर तनिक मेरा सिरहाना ऊंचा कर दे या मुझे मेरी कुर्सी पर लाद दे, पर चुप रहा। व्यस्त-सा होकर बाहर से आती किसी आवाज़ की अगवानी में लग गया।

जानता था, अभी एक आवाज़ उन लम्बे गलियारों को पार करती हुई आएगी। और उसके कमरे के बाहर आकर थम जाएगी। देखते-ही-देखते एक ऋतु की तरह यहां की हवा में बस जाएगी। कितना अच्छा है कि उसके कमरे में रहते वे दोनों इस समय किसी कारण से कमरे के बाहर हैं। कोई नहीं होगा यहां, दीदी पर उसके अधिकार को बांटने वाला। यह अधिकार पूरी तरह उसका है, पर कितना भी उसका अपना हो, दीदी के आते-आते बंट जाता है। हिस्से हो जाते हैं उसके एकानेक। दीदी की निगाह का स्पर्श सबके घावों को छू लेना चाहता है एक साथ।

दीदी अभी दरवाज़े तक पहुंची ही थी कि गलियारे में डोलती किन्नी ने उन्हें पकड़ लिया, 'दीऽदीऽ!' और पर्त लगी पीलास से लिसड़े दांत उनके सामने खोल दिए। सिखाती रहें वार्डन दीदी कि किन्नी ढंग से दांत साफ़ किया करे, पोपली की तरह, जिसने अपना बायां हाथ चलाना सीख लिया है, पर पोपली पोपली है, किन्नी-किन्नी। जो पोपली सीख सकती है, वह किन्नी नहीं भी सीख सकती। सीखने और विकसने के विधान पर जन्मजात ताले पड़े हैं। जो जिसको आता है; आता है। जितना जिससे सधता है, सधता है। सिखाने की कोशिशें कितनी मुश्किल से फलती हैं, इसे जब से आया है, देख रहा है देवा।

किन्नी जब अपना खंड लांघकार आ ही गई है, तो अब आसानी से नहीं टलेगी। अपनी टेढ़ी-मेढ़ी बांहों को तोड़ती-मरोड़ती वह दीदी की कलाइयों को अपनी हथेलियों में भरने की कोशिश करेगी और खी-खी हंसती रहेगी। लोका किसी पालतू की तरह किन्नी का पीछा करता-करता यहां चला आएगा और खींसे निपोरेगा। हंसने की कोशिश में वह जीभ बाहर निकाल लेगा और लार टपकाता रहेगा। गोपी को पता लग गया, तो वह भी आने से नहीं चूकेगा, सोहणा, तिरिया कोई भी...हर कोई...सब-के-सब।

जानता है देवा, किसी का भी यहां, इस अपंग गृह में, आना एक घटना की तरह होता है। संक्रामक हवा की तरह। सब-के-सब सूंघते-सूंघते उसी दिशा में दौड़ने लगते हैं। भूखी जैसी आंखों से आगत को घूरते हैं। क्या मांगते हैं? इस आधे-अधूरे जीवन में यह समझ कहां से आती है! डगमगाकर गिर पड़े, तो हंसना! सिर पर कोई हाथ सरक आए, तो रोना! भौंचक्के भावहीन देखना! कारणहीन, दिशाहीन खिलखिलाना!

यह बातें शुरू-शुरू में बहुत परेशान किया करती थीं देवा को। वह अपनी कुर्सी पर तटस्थ बैठा इन आंखों का मुआयना किया करता था। कितनी मुश्किल से यह बात साफ़ हो पाई है, उसके मन में कि यहां सुखी होने और हंसने में संबंध नहीं। शरीर में और मन में कोई संबंध नहीं। दुख में और दुखी होने में संबंध नहीं। यह कुंडियां पता नहीं क्यों और कैसे ग़लत जगह पर लग चुकी हैं।

देखने का और सोचते रहने का यह खेल अच्छा लगता है देवा को। पहले दिन जिस नज़ारे ने भूख-नींद हराम की थी उसकी, वह अब उसे आतंकित नहीं करता। यहां आते ही लगा था कि लोथों के इस जंगल में वह तो एकदम ठीक-ठाक है। चुस्त-दुरुस्त। बस, चल ही तो नहीं सकता और सब तो...लम्बे गलियारों में जहां-तहां मांस की गठरियों की तरह लेटे-बैठे, पसरे-घिसटते, भिनकते लोग। लूले-लंगड़े, अपंग, सुजाखे, देह के टूटे! मन के बौने! चेतना के अपराधी!

दहशत से उसका पोर-पोर कांप गया था। वह यहां रहेगा? इन सबके बीच? बाबू की छाती में सिर देकर उसका ढार-ढार रोना...फिर भी। बाबू के फैसले का अटल होना। उन यादों को परे और परे रखना चाहता है देवा। वैसे भी एक... बस एक ही चित्र तो है, जो उसके मन के लम्बे सूने गलियारे में ठिठका खड़ा है। कुर्सी के पास उसके सिर को अपने पेट से सटाए खड़े बाबू। उसके कानों में बजती उनके दमे की धौंकनी। बालों में उलझती उनकी अंगुलियां। हिचकियां। पेट और सिर को कसती और कसती जाती पीड़ा। 'तू बाद में समझेगा...' की फुसफुसाहटें। उफ!...उस बात को हुलसे बिना क्यों याद नहीं कर सकता देवा... जब आया था तो कुल्हाड़ी की काप-सा यह प्रश्न उसके सिर में झनझनाया था, यह सब क्यों जीते हैं? क्यों जीना चाहते हैं? क्या अर्थ है ऐसे जीने का?

तू क्यों जीना चाहता है? दीवार पर फेंकी गेंद पलटकर उसकी अपनी छाती पर लगी थी। उत्तर नहीं था। प्रश्न ही था फिर से जो सूझा था देवा को, क्या तू मरना चाहता है? इतना कुछ घट-बढ़ गया है, तेरे साथ, उसके बावजूद!?

तभी से देवा जानता है कि कोई मरना नहीं चाहता। तिरिया, लोका, किन्नी, कमली, मंशाराम, कोई भी। जीने को नहीं जानते, तो भी मरना नहीं चाहते। जैसे हैं, वैसे-के-वैसे बने रहना चाहते हैं -- अधमरे, घिसटते हुए, रेंगते हुए, संभलते हुए, गोटियां बिठाते हुए। ज्ञानी, गोपाल, दीदी और निगम साब के उद्यम को स्वीकारते हुए। 'इससे तो अच्छा था, मर जाते' वाली बातें सिर्फ बाहरवालों के मन में आती हैं।

निगम साब यहां के अधीक्षक हैं। अच्छा किया, उन्होंने सबको यहां जमा

कर दिया। भागती-दौड़ती ज़िंदगी के आतंक से उभार लिया। यहां जैसे होते हैं, वैसे बैठे रहते हैं। सब खाते-पीते हगते-मूतते। ज्ञानी कितना निरालस आदमी है। ज़रा-सी आहट करो, तो दौड़ा आएगा। ऐसा तो घर में भी नहीं सध पाता था। मां तक से नहीं...नहीं-नहीं, देवा उन देहरियों तक जाना नहीं चाहता। बचता है। सोचने बैठता है, तो निगम साब के लिए ऊपर तक भर आता है देवा...पता नहीं किस चीज़ से।

यह तो इधर ही ऐसा हुआ है कि उसे निगम साब पर गुस्सा आने लगा है। उनकी कुछ बातें देवा को बहुत अखरती हैं। कहो, कमर दुखती है, तो कहेंगे, ठीक हो जाएगी। लोका का पेशाब निकल जाता है, तो कहेंगे, ठीक हो जाएगा। आंखों में कीच लिसलिसा रही है, तो कहेंगे, ठीक हो जाएगी। अभी नर्स को भेजता हूं। नर्स है कि तीन दिन बाद आएगी, कभी-कभी नहीं भी आएगी। राउंड लगाएंगे, तो कंधे थपथपाते जाएंगे -- ठीक हो जाओगे। कुछ बाहर के लोग आ जाएंगे, तो आंखों में उलार जैसा पता नहीं कहां से छलका लाएंगे। खट-खाट जाएंगे, 'पहले से ठीक है' की धुन चलती रहेगी। 'अब तो पढ़ने-लिखने का इंतज़ाम भी कर दिया है, कुछ लोगों के लिए' यह 'ठीक-ठाक' का कीर्तन न किया करें निगम साब, तो क्या चल नहीं सकता।

ऐसी ही कुछ बातें देवा के मन में आनेवालों को लेकर आती हैं। कभी कोई आ जाता है दीदी जैसा, तो लपकते हैं हथियाने को। हंसते हैं, घेरते-घारते हैं, चाय पिलाते हैं। सुरिंदर को दौड़ाते हैं, 'जाओ, गाड़ी में घर छोड़कर आओ। फिर सफाइयां देते हैं व्यवहार की, 'यह सब हमारे सम्मानित मेहमान हैं। एक से दूसरी बार अपनी सवारी से आना पड़ा, तो घबराकर आना छोड़ देंगे। मैं सोच भी नहीं सकता...कैसे चल पाएगा फिर यह सारा सिलसिला!'

दीदी के आते ही वह उनको हथिया लेने की ताक में रहते हैं। कभी एक बहाना, तो कभी दूसरा, कभी वर्कशॉप का इंतज़ाम है, तो कभी बिल्डिंग का एक्स्टेंशन। वह क्यों नहीं समझ पाते कि दीदी खास तो देवा के लिए यहां आती हैं, तिरिया के लिए, लोका के लिए, टीनू, मंशा, शिब्बो के लिए...जो खुद चलकर कहीं नहीं जा सकते। दीदी खुद कहती हैं कि वह इन सब जनों की हैं। उन्हीं के लिए चलकर आती हैं, उन्हीं के बारे में सोचा करती हैं सारा दिन।

दीदी भीतर आ गई हैं। अभी भी वह अकेली नहीं हैं। टीनू उनके साथ है। उसकी कंधे से ढलकी कमीज़ का बटन बन्द कर रही हैं दीदी। अधीरता की एक लहर देवा को उद्विग्न कर गई है। कब तक?...कब तक आखिर!।

यों तो उसका अपना उन सबसे मीठा-मीठा भाईचारा है। वह तिरिया की चिट्ठी बांच देता है। टीनू का नाला संभाल देता है। कमली की कलाई पर के फूले हुए जोड़ पर बार-बार अटकती चूड़ी को पहनाने में मदद कर देता है, बिना पूछे कि वह इसे बार-बार क्यों पहनना और उतारना चाहती है, पर इस समय? दीदी के यहां होने के समय?।

दीदी पर वह अपना पहला अधिकार मानता है। चाहे भी, तो माने बिना नहीं रह सकता। नहीं भूल पाता कि दीदी यहां उसकी वजह से आती हैं। उसे पढ़ाने। हफ्ते में कभी एक, कभी दो बार। उसे पढ़ाने-लिखाने का प्रसंग उठा न होता, तो दीदी यहां क्योंकर आतीं। निगम साब देवा को लेकर शुरू से आश्वस्त हैं। उन्हें लगता है, देवा की मेधा ठीक-ठाक है। सोच सकता है। लिख-पढ़ सकता है। शरीर दगा दे गया, तो दिमाग को सज़ा क्यों दी जाए! जिनके लिए कोई रास्ता मिल सकता हो, तो उसे बन्द क्यों किया जाए! दर्शन सिंह को टेलर मास्टर बना दिया निगम साब ने, दिनेश को कला का मास्टर। अब देवा खुद भी कुछ हिम्मत करे, तो अपने पैरों पर खड़ा हो सकता है, आराम से।

यही, अपने पैरों पर खड़े होने की बात जब दीदी ने कही थी उससे, तो वह जी भर रोया था। दीदी पछताई थीं, 'एक बात के सौ अर्थ होते हैं देवा! तू कोई लोका, टनकू और जग्गी तो नहीं है कि पोर-भर बड़ी बात भी न समझ सके।' दीदी की इस बात पर थम गया था, देवा का धज्जी-धज्जी मन। वैसे तो ऐसी घटनाओं का उसे अभ्यस्त हो जाना चाहिए था, जो बाहर के भागते-दौड़ते संसार से आती हैं, और उसकी पहियों की कुर्सी से टकराकर उसकी शिराओं में घंटों झनझनाती रहती हैं।

लोग आते हैं। खाना देकर, मिठाइयां परोसकर, कपड़े बांटकर चले जाते हैं। कभी-कभी झुंड-के-झुंड बच्चे या औरतें या लड़के एक साथ आ धमकते हैं, जैसे नुमाइश लगी हो। तब समझ में ही नहीं आता, अपने साथ क्या करें...अपने को कहां ले जाएं..कैसे दौड़-भागकर उनकी घायल करती आंखों से बचें! ऐसे

घूरते हैं, जैसे यहां सब-के-सब चिड़ियाघर के प्रवासी हों। 'ज़रा देखें'...फूहड़पन तो देखो, उस मुंहझौंसे लौंडे का कि पैरों से चादर ही खींच ली और टुकुर-टुकुर देखता रहा। इसमें देखने का क्या है! बस चलता तो लपककर टांगें तोड़ देता बदज़ात की, क्या समझते हो तुम नीच...मैं भी कोई गई-बीती चीज़ नहीं था। ढाई मन की बोरी इसी पीठ पर लाद लेता था। यह बात अलग है कि बाबू ने कभी इस बात की शाबाशी नहीं दी। खुद दंड पेलते रहे और उससे यही कहते रहे कि 'दिमाग की उठान पर ध्यान दो, बल तो बैलों में भी बहुत होता है।'

दिमाग पर बल देना भी किस काम आया! अभी तो बारहवीं का इम्तहान भी पूरा नहीं हो पाया कि बस...अब बैठे रहो बच्चू ज़िंदगी के पिछवाड़े। इस दुर्घटना को अब तो सात साल होने आए। 'सात साल थोड़े होते हैं!' दीदी कहती हैं, 'तुम कोशिश करते, तो अब तक तो किसी लायक हो गए होते।'

वह दीदी के मुंह की तरफ देखता रह जाता है। यह बातें दीदी भी नहीं समझती कि कैसा-कैसा लगा करता था शुरू-शुरू के सालों में...कुआं और घुप्प अंधेरा! कोई अभ्यास होता है इन बातों का? कोई इंतज़ार कि हाथ-पांव तुड़वा लें पहले और फिर ज़िंदगी को बहादुरी से झेलने का इम्तहान पास करते फिरें! शरीर के ढह जाने को मन मान लेता है क्या एकाएक? आशा के छोर छूट जाते हैं क्या इतनी जल्दी? दीदीं क्या जानें कि दो-चार साल तो दवा-दारू की उम्मीदों के साथ बंधे निकल गए और बाक़ी के अपने को समझाने में कि अब कभी पैरों के तलुवे फर्श को छू नहीं पाएंगे।

शुरू-शुरू में तो ऐसी...उफ! वह महीनों अपनी ही देह का सामना नहीं कर पाता था। ऐंठकर जांघों पर लौटती दाईं टांग और हवा में लटकती बाईं टांग। ढांपे रहता था तौलिए से, जब तक पसरने का समय नहीं हो जाता था। कुछ ऐसा बन गया कि अपना ही मन अपनी ही देह को देखना न चाहे।

अब लगता है, अच्छा हुआ, यहां आया। कुछ-कुछ कुंडियां खुल गईं भीतर की। सब अपने जैसे हैं। आधे से ज़्यादा तो अपने से बदतर। यहां की आज़ादी और आसानी कुछ और है। घर में लगता था, उसने सबको एक खूंटे से बांध रखा है। पहले उसके बारे में सोचें, फिर कहीं आएं-जाएं, हंसे-खेलें, हर

घड़ी अपने को उस पर तैनात रखें। धीरज की चादर फट-फट जाती थी उन लोगों की, फिर थिगलियां लगाई जाती थीं, पर थिगलियां तो थिगलियां ही हैं, जहां से सरकीं, नंगा कर गईं।

अब सोचता है, कितना...कितना अच्छा किया बाबू ने कि मरने से पहले उसे यहां ठेल दिया। अपने जैसों के बीच। देर-सवेर समझौता हो ही जाता है। अपनी औकात समझ में आ जाती है। मलाल मिट जाता है। यों भी मलाल का तीर तरकस से निकालते वह कभी समझ ही नहीं पाता कि किस पर वार करे! दौड़ा खुद था। गिरा खुद था। चोट खुद खाई थी। रीढ़ की हड्डी कट गई थी। ज़रूरी स्नायु ध्वस्त हो गए थे। यह सब लाइलाज बातें हैं। अब किससे शिक़वा? भगवान नाम के आसरे की इधर-उधर से लादी जाती एक हवा है, सो उसका कोई छोर ही नहीं मिलता उसे, अपने मन में।

अक़्सर ऐसा होता है, दीदी आने को होती हैं, तो देवा ज्ञानी से कहकर अपने को पहले कुर्सी पर लदवा लेता है। बगल में किताबें और नोटबुक रखवाता है। कुरता बदलता है। दीदी के पास बैठना होता है। दीदी को वैसे भी क्या पता होगा कि इतना छोटा-सा काम सम्पन्न करने में उसे घंटा-डेढ़-घंटा लग जाता है।

आज देवा उठते-उठते भी नहीं उठा। सुबह से खिन्न है। भैया-भाभी तीन दिन से शहर में हैं। सैर-सपाटे में लगे हैं। इतना भी नहीं होता कि खोज़-खबर लें। उसे भी क्या पता लगता, अगर शिब्बो जान-बूझकर अपने भाई से सुनी यह बात सुबह-सुबह उसके सिरहाने मूत नहीं जाता। शिब्बो बड़ा ही कुटिल है। यह बात भी उसे आज दीदी से कहनी है। चोभता रहता है जहां-तहां...अपने भागते पैरों का गुमान। और वह जो ठूंठ जैसी बांह है, सो नहीं देखी उसने!

अस्त-व्यस्त-सी लगती दीदी एकदम पास आई हैं उसके, 'पढ़ना नहीं है? तबीयत तो ठीक है? कैसे लेटे हो आज?' उनका हाथ देवा के माथे पर पहुंच गया।

'मन नहीं है।

'किस बात का...उठने का या पढ़ने का?'

'दोनों?'

'तो फिर मैं चलूं? आज वैसे भी बड़ी मुश्किल थी आने में। सुदीप तप रहा है, बुखार में। सोचा, सोएगा एक-दो घंटे। तब तक मैं इस वाले सुदीप को...' दीदी ने धीरे से चपतिया दिया है उसे। 'और मालूम है, अभी निगम साब...'

देवा तप गया एकाएक, 'आप क्या मेरे लिए आई थीं?'

'हां! क्यों?

देवा चुप रहा। अपने वक्र हो गए बाएं हाथ से दाईं कलाई उठाकर दांतों से नाखुन कुतरता रहा।

'मुंह से हाथ निकाल देवा। हां, तो?'

'वह सब पढ़ते हैं क्या...?"

"कौन?'

'जिनके साथ आप घंटों बनी रहती हैं।

दीदी खिलखिलाकर हंस पड़ीं, 'तो यह बात है और स्टूल खींचकर बैठ गईं, 'अगली बार मैं तुम्हारे पस दुगुना बैठूंगी। मैंने कहा न, अभी तो निगम साब के साथ भी थोड़ा टाइम लगेगा।'

'क्यों लगेगा?' देवा सहज होता-होता भीतर से उकडूं हो गया।

'बहुत-से काम हैं। बहुत-सी बातें तय करनी हैं।'

'क्या बातें ?'।

'क्या करना तुझे! यहां बैठे-बैठे पता लगता है कि क्या-क्या करना होता है बाहर?'

देवा गुम हो गया। यह बात दीदी पहले भी कहती रहती हैं, तरह-तरह से। चोला बदल-बदलकर, 'भाग-दौड़ के इस हिसाब को तू नहीं समझ सकता देवा। तुझे क्या मालूम, बाहर कितने काम हैं। यह चक्का है न, यह कभी नहीं थमता। एक जगह ठहर जाने से दुःख तुझे दीखते हैं...दौड़नेवाले की मुश्किलें तो तू सोच भी नहीं सकता...'

ऐसा कहते दीदी के चेहरे पर जो घेरा-घारी-सी छन आती है, उसे पी लेना चाहता है देवा। अच्छा भी लगता है कि दीदी उससे ऐसी गुरु-गम्भीर बातें करती हैं। उसे इन बातों के काबिल समझती हैं। पर आज देवा के मन में कोई गुंजाइश नहीं है, 'जाइए, फिर करिए अपना काम।'

'तू तो रूठा-सा लग रहा है?'

'मैं क्यों रूठने लगा, इससे पहले कि 'मैं होता ही कौन हूं आपका?" कहकर वह दीदी की पसरी हुई उदारता को ढेला मार सकता, दीदी ने उसकी पसीजती हुई कलाई पर 'अभी आती हूं' का आश्वासन रखकर अपने को मुक्त कर लिया।

वह खड़ी हो गईं। अब वह वहां जाएंगी, जहां से कोई चाहे भी, तो जल्दी नहीं आ सकता। निगम साब के पास। यह कोई पहली बार तो नहीं है न? यह देवा ही है, जिसे दीदी इस तरह दरकिनार कर पाती होंगी।

'उन्हें पता है कि आप आई हैं?'।

'हां! देख नहीं रहे यह पुलिंदा।' दीदी ने काग़ज़ों के पुलिन्दे से देवा के सिर को छू दिया है! छलकते हुए। देवा पुलक आया है। दीदी पलट गई हैं।

एक बार पहले भी वह दीदी से उलझा था, इस बात पर। वह गुम हो रहीं, फिर सोचती-सी बोलीं, 'उनकी भी ढेरों समस्याएं हैं देवा। कुछ अपनी...कुछ संस्था की। सिर्फ सेवाभाव से ही तो नहीं कट जाती इतनी बड़ी ज़िंदगी! कुछ अपने लिए भी तो चाहिए होता है आदमी को!'

'क्यों, उनको क्या दिक्कत है? जहां चाहें आएं-जाएं। देवा भभकती तेजी से बोला था।

'आ-जा सकने की ही एक बात होती है क्या देवा? वह सारा जीवन जिन लोगों के बीच बिताते हैं, वह...उनके कितने...! अच्छा तू बता, तुम्हें दिक्कत होती है न! लगता है न, कोई दिमाग को सेहतमंद मिले, दो-चार घड़ी बातें करने को...'

'ठीक है! ठीक है! फिर यह सारा सेवाभाव का नाटक-वाटक किसलिए?'

'देवा!' दीदी लगभग चीखी थीं, 'सेवाभाव न होता, तो कैसे काट देते यहां पंद्रह साल...पेड़-पौधों के बीच! क्या मजबूरी है उन्हें यहां...'

देवा दीदी की तेज़ी से अवाक् रह गया था। यह धधकता-सा रूप पहली बार देखा था उसने दीदी का। बात उसकी समझ में आ गई थी, पर उसे यह

अच्छी नहीं लगी थी। उसी दिन से वह समझ गया था, लोथों के इस जंगल में एक निगम साब ही उसके प्रतिद्वंद्वी हैं। दिमागवाले। दिमाग की रस्सी से दीदी का ध्यान आकर्षित करने वाले। दीदी की उपस्थिति का हिसाब-किताब रखने वाले। वह किन्नी से, लोका से, मंशा से, जग्गी से, शिब्बो तक से पार पा सकता है, उनसे नहीं। वह दीदी के संसार के हैं। उसी लोक के। उन्हीं के प्रकार के। दीदी वहां दूसरी तरह की हो सकती हैं -- उनके जैसी। उतनी ही दूर।

यह बातें देवा को भीतर से खिन्न करती हैं। दीदी के साथ बनते आते पुल को हिला देती हैं। वह जो दीदी से उसका विशेष जैसा रिश्ता है, सो! वह जो दीदी के होने से उसका भीतर-बाहर बदल रहा है, सो! वह जो दीदी की अम्लान नेह-नीरा में नहाया बैठा है, सो! कहीं ऐसा तो नहीं, दीदी भी नाटक करती हैं? दूसरों की तरह दया-माया ही करती हैं, पर उस डलिया को बड़ी होशियारी से उसकी बगल में रखती हैं।

एक दाह-सी देवा ने अपने भीतर जानी। उसे अभी खुलासा करना है दीदी से कि वह उसके बारे में क्या सोचती हैं? उसे अपने मन में, जीवन में, अपने लोक में कहां स्थान देती हैं, वह उसे मानती हैं या उसे अपने कर्तव्यों के ढूह का एक हिस्सा समझती हैं? सच में पढ़ाना चाहती हैं, या उसे वक़्त काटने का वसीला देना चाहती हैं? क्या करना चाहती हैं, दीदी उसके जीवन के साथ? क्यों करना चाहती हैं दीदी, उसके लिए कुछ भी? क्या इसीलिए कि उसके पैर नहीं हैं, क्योंकि वह चल नहीं सकता! यह कौन-सी बड़ी भारी बात है! ऐसे यहां अनेक हैं, ज़मीन पर लोटे रहते हैं, नंगे घूमते हैं। आंय-बांय बकते हैं। देवा की ज़िंदगी को ही ऐसे कौन से लाल लगे हैं?

घुटने-सा लगा था देवा। उस लबादे को वह उतार देने को तैयार है। यदि वह एक लबादा है तो। उसे अभी उत्तर चाहिए...अभी! अभी तो दीदी यहीं हैं। इसी चारदीवारी में। अभी तो उनका आश्वासन उसकी पसीजती कलाई पर बोल रहा है। धपाधप!

'ज्ञानी!' देवा ने पुकारा।

'बोलो!' वह पास ही कहीं रहा होगा, देवा ने नहीं देखा था।

'कुर्सी पर बिठा दे मुझे!'

इस बार देवा कम समय में कुर्सी पर आसीन हुआ। नहीं तो अकड़े हुए अंग और चौकोर कुर्सी की सीमाएं, यह काम खासा व्यायाम जैसा होता है, दोनों के लिए।

'मैं ले चलूं?' ज्ञानी ने पूछा।

'नहीं! चला जाऊंगा।' और देवा की हथेलियों ने पता नहीं कैसे, दो दमदार धक्कों से पहियों के घुमाव को ठेलते हुए कमरे से गलियारे तक का रास्ता पार कर लिया। गलियारे में टीनू ज़मीन पर बैठा अपनी फूली आंख को ऊपर उठाए खम्भे से लगी खड़ी कमली को जुगुप्सा से देख रहा था और लालचंद नंगा खड़ा था – बीचोंबीच। पहली बार देवा के मन में एक लथपथ-सी सिहरन कांपी। अभी तक यह वितृष्णा उसे कभी छूकर भी नहीं गई थी। लगता था कि यह सब भोले हैं, अबोध, जिसकी बांह पाते हैं, उसी से लटक लेते हैं। एक वह ही है, जो सोचता रह जाता है, मन में पाले हुए उचित-अनुचित का क़ैदी।

कुर्सी और आगे बढ़ाई, तो गलियारे को टी-शेप में काटते रास्ते पर उसे दूर से दीदी नज़र आईं। निगम साब भी साथ। वे दोनों बहुत तेज़ी से वर्कशाप की ओर लपक रहे थे। गई हैं, तो अभी लौटेंगी भी। देवा ने सोचा। वह आगे बढ़ आया और शतरंज के चौपड़ की तरह बने चारों गलियारों के बीच के सांझे भूखंड पर आन टिका। अब वह जिधर से भी आएंगी, देवा देख पाएगा।

धूप तीखी हो आई थी। चिकने सीमेंट पर पड़े उत्ताप को दीवारों तक वापस लौटाती हुई। कुछ सोचकर ही यह फर्श इतने चिकने किए गए होंगे, ताकि पहियागाड़ी फिसल सके। यह बात सोच सकने पर देवा को खुशी-सी हुई। कितने दिनों से वह इन रास्तों को पाटता आया है, पर इस ओर कभी उसका ध्यान ही नहीं गया।

अपने घर का फर्श उसने याद करना चाहा। स्मृति लपककर काम में नहीं आई। क्या इतना पीछे छूट गया है घर और उसका स्वाद? ऊबड़-खाबड़ लाल ईंटों का फर्श...बीच-बीच में सीमेंट उखड़ी हुई। कोने में ऊंचा अकेला-सा नल, ढार-ढार पानी फेंकता हुआ। देवा की मुश्किल से आती नींद का दुश्मन।

तभी दीदी दीखीं। लपलप चलती आतीं निगम साब के साथ। आसमानी परिधान और दहकता चेहरा। बातों में लीन उलझी हुई। कुर्सी पर बेखबर बैठे दीदी उसे और भी लम्बी लगीं। निगम साब ठिगने-से लग रहे थे, उनके साथ चलते।

उस चौराहे से गुज़र चुकीं दीदी, तब जैसे उन्होंने देवा के वहां ठहरे होने को देखा। गुजर चुकने के बाद दृश्य के ध्यान में आने की तरह। दीदी ने खिलकर हाथ हिलाया। कुछ कदम आगे गईं, फिर पलटकर देखा, फिर हाथ हिलाया। देवा की हथेलियां एकाएक फिर अपने पहियों पर आन लगीं और अपनी कुर्सी को ठेलने लगीं। वह और तेज़ भागना चाहता था, उन दोनों की तरह।

गलियारे के अन्त की ढलान के पास आकर वह एकाएक रुक गया। कुर्सी इतनी तेज़ी से नीचे उतारी नहीं जा सकती थी। उसने दौड़ती दृष्टि से ज्ञानी की खोज़ की। ज्ञानी नहीं था। फिर साधकर कुर्सी नीचे उतार ली उसने। कंकरीट की सड़क पर। झटका ज़रूर लगा पर ऐसा कर पाने की उसे बेहद खुशी हुई। इस ढलान से कुर्सी उसने पहली बार ज्ञानी की सहायता के बिना उतारी थी। अब तक का मन में बसा डर कितना व्यर्थ था!

अब वह कंपाउंड की अंदरूनी सड़क पर था, जो निगम साब के बंगले के बगीचे से जुड़ी थी। दीदी दीख रही थीं वहां। निगम साब शायद चाय का आग्रह कर रहे होंगे, ऐसा देवा ने दूर से अनुमान लगाया था, क्योंकि दीदी बार-बार अपनी घड़ी की ओर इंगित करती दीख रही थीं।

चित्रलिखा-सा देवा वहीं,...उसी दूरी पर ठहरा रहा। दीदी बैठ गई थीं। कुर्सी पर उठुंग-सी। निगम साब लपककर सुरिंदर को आवाज़ लगाते इधर आए थे, 'सुरिंदर, अभी कहीं मत जाना। मेम साब को पहुंचाने जाना है।'

'ओए सुरिंदर...जल्दी कर! दीदी नूं छड्डन जाणां।'

देवा के अधैर्य ने कब निगम साब की तर्ज पर सुरिंदर को टेर दिया, देव को क्या खुद पता लगा। दीदी के यहां आने-जाने के विधान में देवा का भी कुछ ज़िम्मा हो जैसे।

'तू चुप रह...जा अपने काम लग।' निगम साब को अखरा। कड़वी-कसैली आवाज़ उनकी देवा की टकटकी को तोड़ गई। देवा ऐसे जैसे घड़ों पानी

लुढ़का दिया गया हो। थोड़ा पीछे हटकर अब वह झंडेवाले चबूतरे की आड़ में खड़ा हो गया। पेड़ों के झुरमुट में। अब वह पहियागाड़ी का सारा ताम-झाम साथ रखना पड़ता है। यह नहीं कि फुर्ती से कहीं भी किसी भी पेड़ की ओट हो जाए।

वह ऐसी जगह खड़ा था, जहां से दीदी दीख रही थीं। हंस रही थीं। राहत में लग रही थीं शायद गाड़ी में जल्दी घर जा सकने की संभावना के कारण। कमली चाय लेकर आती दीखी थी। निगम साब पोथीनुमा कुछ लेकर आए दीखे थे। शायद एलबम रहा होगा। वह झुककर दीदी के सामने उसके पन्ने पलटने लगे थे। देवा अधीर हो गया। दीदी को देर हो रही है। उन्हें रोकने के यह लटके-झटके...!

'गाड़ी लग गई है साब।' सुरिंदर ने एंबेसडर लॉन की कगार से सटा दी और खुद प्रतीक्षा करता खड़ा रहा। देवा के हाथ फिर अपने पहियों पर चले गए। वह अपनी कुर्सी को एकदम एंबेसडर से सटा लेना चाहता था। और कुछ नहीं, तो वह दीदी के कान में इतना तो फुसफुसा सकेगा कि उन्हें जल्दी जाना है। और भी ज़रूरी बातें हैं उसके मन में...पढ़ने के सिवा...।

निगम साब जिस मुद्रा में दीदी के साथ चलते आ रहे थे, उसके रहते। यह छोटी-सी घड़ी भी संभव नहीं होने की, यह बात देवा के मन में एकाएक कौंध गई। उसे एक तरकीब सूझी थी। वह अपनी कुर्सी विपरीत दिशा में ठेलने लग गया था। मेन गेट की ओर, जहां से दीदी की गाड़ी को जाना-ही- जाना था। वह वहीं खड़ा रहेगा बीचोंबीच। वही एक अचूक रास्ता था दीदी से मिलने का। निगम साब के हस्तक्षेप के बिना।

विचार आते ही देवा गाड़ी दौड़ाने लगा। कंकरीट पर दौड़ती गाड़ी उसे हमेशा तकलीफदेह लगती है। पेट की खोह में पीड़ा की लहरें डोलने लगती हैं, पर उधर उसका ध्यान नहीं था। उसने दीदी को लॉन से उठकर गाड़ी की तरफ़ आते देख लिया था। भवन से गेट तक आते लम्बे छतनार ड्राइवनुमा रास्ते पर वह अपने को खड़ा कर लेना चाहता था, जल्दी-से-जल्दी।

पर दीदी कहां है? अभी उठी तो थीं, फिर कहां गईं? अभी तक आई क्यों नहीं? असमंजस का झिलमिल चाकू जहां-तहां उसकी पसलियों में घोंपने लगा। उसने कुर्सी को थोड़ा मोड़ा। ऊपर को। एंबेसडर अभी खड़ी थी वहीं।

उफ! दीदी भीतर गई होंगी। उसके कमरे में। कह तो गई थीं, अभी आएंगी। उसकी कलाई पर उनके आश्वासन की छाप अभी ताज़ा है। यही बात है। यही सच है। उसकी बजती कनपटियों को यह वाला सच उत्तरोत्तर सच लगने लगा। क्या वह दीदी को इतना भी नहीं जानता?

वह तेज़ी से पलट गया। लौटने लगा। बेतहाशा। पहियों को अपनी कृश हथेलियों से दनादन ठेलता हुआ। सौ गज का यह फासला उसे खूब लम्बा लगा। दीदी ज़रूर उसके कमरे तक गई होंगी और उसे वहां न पाकर लौट रही होंगी। पता नहीं कौन से रास्ते से लौटें। वह बीचवाले रास्ते से भवन में घुसेगा। दाएं विंग से जाने में चूक हो सकती है।

बीचवाली ढलान के सामने आकर उसने क्षण भर जायज़ा लिया और फिर कोशिश करके अपनी कुर्सी को ऊपर की ओर धकेल लिया। खड़खड़ाती कुर्सी ने समतल फर्श का आधार पकड़ा ही था कि एंबेसडर के स्टार्ट होने की आवाज़ आई।

इतनी तेज़ी से न देवा की देह घूम सकती थी, न गरदन, न आंख, न कान – पर वह अंधड़ जो उसकी शिराओं में बज रहा था बेतहाशा, वह उसकी चेतना पर लदता चला आ रहा था। ज्ञानतंतुओं से संदेश चल चुके थे। देवा के स्नायु उसे अपनी इच्छा से रोक नहीं सकते थे। उसके हाथों में अपनी इच्छा के आज्ञापालन की तेज़ी एक लपट बनकर लपलपाई थी। मुड़ने के लिए इस तेज़ी से उसने अपनी कुर्सी का पहिया ठेला था कि गलियारे की दो दीवारों के बीच का संकरा स्थल देवा की कुर्सी की लड़खड़ाहट बन गया था। दीवार से टकराती कुर्सी अवनत हुई थी और उलट गई थी -- देवा समेत। दीदी की गाड़ी तब तक कूकती हुई गेट के बाहर जा चुकी थी।

दलदल

'जो कुछ भी, जितना कुछ भी मेरा है, वह तुम्हारा भी तो है। ठीक यही शब्द थे जो आरती के मन में कौंधे थे पर बोल न फूटा। अपने को ही अटपटी-सी लगी थी, ऐसी ऊबड़-खाबड़ ज़िंदगी पर फेंकी जाती ऐसी गीली-सी बात।

फिर जो कुछ भी वह कहती, उसे अमर उसी रूप में लेता इसकी कोई आशा नहीं थी। उल्टे कुढ़ता, सोचता विष की बजाए गुड़ देकर मार रही है पत्नी।

उठ खड़ी हुई पर कमरे से बाहर चले जाने की इच्छा नहीं हुई। मन में अधूरी व्यक्त-सी बात। वहीं मेज़ के पास खड़े-खड़े दराज का अंगड़-खंगड़ साफ़ करने में लगी। चित नहीं लगा। वस्तु का वस्तुपन स्पर्श से परे बना रहा! शायद पीछे से चलता आया उद्रेक मन में कहीं सीज रहा था। कुछ और करने से पहले मन मुक्त तो हो।

अब तक अमर ने अखबार मुंह के सामने रख लिया था। एक आड़। एक ओढ़न। इस ओढ़न को ही तो उसे चीरना है। शीशे के उस पार घुटते व्यक्ति से कहना है कि खुलकर सांस लो। ऐसा कुछ नहीं हो गया है डुबो देनेवाला। यह कोई ज़रूरी तो नहीं कि ज़िंदगी अपनी इच्छा और अनुमान की सीध में ही चले।

'मैं कुछ कह रही थी', आरती ने कहा, हालांकि उसने अब तक कुछ भी नहीं कहा था। ऐसा उसने ध्यान खींचने की गरज़ से किया था, "तुम बायोडाटा तैयार कर देते तो अच्छा था। वर्मा साब से बात हुए भी चार-पांच दिन हो चुके हैं। गरज़ अपनी है।

अमर ने अखबार नीचे पटका, 'ऐसी कोई गरज अपनी नहीं है। मैं नहीं

चाहता गरज़ की आड़ में तुम बॉस के आगे-पीछे पल्लू लहराती रहो। समस्याएं सबके घर होती हैं।

'तुम जानते तो हो कि वर्मा साब ऐसे नहीं हैं। कई बार बता नहीं चुकी मैं।' वर्मा साब कृपालु हैं, दयालु हैं, अपने स्टाफ के लिए संरक्षण का भाव रखते हैं। इस बात को वह इस समय दोहराना नहीं चाहती थी। उनकी साधुता को बखानने बैठती तो लेने के देने पड़ जाते। वर्मा साब की नेकनीयती को पक्षपाती लोलुपता के खाते में डाल दिया जाता।

अमर नहीं समझता नजाकत उधर भी है। एक बार मौक़ा देखकर पति की नौकरी के बारे में कह चुकी है। नियत काम से ज़्यादा काम करके खुश कर चुकी है। अच्छा असिस्टेंट सबको रास आता है। बोझ हल्का हो जाता है। समय पर आती है, जो ड्राफ्ट उन्हें बनाने चाहिए बनाती है। जो उन्हें सोचना चाहिए, पहल करके सोचती है। सलाह देती है। अपने पद से ज़्यादा वह उनकी कुर्सी पर बैठी जिम्मेवारियों से चिंतित दीखती है। पर कहां तक...रोज़-दर-रोज़ बैल बने रहना। दफ्तर में निपुणता का सेहरा कमाना बड़ा महंगा है। घर-बाहर की खींचतान में ऐसी कमाई से कोई लाभ-लगाव हो, ऐसा भी नहीं। नौकरी करती है, तो करती है। जब नौकरी के लिए अपने को तैयार किया था तब मन में था कि सेना वालों को पीस-पोस्टिंग हमेशा नहीं मिलती कि परिवार मिलकर साथ रहने लगे। कुछ करते रहना अच्छा है। वैसे भी सेना में पता नहीं कब...। नहीं तो यह भी एक ढर्रा है। एक आदत...एक मौसम में बने होने की आसानी। उसे कौन से पदक लेने हैं वर्मा साब से। आज वह हैं। तो कल मिस्टर शर्मा या नियोगी या अग्रवाल आ जाएंगे। फिर एक नए किस्म की तैनाती। फिर नई योजनाएं। फिर खूब काम...फिर तुष्टीकरण. ..फिर विश्वास का प्रमाण-पत्र। वेतन चाहे जितना मिलता है, उतना ही मिलता रहेगा।

वह नजाकत अमर जान सकता है, पर जानना नहीं चाहता। अपने ही मन की दलदल में ऊबता-डूबता रहता है।

यों दफ्तर में इन दिनों वह सच में वर्मा साब के आसपास एक अदृष्ट छाया की तरह घूमती है। उसके पास अपेक्षा-उम्मीद की यही छोटी-सी जगह है। उनकी पी.ए. है, कर्तव्य है, वह एक बात है, पर काम में वैसी प्रेरणा और पहल

आजकल उसकी रहती है। वर्मा साब का काम ओढ़ पाती है, क्योंकि वर्मा साब से उसे अतिरिक्त प्रतिदान मांगे जाने का भय नहीं है। कलुषित कुटिल संसार के हिसाब से जमीन का वह टुकड़ा उसे साफ़-सुथरा लगता है। निपुण, दक्ष कर्तव्य-परायण होना वहां काफी है। देखा जाए तो यह हर ऑफिस की शर्तें हैं। जो शर्त में शामिल नहीं है, वह उनके साथ कभी-कभी...या अब अक्सर बैठकर दोपहर बाद की चाय पीना। केतली से कप में चाय ढालते कल वह सचेत रहती है कि वर्मा साब की चाय में भूल से चीनी न पड़ जाए। वह मधुमेह के रोगी हैं। इस निजी जानकारी के चलते उसने एक बार उन्हें जामुन की गुठली और मेथीदाने का चूर्ण पीसकर दिया था, जिसे वर्मा साब ने अतिरिक्त कृतज्ञता से लिया।

'चूर्ण खाया?' तीन-चार दिन तक अपनी उत्सुकता दबाते उसने पांचवे दिन पूछा।

'हां खाया...भूल न जाऊं इसलिए में उसे सुबह-सुबह ही फांक लेता हूं। हम उसे 'आरती चूर्ण' कहते हैं।

'और बना दूंगी सर !'।

'नहीं, वह बना लेंगी। जानती हैं। तुम आखिर कितने काम करोगी। थैंक्यू स्सो मच!'

आरती को लगता है, उसके सिर पर आकाश है, चाहे आकाश कभी सिर को नहीं छूता पर वह होता है हमेशा। साबुत, व्याप्त।

अमर के जख्मी होने के हादसे के समय तो वह एस.के मजूमदार के अधीन काम करती थी। एस.के. को देखकर लगता था, वह पुराने राज के असली खैरख्वाह हैं। वही रोबदाब, वही सख्ती, वही मैनरिज्म, वही पद-परायणता के अनुसार ऊपर-नीचे का व्यवहार। कोई सीमा लांघ नहीं सकता था। किसी को हंसना हो तो वह अपनी बराबरीवालों के साथ ही हंसे। एस.के. के बाद वर्मा साब के साथ काम करना मानवीय ऊष्मा और गरिमा की सरहद में दाखिल होने जैसा था।

कुछ तो अपने अवचेतन में रहा होगा, कुछ वर्मा साब का संरक्षक स्वभाव कि आरती उनसे कह बैठी, अमर के इस तरह दुर्घटनाग्रस्त होने की बात। कि कैसे ब्रिगेडियर या जनरल की सीढ़ी तक पहुंचने की धुर बचपन से पाला गया उसका सपना

खंडित हुआ था। वह भी कितनी जल्दी। सेकेंड लेफ्टिनेंट से कैप्टन बने अभी साल भर भी नहीं हुआ था कि पैट्रोलिंग के दौरान घुटने से नीचे तक की टांग उड़ गई...।

टांग उड़ गई?...माने?'

'पैट्रोलिंग के दौरान दुश्मन के बिछाए बारूद का शिकार बन गया। विस्फोट में दाएं पैर की पिंडली ही चली गई। डेढ़ साल तक तो उपचार ही चलता रहा। जख्म ठीक हुए तो नकली टांग फिट कराई गई। वह सब तो अलग तरह की दिक्कतें हैं पर सच बात तो यह है उसका तन जितना जख्मी था, सो तो था, मन उससे ज़्यादा जख्मी बना रहा।'

'तो क्या उन्हें रोज़ छोड़कर आती हो अकेला?'

'नहीं अम्मा हैं, ननद हैं। मेरा बेटा है।' पहली बार आरती अपने घर के दरवाज़े खोल रही है। शायद वह नहीं जानती कि सामने बैठे किसी को अपना दुख सुनाया जाता है तो आवाज़ के साथ आवेग भी लिपटता चला जाता है। पल भर में ही दबे दर्द की तपिश से उसका चेहरा थरथराने लगता है।

वर्मा साब अनुभवी हैं। बात का रुख मोड़ देते हैं, 'पर ऐसे में तो ग्राउंड पोस्टिंग दे दी जाती है, सेना के दूसरे विभागों में...नहीं?'

'मिली तो थी पर उसने लेनी कहां चाही!' आरती अब थोड़ी उत्तेजित हो गई थी। टीचिंग में, स्टाफ मैनेजमेंट में...एडमिनिस्ट्रेशन में ऑफर थी, पर आव देखा न ताव, रिटायरमेंट मांग लिया। एक ही रट कि सेना में रहना है तो नीचे की श्रेणी में नहीं रहूंगा। आखिर एन.डी.ए. से शुरू किया था...'

वर्मा साब अब चौंके, 'तो क्या तब से अब तक खाली हैं?'

'नहीं, ऐसा तो नहीं, पर ज़िंदगी ढर्रे से उतरती है, तो बस उतरती चली जाती है। फिर आरती ने विस्तार से बताया -- किस तरह मुश्किल से वह अपने को ठोंक-पीटकर तैयार हुआ था। काठी बांधी थी चित्त के घोड़े की। एक दोस्त के सुझाने पर पचकुईंया रोड से आगे शुरू होते सायकिल बाज़ार में सायकिलों के धंधे में सारा पैसा डाल दिया था। तब मन में एक लहर भी थी कि पेट्रोल दिनोंदिन महंगा हो रहा है। यही एक सस्ती स्वाश्रयी सवारी है जो बचेगी। खूब मन लगाकर काम करना शुरू किया था हालांकि कभी-कभी बरी तरह उखड़ जाता था।

'मैं समझ सकता हूं। मुश्किल रहा होगा।'

'मुश्किल काम करना नहीं था। मुश्किल था सेना के वर्दीपोश रोबदाब में से निकलकर सीधे बाजार के बीचोंबीच बैठना। ऐसी जगह, जहां जायज-नाजायज कुछ है ही नहीं। हर समय वही भाव-तौल। सेकेंड्स के माल की लीपापोती। गद्दियों के स्प्रिंग तक में हेराफेरी। वह उखड़ जाता था। उसे सब कुछ यहां नंगा लगता था। सब कुछ खुले-आम...कान्शस के बिना।'

'तो क्या छोड़ दिया?'

'छोड़ नहीं दिया...छूट गया। पूंजी भी साथ ही डूब गई। एक रात आग क्या लगी कि सब कुछ फुंक गया। पता नहीं शॉर्ट सर्किट हुआ, किसी ने शरारत की या कुछ और। वैसे ही इन दुकानों में रबर और प्लास्टिक का माल भरा रहता है। क्या बचता! हमें तो सुबह खबर मिली। जब तक पहुंचे गीली भुतैली-सी दलदल फैली मिली। शायद बिग्रेड देर से पहुंचा होगा। कुछ पता नहीं। जानकर भी क्या हो जाता।'

वर्मा साब चुप के चुप रह गए। इस दमकते चेहरे के पीछे इतनी दाह, जिस पर ऐसे हालात और ऐसी दक्षता। ऐसी भरोसेमंद निपुणता, दुखी हुए कि इस स्त्री को पिछले साल इससे अच्छा सी. आर. क्यों नहीं दिया। अपने इतना बोल जाने पर उनकी चुप्पी से आरती एकदम असहज हो आई। पछताई भी। क्यों उसने अपनी अब तक की बंधी पोटली खोल दी। स्थितियों पर जब तक ढक्कन है, सम्मान है। नहीं तो कोई भी आंगन में झांककर उघड़ापन देख ले...लज्जित करे।

'वैरी वैरी सैड! कुछ अंदाज़ा नहीं था। देखो कुछ करता हूं।' दी गई सांत्वना तो तिनका भर थी, आरती को शहतीर भर लगी। विचलित हुई पर जानती है विचलित होना चारदीवारी में वर्जित है...'जस्ट ए मिनट सर', कहते हुए गोलमोल-सी आज्ञा मांगकर बाहर निकल आई।

शाम को घर जाने से पहले ही पेशी हुई थी। वर्मा साब ने अमर का बायोडाटा लाने की ताकीद की थी, 'डिटेल्स सामने न हो तो बात नहीं हो सकती। वैसे मैंने अग्रवाल से बात कर ली है।'

आरती मुंह बाए उनका मुंह देखने लगी, 'कौन अग्रवाल?'

'सारा सर्विसेज का मैनेजिंग डायरेक्टर! अपना ज़िगरी दोस्त है। कहता तो है...'

घर जाकर खबर सुनाई तो माहौल में तुर्शी तैर आई। अमर ने इसे अफसर द्वारा फुसलाया जाना माना। साथ में यह चेतावनी कि तुम समझती क्या हो, यह मर्दों की दुनिया है, इसे मैं अच्छी तरह जानता हूं।

नहाकर आई तो तैयार होते-होते अमर को हौले-हौले फिर से ठेलती भी गई। अमर कुछ भी कहे, आरती को ज़रूरी लग रहा है, इस मौक़े को पकड़ना। इस मौक़े के बनने में जो कुछ भी है, उसे केवल वही देख सकती है। वही जान सकती है। इस जानने को समझाना-जताना नहीं हो सकता... यों भी समझाने बैठी नहीं कि...

'काग़ज़ तैयार हो गए हों तो लेती जाऊं। एक दो दिन बाद तुम जाकर मिल लेना।'

'कहा न मुझे जल्दी नहीं है। मैं कुछ और सोच रहा हूं।'

'कुछ और क्या?'

'तुम जाओ न अभी। घड़ी तो देखो।

वह 'कुछ और' क्या है, आरती को सच में इस समय जानने का समय नहीं है। शाम को आएगी तो समझेगी।

आकर जो समझा, वह क्षुब्ध कर देने वाला था। 'भाईजी जो मेरठ में बिल्डर हैं', अमर ने कहा, 'मैं उन्हीं के साथ काम करने वाला हूं। उन्हें बरसों का अनुभव है, अब तक आपस में दूरी थी तो क्या, अपने मिटाने से ही मिटती है। अपना मारेगा तो क्या छांह में तो फेंकेगा।'

'पर...पर', आरती बौखलाई। 'तुम इस बात का मतलब समझते हो? समझते हो कुछ? मेरी नौकरी यहां है, ऐसे में क्या छोड़ दूंगी या रोज़ अप एंड डाउन करूंगी? जानते हो इसमें से कुछ भी नहीं हो सकता। परिवार टूटेगा सो अलग। यह कहां की अक्लमंदी है?'

'अक्लमंदी वही तो नहीं जो तुम्हें सूझती है।'

'न सही, पर जो रास्ते खुले हों, पहले आजमाया तो जाए उन्हें।'

'जो कहना था कह दिया, अब मुझे कुछ नहीं कहना।'

फिर वही आंख बचाती चुप्पी। व्यस्तता का ओढ़ा हुआ भाव। टूटे हुए

पुल। आखिर क्यों। वह सामने वाले के लिए इतनी जमीन छोड़ती है। तो उसे भी क्यों नहीं मिलनी चाहिए – ज़मीन, सम्मान। बदले में ही सही।

अमर सोने गया तो आरती ने एक तरह से घर खखोल डाला। ड्राअर में दृश्य जो देखा तो चकित ही हुई। रिटायरमेंट के काग़ज़ों के ऊपर बायोडाटा की एक साफ़-सुथरी प्रति रखी हुई थी। तीन-चार छाया प्रतियां भी साथ ही नत्थी कर रखी थीं।

सब काग़ज़ तैयार ही थे तो उसे क्यों नहीं दिए! क्यों छल किया, छकाया! आहत हुई। व्यर्थ आहत हुई। उसके आहत होने का क्या भाव-तौल। कब से यही ढर्रा चल रहा है अब तक तो उसे इस व्यवहार की आदत हो जानी चाहिए थी।

इतना संवारकर बनाए गए बायोडाटा को देखते उसे लगा कि अपने बारे में लिखते...बहुत-सा लिखते वह तनिक-सा भी झिझका नहीं है। बचपन के शौक और जीती गई प्रतियोगिताएं, एकाधिक योग्यताएं, मिलिटरी अकादमी में मिले मेडल और ट्रॉफियां, क्या-क्या कुछ कर सकता है इसके ब्यौरे, उसने जैसे कपड़े का अस्तर उलटकर रख दिया हो। यह भी एक दीक्षा होती है, अक्षरों को नहीं अपनी योग्यताओं को सजाना, आत्मछवि को उकेरना। खुश हुई। खासा प्रभावी लग रहा था बायोडाटा। बगलें झांकने या अनुग्रह लेने की कोई बात नहीं। यों तो हर किसी बात का कोई-न-कोई निमित्त होता ही है।

जबसे घर का मोर्चा अस्त-व्यस्त हुआ है, आरती ने होंठ सी लिए हैं। घर की बात घर छोड़ते समय घर की दहलीज पर ही छोड़ आती हैं। अम्माजी रोटी-पानी देख लेती हैं। अंशु की सार-सम्भाल भी कर लेती हैं, पर केवल उतनी...। घर के किसी कोने में एक कोई और उनके मातृत्व का भूखा बैठा है, उसे नहीं जान पातीं। उनका बालक तो जैसे अब बड़ा हो चुका। उसकी कसी-ठसी काठी पर जैसे प्यार की बरसात। इतने बरसों से पति नहीं रहे तो उन्होंने अमर में एक पुरुष मूर्तिमान कर लिया होगा, जो सबको झेलता है, झेलने को नहीं कहता।

इतने आघातों को झेलता अमर इतना झेल रहा होगा, उसे अम्मा क्या सच में नहीं जानतीं? एकाध बार ध्यान दिलाने की कोशिश की तो उमगकर बोलीं, 'मैं तो

वही करती हूं जो वह चाहता है। जानती हो, वह तो कमरे से बाहर ही नहीं निकलता। कहता है, यहीं खाना दे दो। यह तो अच्छा है अंशु उस बखत तक सो जाता है। मैं वहीं ट्रे लगाकर दे देती हूं। वहीं बैठा-बैठा खा लेता है। टी.वी. देखता रहता है।

कह नहीं सकी थी यह तुमने क्या किया अम्मा! इस नोक भर सेवा से भुगता दिया। उसका मन न जाना। उस पर पुलकी-पुलकी बखान भी कर रही हो। कम-से-कम इतना तो करतीं कि उसके पास बैठतीं या बिठातीं। उसका लदा-फदा मन कुछ हल्का तो होता। उसका वक़्त कटता। पर अम्मां तो इस किनारे को पता नहीं कब से और कैसे छोड़ आईं हैं और अंशु के गू-मूत में विह्वल हो गई हैं।

वह ऑफिस से घर पहुंचती है तो अपनी दिन भर की धोती को बदलने की सुध लिए बिना अम्मां चप्पल में पैर घुसाने को तत्पर दीखती हैं। उन्हें मंदिर जाना होता है। मंदिर से घर और घर से मंदिर के बीच उनके जीवन का लेखा-जोखा लिखा जाता है। सुमन अपने पेट की बिटिया है, पर उससे भी नहीं उलझतीं। उसके अब तक के अनबिंधे कुंवारेपन को छेड़ते डरती हैं। सब डरते हैं। अमर से दो साल छोटी है। बनाव जो भी जैसा भी बना, सुमन का ब्याह टलता गया। पिता के घर में पैसों की पोटली लाती वह अब तक कुंवारी बैठी है। इतनी अक्खड़ और अलोच है कि घर में किसी को उसे छेड़ने का साहस नहीं होता। वैसे भी कमाऊ के सौ गुनाह माफ हैं।

बायोडाटा पहुंच गया था अमर के बावजूद। पर आरती अमर की उपस्थिति का पर्याय तो नहीं बन सकती थी। अमर का वर्मा साब से मिलने जाना ज़रूरी था, 'मैन टू मैन रिलेशनशिप।' पर अमर उदासीन बना रहा। गई शाम वर्मा साब ने इच्छा प्रकट की तो आरती को आड़ मिल गई। सुबह घर से गई तो ताकीद करती गई, 'देखो टालना नहीं। बारह बजे से पहले पहुंच जाना। कमरा न. 304 तीसरी मंज़िल। पहले मुझे मेरे केबिन में देख ज़रूर लेना।' जानती थी आज रामचन्द किशनचन्द की फाइल का निपटारा होना है ज़रूरी, क्या पता कहां अटकी हो।

अब कमरे में हैं वे तीनों। एक रिवाल्विंग कुर्सी पर। दूसरा ऐन सामने। रिवाल्विंग की बगल की कुर्सी पर आरती बैठी है। आते ही वर्मा साब का खिला हुआ

अभिवादन, 'आइए मोस्ट वेलकम! आपसे मिलने की बहुत ख़्वाहिश थी। आरती बताती रहती है अक़्सर आपके बारे में। बायोडेटा के काग़ज़ वर्मा साब के हाथ में हैं।

'आपकी योग्यता में तो कोई कोर-कसर नहीं। कोई दिक्कत नहीं होनी चाहिए। कार्पोरेट सेक्टर में तो ऐसा ही ऑलराउंडर आदमी चाहिए। परफेक्ट'

उसका चेहरा दहक उठता है – सामने बैठे। 'परफेक्शन कैसी...जिस चीज़ में हाथ डाला, वही डूब गई देखते-देखते।'

'चांस की बात होती है। होता है कभी-कभी। पर ऐसा भी तो होता है एक सही बटन दबाने से सारी मशीनें चलने लगती हैं।

उन्होंने उधर देखा। अपनी बगल में। उनाबी साड़ी की प्रतिच्छाया में दहकते चेहरे को। 'क्यों आरती?' और मुस्कराए।

वह भी मुस्कराई। जैसे समर्थन में।

पता नहीं अमर ने क्या समझा। उसके कानों की लवें लाल हो गईं। यह आदान-प्रदान उसे अर्थवान लगा। कुटिल, लदा हुआ। कोई तो बात होती है बीच में। ऐसे ही कोई किसी के लिए कुछ नहीं करने बैठता।

'पर, मैं नहीं चाहता आप मेरे लिए आउट-ऑफ-द-वे जाएं।'

'नहीं भई! ऐसा क्यों करूंगा। अग्रवाल मेरा ज़िगरी दोस्त है। शिखर पर बैठा है। फिर आप कोई अनडिजरविंग कैंडीडेट तो हैं नहीं। मैं बीच में न पड़ता तो भी हो ही जाता। चांस की बात है। पता कर लीजिएगा कुछ दिनों में। असल में दिमाग से उतर जाता है। वैसे उतरेगा नहीं, यह जो है हरदम आंखों के सामने।'

मदारी के डमरू की-सी ऐड़ी-बेड़ी शक्ल वाली कोई चीज़ अमर की छाती में घुमेर ले जाती है।

उनका हाथ घंटी पर गया। चपरासी आया। आदेश हुआ। थोड़ी देर में चाय आई। ढकी ट्रे पर बॉन चायना के तीन गुलाबी कप।

चाय की ट्रे आरती के हाथों में वैसी स्फुरण पैदा करती है, जैसा घर में हुआ करता है। उसने केतली में चम्मच चलाया और तीन कप चाय ढालकर दूध डालते-डालते पति की ओर प्याला बढ़ाया, 'चीनी खुद डाल लेना।'

'पहले उधर!' अमर ने शिष्टता जताई।

'नहीं, वह नहीं लेंगे। फीकी पीते हैं हमेशा।'

'और तुम!'

'इन्हें डायटिंग का शौक है।' वह खुलकर हंसे। मीठे विनोद के भाव से उसे आंख भर ताकते हुए।

चाय के प्याले मुंह तक पहुंच गए थे, 'कभी आप लोग घर आइए तो खातिर-वातिर हो। यहां तो बस खाली-पीली चाय ही चाय है। आरती बताती रहती है आपको कैसी-कैसी लजीज चीज़ों का शौक है।'

यह अनौपचारिकता उसे अखरी। चाय का सांझा फीकापन भी। जैसे यह कोई घर हो – शेयर्ड। और यहां वह एक आगत की तरह आया है। आगत नहीं याचक। एक ऐसे काम के लिए जिसको लेकर उसकी अपनी कोशिशें बेकार हो चुकी हैं। वह भी खुद आया क्या है, लाया गया है, एक स्त्री द्वारा। अच्छा तो है कह दे, नहीं चाहिए कुछ...थैंक्यू स्सो मच फॉर दिस!

अचानक ही लगा वह उसका चेहरा भांपने लगी है एकटक। सहमी-सी। एक परिचित-सा क्षोभ दोनों छोरों के बीच दौड़ता हुआ।

'अच्छा फिर...' वर्मा साब हाथ बढ़ाकर खुद खड़े हो गए, "जो हो सकेगा ज़रूर करूंगा...टेक इट फ्रॉम मी।' मिलाने के लिए हाथ बढ़ाना पटाक्षेप का संकेत था।

अमर ने हाथ बढ़ाया, 'थैंक्यू स्सो मच!'

'मे आई...' अब आरती देख रही थी वर्मा साब की ओर आंखें गड़ाकर।

'हां, हां जाओ। सी हिम ऑफ...'

'नहीं, तुम अपना काम करो, मैं चला जाऊंगा।'

यह पथरीली आवाज़ आरती की जानी हुई थी। वह वहीं रुकी रह सकती थी। रामचन्द किशनचन्द की फाइल का डिस्पोजल अभी बाक़ी था। लंच से पहले भेजना था, पर हल्के से दरवाज़े के बाहर हो गई। गलियारे में आगे-आगे चलने लगी। वह पीछे-पीछे। आरती ने लिफ्ट की घंटी टीपी। लिफ्ट आई। वह चला गया।

लौटी तो उखड़ी हुई थी, जैसे किसी अधूरे आवेग की कतरन मन में लटक रही हो। अब रामचन्द किशनचन्द की फाइल उसने हाथ में थाम रखी थी। वर्मा

साब ने इस बीच सिगार सुलगा लिया था, जैसे जल्दी में न हों।

'गुड मैन...बहुत चिन्ता करती हो उनकी।'

आरती भीतर से छलकी पर उसने रास्ता बन्द रखा संवाद का। फाइल के वांछित पन्ने तक पहुंचने को प्रस्तुत हो रही है, इसे ही मुखमुद्रा पर लीप कर रखा।

'बट नेचुरल। मैं समझ सकता हूं।' चुप्पी देखी तो बोले, 'केस आज कमेंट के लिए डिस्पैच नहीं हुआ तो दिक्कत पड़ेगी। अगले हफ्ते हियरिंग है।'

लौट आई जहां कहीं भी थी। जैसे कुछ हुआ ही न हो यहां, कुछ समय पहले। सामने रखी फाइल से निपटना ही जैसे एक अकेला काम हो।

ऑफिस पहुंची तो टेबल पर संदेश था। क्लर्क ने कहा दो बार बुलाया जा चुका है। जानती थी लेट है, पर लेट होने को पकड़ लिया जाए, ऐसा उसने नहीं चाहा था। अम्मा आज बीमार थीं। सुमन आज रुक नहीं सकती थी। उसे कक्षा का गणित का टेस्ट लेना था। सब कुछ आरती को ही निपटाकर आना था। देर हुई तो होती चली गई।

'गुड न्यूज तुम्हारे उनके लिए।' आरती कमरे में घुसी तो वर्मा साब ने इसी तरह उसकी अभ्यर्थना की। सीट से उठने की मुद्रा में फिर से बैठते हुए। 'बधाई! अच्छा तो यह होता कि तुम्हारे उन्हीं को बुलाकर बधाई दी जाती।'

आरती ने यह दृश्य पहली बार देखा था। चुप बैठे बादल इस आवेग से आकाश में तैरते हुए। चेहरा रोबदाब की झिल्ली से मुक्त। इस समय तो वह सहृदयता भी गायब थी जो उस कमरे में हवा की तरह उससे सदा पसरी हुई मिलती थी।

विश्वास-अविश्वास में डोलते हुए भौचक्क ही ज़्यादा हुई, 'स्सच... ऐसा कैसे? इतनी जल्दी?' इतना भी उसे मुश्किल से कहते बना।

'जानती हो, अग्रवाल था। उसका फोन आया था। कहता था वैसे तो अन्दर के लोग इंतज़ार में हैं, नेचुरली! बट यू सी वह मुझे इनकार नहीं कर सकता, मैं जानता था। और सुनो, जगह भी अच्छी दी है – ब्रांच का मैनेजर। थोड़े सालों में तो...' वर्मा साब उसका चेहरा देखते हैं। शायद उन्हें उस पर पसरती चहक की तलाश है।

पर चेहरा था कि खिलते-खिलते थरथरा गया। कृतज्ञता इस तरह लिखी जाती वर्मा साहब ने कभी नहीं देखी होगी। आंखें हंसने की कोशिश में रोने-रोने को हो आईं।

'आयम...आयम थैंकफुल सर! रियली-रियली थैंकफुल। आय हैव नो वड्र्स!'

'रिलैक्स!' वर्मा साब ने मुंह फेर लिया। वात्सल्य-सा जो भीतर उमड़ रहा था, उसे दरगुजर करते।

'सर...' वह हिचकी थी, 'क्या मैं फोन करने जा सकती हूं? राइट नाऊ!'

'पहले अपायंटमेंट लैटर आ जाता, तो अच्छा न रहता?' फिर चेहरा बुझते देखा तो बोले, 'कह दो कोई हर्ज़ नहीं। इफ इट हेल्प्स। बिटवीन यू टू...यहीं से कर लो।'

वह पिंजरे से छूटे पक्षी की तरह फोन पर झपटी थी। उसके हाथ उत्तेजना से कांप रहे थे, 'हैलो, जी हां...आरती बोल रही हूं ऑफिस से। प्लीज़ मिसेज़ त्यागी, जरा ऊपर से इनको बुला देंगी? कुछ ज़रूरी काम है। जी मैं होल्ड कर रही हूं। जरा जल्दी।'

चोंगे पर हाथ रखे प्रतीक्षा करने की उसने सफाई दी, 'देर नहीं लगेगी, ऊपर-नीचे का घर है। जीना एक ही है।

'टेक इट इजी!' उन्होंने जान-बूझकर फाइल अपने सामने सरका ली।

'हां हां...सुनो मैं आरती बोल रही हूं। तुम आज मेरठ जाने की सोच रहे थे न, देखो जाना नहीं। यहीं कुछ हो जाएगा। मेरा मतलब है हो गया समझो। नही नहीं...हांऽआं। मैं ऑफिस से बोल रही हूं। नहीं, यहीं से सर के कमरे से। अभी उन्होंने बुलाया था। बताया! कोई बात नहीं। रिजर्वेशन स्लिप का क्या है, उसे फाड़ देना। अभी पैसे तो नहीं दिए न! आयम श्योर! आय मीन इट! तुम समझने की कोशिश तो करो। रखती हूं। मैंने कहा रखती हूं। बाक़ी घर आकर...'

फोन रख़ दिया गया था पर चेहरा शायद किसी आवाज़ की मुट्ठी में भिंचा रह गया था। चीखता! सघन होता।

'सब ठीक तो है न। इज ही हैप्पी? मस्ट बी हैप्पी!'

'जी हां, जी हां सर! बहुत खुश।' वह उठ खड़ी हुई थी। दरवाज़े की ओर चल निकली थी, 'सॉरी, जब ज़रूरत हो बुला लीजिएगा।'

'ठीक है, ठीक है, जाओ तुम।' सारी उम्र का अनुभव वर्मा साब की टेबल पर गुनमत्थुन होकर बैठ गया था।

दोपहर बाद आई थी। बुलाई गई थी तो प्रकृतिस्थ थी, पर सोच में। सोच ऐसी जो किसी दूसरे मोर्चे पर लड़-भिड़ रही हो।

'आयम अगेन थैंकफुल सर!' उसने बैठते-बैठते कहा।

'आज किस फर्म का केस है?' वर्मा साब ने निहायत व्यस्त आवाज़ में पूछा। कुएं से निकालने की शायद यही एक रस्सी सुलभ लगी होगी उन्हें।

घर पहुंची थी तो वह मेरठ जा चुका था, दोपहर की बस से। चाबी पड़ोस में दे गया था। सुमन ने स्कूल से आकर घर खोला।

'वो कब गए?

'पता नहीं।'

'रामू दूध दे गया है?'

'पता नहीं।'

'और अम्मा?'

'पता नहीं।

अंशु के बारे में उसने नहीं पूछा। सुमन को चाय बनाते जाते देखा तो टोक दिया, 'मैं अभी नहीं पिऊंगी।'

'क्यों क्या पीकर आई हो?'

उसने पलटकर देखा। लगा सुमन कुटिल हो गई है। सब कुटिल हो गए हैं उसके प्रति। पहले सोचा हर दिन नौकरी की बलाएं झेलती सुमन को समझा दे, तुम क्या नहीं समझती कि अभी नहाना है, खाना बनाना है, अंशु को सुलाना है। अभी सब कुछ चौपट हुआ लग रहा है। अभी कहां चाय की चुस्ती और मस्ती!

पर उसने कुछ भी नहीं कहा। चारों कोनों से श्लथ होकर बैठे घर को अपनी मुट्ठी में ले लेने का भरपूर उद्यम मांगा – अपने से।

फ्लाय ओवर

केबिन से बाहर निकला तो मन घिरा था। यह क्या कह दिया आर्कीटेक्ट ने कि, 'चिराग दिल्ली के चौराहे पर जो फ्लायओवर बनने जा रहा है, उसकी देखभाल का जिम्मा आपको दिया जाएगा। मैंने खास सिफारिश की है।'

कर्तारसिंह दहल गया। आर्कीटेक्ट छोटा है, नया आया है, कुछ नहीं जानता। उसके लिए तो कर्तारसिंह एक अधेड़, संभला हुआ, समझदार आदमी है, जो कम्पनी में आर्कीटेक्ट के नयेपन को प्यार-दुलार से संभाले रहता है। ऐसे देखता है जैसे बाप की आंख।

'क्यों आपको खुशी नहीं हुई? इतना बड़ा खर्चीला प्रॉजेक्ट...'

'नहीं, नहीं, हुई क्यों नहीं। काम तो काम है', कर्तारसिंह ने अपनी ठीक-ठाक बंधी पगड़ी को साधने के लिए हाथ ऊपर तान लिए। 'तुरन्त तो कुछ करना नहीं है। एकाध दिन में आकर प्लान समझ लूंगा, तब तक पिछला काम भी निपट जाएगा।'

स्तब्ध आर्कीटेक्ट देखता रहा कर्तारसिंह की पीठ। कर्तार निकला तो फिर पुराने ठेके पर भी नहीं गया। स्कूटर पर बैठा अपने को इधर से उधर दौड़ाता रहा। यह भी नहीं कि चिराग दिल्ली का मुआयना कर आए। साइट को हवा की तरह सूंघ लेने की खूबी के लिए वह जाना जाता है।

'मुझे तो काग़ज़ पर ही नक्शे बनाने होते हैं सरदार साब, ... आप तो पत्थरों को भी बुलवा लेते हैं।' आर्कीटेक्ट उसकी सूझबूझ पर निहाल है।

'जाने दीजिए...मैं तो एक अदना कारीगर, बढ़ते-बढ़ते बढ़ गया... बढ़ोतरी को तो कोई रोक नहीं सकता...अपने-आप होती है।' ऐसा बाहर से आता गुमान कर्तारसिंह को नहीं व्यापता। अन्दर से कुछ ठोस बनता तो बनता। पढ़ने-लिखने को मिलता तो कौन जाने आर्कीटेक्ट की कुर्सी पर बैठा होता। मौक़े थे कि सरक गए। अब जो है सो है। किस लिए उधारी का ताज।

इधर-उधर मंडराने से थक गया तो अपने को पंचशील से आती सड़क के किनारे खड़ा पाया। पैरों के नीचे कच्ची धरती और पुलिया के नीचे से बहते आते गड़गड़ पानी की शहराती गंध। अरसे से इधर नहीं आया। आने से कतराता रहता है। कुछ ऐसा बने कि चिराग दिल्ली का चौराहा उसके रास्ते में न पड़े।

चौराहे को छोड़ना? यानी कि चार रासो बन्द हो गए और एक-एक रास्ते से जुड़ते-निकलते कितने-कितने रास्ते। कहीं-न-कहीं जाने के लिए कोई-न-कोई पुल तो बनाना ही होता है। यह शेखी बेकार है, खोखली। ऐसी ही मेहर गुरु की होती तो यह सब होता ही क्यों ? हंसता-खेलता बाबला घर से निकलता और लाश बनकर लौटता? ऐसी कटी-फटी देह। छाती बालिश्त-भर अन्दर धसकी हुई। आंख की कोटर से बहती लहू की धार।

पत्थर और देह...इन दो बिन-बराबरी की चीज़ों में जब भिड़ंत होगी तो देह ही मार खाएगी, कटेगी, पिटेगी, फूटेगी। पत्थरों का क्या जाएगा जिन्हें कोलतार' की चिपकन और रोलर के पांव ही कूट-पीटकर एकसार कर सकते हों।

एक दहशत धमकती-सी उसके सीने में से गुज़र गई। कलेजे के कोषों को किसी ने मुट्ठी में भरकर निचोड़ दिया हो सहसा।

बाबले का शोक मनाने वालों में से कितने ही निकल आए थे जिन्होंने कहा था, अमुक-अमुक के साथ भी ऐसी ही दुर्घटना घटी थी। कर्तारसिंह सच में उन्हें ताक़ता रह गया था, तब भी ये सब साबुत है ? इन्सान नाम का अहमक कितना सख्तजान है।

वह क्या खुद नहीं जानता कि दुनिया में एक-से-एक बढ़कर खतरनाक बातें हैं। यह मरा, वह फंसा, उसे मारा, वह गर्क हुआ, उसकी साख गई, इसकी पगड़ी उछली। गैबी हाथों से मिले जख्मों का कोई अन्त ही नहीं, पर ऐसी बातों में बराबरी ढूंढ़ने का ढांढ़स कितना कमीना है। दुःख की गठरी किसकी भारी है, इसे नापने-जोखने की नालायकी करते फिरो।

तभी एक वैन बत्ती के पीली से हरी होने के पहले ही झड़प से दाएं को लपकी और उसके ध्यान को धक्का देती गुज़र गई। जाग-सा गया कर्तारसिंह। कहां खड़ा है? चिराग दिल्ली के चौराहे पर।

चिराग दिल्ली का चौराहा। मृतकों का घाट।

अब, चौराहे के बीचोंबीच, सिपाही के लिए, ऊपर से नोकदार एक लम्बा मचान रख दिया गया है। मोदी इंडस्ट्रीज, कर्त्तारसिंह ने पढ़ा। तो यह दान मोदियों का है। पास ही कहीं मोदी अस्पताल की नींव भी रखी जा चुकी है। अब सब रास्तों को चुस्त-दुरुस्त हो जाना होगा। एक-से-एक कीमती जानों का सवाल है। सड़क पर तेज़ रोशनी की अगवानी तो अभी से शुरू हो चुकी है।

इस मचान के होने से चौराहा सफाई से बंट गया। पहले की तरह नहीं कि पता ही नहीं लगे कि किस दिशा की सरहद कहां से शुरू होती है। कहीं से भी कोई बस धौंकती-दहाड़ती आए और राह चलते को चीथती-लथेड़ती चली जाए।

कर्त्तार जानता है, बाबले के मरने के बाद उसकी सीधा सोचने की गैल खत्म हो गई है। इतना धर्मात्मा, गुरू-डरू कर्त्तार...और ऐसा बेदर्द इम्तहान। सारा सबर ही झड़ गया जैसे पुरानी दीवारों का पलस्तर झड़ता है। मोदियों के इरादे सदके-सीले बने रहें। लोग जीते-जागते रहें। लावारिस सड़कें, चौराहों की बांहों में बंधकर साफ़-सुथरे तरीके से बंटी रहें...

कर्त्तार ने अपने को साधा, फिर भी पता नहीं कैसे आंख में पानी सरसराता चला आया। कुछ भी हो वह अपने को इस कच्चीयाई के हवाले नहीं करना चाहता। कसकर रखना चाहता है इस पस्ती के पेंच।

आंखें खोले देख रहा है कि डिफेन्स कॉलोनी को जाती सड़क के बीचोंबीच एक चौड़ी विभाजक रेखा बन गई है। नोक पर बांट को सुथरा आकार देती 'यू' अक्षर जैसी सुघड़ गोलाई। वहां से लोहे की सीधी छड़ उखाड़ ली गई है, जिसके होने से चौराहे से घिसटती आती बाबले की देह आगे घिसटने से बच गई, मान ली गई थी।

'उफ् ! ऐसी चिथड़ा देह और अभी तक सांस ले रहा है', किसी ने अस्पताल के गलियारे से गुजरते उसे देखकर कहा था। कर्त्तार ने चाहा था आगे बढ़कर थप्पड़ जड़ दे। देखता नहीं ऐसी जवान, दम-खमवाली देह...क्या इतनी आसानी से पौड़ियां उतर जाएगी इस दुनिया की। फिर कर्त्तार का अन्न भी कोई ऐसा खोटा नहीं था...

हिल गया। लगा जैसे हवा-जैसी लहरीली चीज़ के भी नख निकल आए हों और पसलियों में गड़ रहे हों।

क्यों न थोड़ी देर को घर चला चले। बेवक़्त आया देखकर वीरां चौंकेगी, पर एक कप चाय से मन की कुछ हवा-बदल हो जाएगी। दो टुक्कड़ भी अभी खा लेगा वीरां के साथ। खुश हो जाएगी। उस खुशी की रमक डूबते जी को रास आएगी। दो, ढाई, तीन...कभी-कभी तो साढ़े चार तक रोटी-पानी का पसारा लेकर बैठी रहती है। अभी तो सिर्फ ग्यारह बजे हैं। किसी पड़ोसन के साथ धूप में बैठकर स्वेटर बुन रही होगी। तीन साल तो सलाइयों को हाथ भी नहीं लगाया। किसके लिए अब? उठते-बैठते कोंचती है।

'क्यों? पहनने वालों की क्या कमी, तेरे इतने भाई-भतीजे हैं' कर्त्तार आंख बचाते कहता है।

उत्तर में वीरां ने दो मोटी-मोटी आंसूभरी आंखें उसके चेहरे पर गाड़ दी थीं। उन सलाखों की सख्ती से कर्त्तार कांप गया। पलट गया। पूछ भी नहीं सका-- इस होने में मेरा क्या कसूर है वीरां।

इसी जाड़े से स्वेटर बुनने लगी है। भाइयों के, भतीजों के, बहनों के। चाहते-न-चाहते। दोपहर के ग्यारह बजे। जब सब औरतें रेंगते-रेंगते घरों के कारखाने से निकलती हैं और बान के खटोलों पर आ बैठती हैं।

क्या अच्छा करेगा अगर घर की राह लेगा। वीरों को बता भी नहीं पाएगा कि वह क्यों आया है। कैसे कहेगा कि देखो, चिराग दिल्ली के चौराहे पर अब पुल बनने जा रहा है। हूकेगी, कहेगी – 'हमें क्या, अब चाहे कोई जन्नत भी उतार दे।'

यह बात चाहे सच्ची हो पर अच्छी नहीं वीरां की। कुछ-कुछ उसके अपने मन में भी यह चोर है – हां, हमें क्या, हमारी जन्नत तो वह जिसे हमारी आंख देखती है। यह बात अगर वीरां की नहीं अच्छी तो उसकी भी क्योंकर अच्छी। सजरी ताजी बनी रहे वाहे गुरु की सीख कि हर इंसान के अन्दर एक और इंसान बैठा है – बड़ा इंसान। उसे जगाए रखना चाहिए।

तेरी मरजी का जमाल...कर्त्तार थम गया। घर की ओर मुड़ने को व्याकुल स्कूटर का रुख वापस मोड़ लिया और इस बार होश-हवास में चिराग दिल्ली के

चौराहे पर खड़ा होकर ज़हनी जायज़ा लेने लगा।

ट्राफिक कितना बढ़ गया है। बेलगाम। बेतहाशा। देखते-ही-देखते दिशाओं की पसलियों में मारुति की अरोक कतार आन घुसी। कहते थे सस्ती स्माल कार बनेगी। हर किसी की हैसियत को फलेगी। बीच के लोगों को एक आबदार नागरिक का सपना देना चाह रही है सरकार। कितनी खुशी हुई थी। मन उमंग ले गई थी।

पर शैतान की आंत की तरह पसरता यह शहर। लम्बे-लम्बे रास्तों को सहूलियत का स्वाद तो मिल गया पर हैसियत की चादर कटने-फटने लगी। पचपन हज़ार के वादे।...फिर एक लाख।...फिर डेढ़ लाख।...फिर दो लाख। हैसियत की बोलियां। फिर मारुति आई भी तो भूखी-प्यासी तो नहीं दौड़ेगी। कुछ सपने हों तो देखते-देखते चूरमचूर हो जाएं।

पर वह कौन लोग थे जो इन बोलियों के विरोध के बावजूद खरीदारों की कतारों में आने लगे। मारुति ही मारुति। दाएं मारुति। बाएं मारुति। चालाक दुश्मन की तरह इठलाती-धकियाती मारुति। सर्विसिंग वर्कशॉप में सैकड़ों की तादाद में हाजिर जख्मी मारुति।...

'एकदम नया कल्चर पनप रहा है, आपने देखा?' नए अर्कीटेक्ट की तरोताजा जुबान ने राय दी।

'वह क्या होता है?' उसने पूछा।

'मतलब है 'मैं' और 'मैं' सबसे पहले। फिर पीछे कौन रहेगा। देखिएगा जितनी तेज़ी से आई है उतनी ही तेज़ी से डेटेड होगी।'

कर्त्तार चुप रहा। कुछ भी नहीं समझ पाया, यह मारुति कल्चर क्या इल्लत है। यह ज़रूर सोचता रहा अगर बीच के आदमी ने नहीं खरीदी तो फिर किसने खरीदीं इतनी गाड़ियां।

'बड़ों को तो अब मर्सिडीज़ लेनी पड़ेगी नाक रखने के लिए', आर्कीटेक्ट ने खुलासा किया। 'मारुति को तो देसी डब्बा करार कर दिया गया है।'

डब्बों ही डब्बों की भीड़। सड़क पर सरकती लाल, सफ़ेद, नीली छतें। वह उजाड़ चौराहा तो पहचान में ही नहीं आता जहां इंसान से बनाई जाती लाश,

रात के सिर्फ आठ बजे एक घंटे तक लावारिस पड़ी रही थी।

शाम घर पहुंचा तो देखा गुरप्रीत आई हुई थी बाबले की मंगेतर। कितने दिनों बाद, अचानक। जब तक लगातार आती रहीं तो कुछ ऐसा अटपटा नहीं लगता था, जैसे हाथ में पकड़े ढेले की नोकें अपने-आप भुरभुरा जाती हैं। कोई बहुत दिनों बाद इस तरह आए तो लगता है किसी भंवर में बेचैन पानी खदबदा रहा है। आदत कितना नरमा देती है चीज़ों को, कर्त्तार को लगा। आदत से हटकर हर सवाल भूत बन जाता है।

'आओ, आओ बेटी, बहुत दिनों बाद आई हो।'

'ऐसे ही पापा...' उसने गौर किया गुरप्रीत उसे अभी भी 'पापा' कहकर पुकार रही है। मन शीतल हो आया।

'घर में सब ठीक हैं?'

'जी, पापा!'

'मां से मिली हो?'

'हां जी, आधा घंटा हो गया आए।'

'वीरां कहां है?'

'यहीं कहीं होंगी। अभी तक तो यहीं थीं।' पर कर्त्तार ने देखा वीरां नहीं थी कहीं आसपास। सन्नाटा-सा सांस ले रहा था उन दोनों के बावजूद।

'मैं चलूँ अब?' एक रुआंसी आहत-सी दृष्टि उसने कर्त्तार के चेहरे पर टिका दी। अभी तक वह अपना एक हाथ दूसरे हाथ की कटोरी बनाकर उसी कोटर में घुमा रही थी। स्लेटी ओढ़नी से कुरते का आसमानीपन कुछ धुआंसा हुआ।

'चाय पी ?'

"जी !'

'बैठो न बेटी', कर्त्तारसिंह ने आग्रह किया।

वह तख्त की नोक पर पल-भर को टिक गई। जैसे कहने का मान रख रही हो।

'अच्छा! जाओ फिर...देर हो रही होगी!' उसका उखड़ापन देखकर कर्त्तार को खुद ही कह देना ठीक लगा। 'मैं छोड़ आऊं?'

एक सपाट जैसी 'न' और उसका दरवाज़े की ओर अधीर होकर लपकना।

चिटखनी चढ़ाकर पलटा तो देखा – वीरां सामने खड़ी थी – साक्षात्।

'कहां थीं अभी तक तुम ?'

वीरां ने नहीं सुना। 'मालूम है क्यों आई थी चुड़ैल। शादी रचा रही है, सो बताने आई थी हमें...'

आवाज़ की चिड़चिड़ाहट से कर्त्तार दुःख गया। 'क्या हो गया है तुम्हें वीरां। अब...अब. वह...' कर्त्तार खुद ही लड़खड़ा गया–'क्या कभी शादी नहीं करेगी? बैठी रहेगी ? किसके लिए...। एक सड़क...एक चौराहा तक तो बदल जाता है...बदल रहा है और तुम...'

'पर तुमने उसकी ढिठाई देखी ? वह हमें कहने आई थी...हमें' आखिरी शब्द उसने हाथ में लेकर अपनी ही छाती पर मारा।

'और अगर न आती तो भी तुम्हें बुरा लगता। उसे तुम निर्लज्ज कहतीं। अपना मानकर कहने आई तो यह रोना...तुम्हें उसके सिर पर आशीष का हाथ रखना चाहिए था।'

वीरां जैसे बात के धक्के-भर से रूठ गई। जहां खड़ी थी, वहीं, उसी जमीन पर धसककर बैठ गई और रोने लगी। हूक-हूककर।

वही लगा कर्त्तार को, जो हमेशा लगता है – कि क्या ही अच्छा होता अगर, कोई तीसरा व्यक्ति घर में होता। वे दोनों पल-पल के इस आमने-सामने से बचे रहते। क्या वह समझ पाती है कि कैसे जापता है। कर्त्तार को अंदर-ही-अंदर? उसके पिंड को तो कोई दाह देनेवाला भी नहीं बचा। कितनी अनहोनी बात है। सारे नियम-कानून तोड़नेवाली। चाहे यह नियम कुदरत ने ही क्यों न बनाए हों। कुदरत ने इन्हें नियम कहा तो फिर तोड़ा क्यों? बड़ों को छोड़ दिया, छोटों को समेट लिया।

वीरां की आवाज़ खाली होने लगी थी पर वह थी कि उसी तरह हूक रही थी, कर्त्तार के पता नहीं कहां-से-कहां तक हो आने के बीच। कर्त्तार के पास भी ऐसा क्या है, जिसकी आड़ लेकर वह हर पल बिथरती वीरां की सार-संभाल किया करे। यह लाचारी वह क्यों नहीं समझ पाती।

'चलो, उठो अच्छा ! मुंह धोकर आओ', उसने बहलाने की कोशिश की। 'एक बात बताऊं...तुम सुनकर खुश हो जाओगी।' पर पिछला वाक्य उसके मुंह

में ही गूंगा हो गया। आगे बात जोड़ने से पहले ही वह सहम गया। कब खुश हो जाएगी, कब उदास वह नहीं जानता। सदा सरहदों पर बौराई खड़ी रहती है।

अच्छा होता अगर उसे भी वह चिराग दिल्ली का चौहारा दिखाने ले गया होता। वह भी देखती, सब-कुछ पुराना कैसे और कितनी जल्दी मिटता जा रहा है – निशान, गोलाइयां, पट्टे, बत्तियां, पेड़। सीमाएं बन रही हैं सड़कों की। कहां तो दिशाओं को घूरता ऐसा लावारिस उजाड़ कि रात को बस गुजरे तो लगे जाने कितनी दूर-दराज की धूल फांकती आ रही है, पर ऐसी अकड़, ऐसा दबदबा कि – रास्ते को रौंदती चली जाए।

वीरां गई होती तो देखती डिफेंस कॉलोनी के लिए शुरू होती सड़क के बीचोंबीच एक फूलों लदी हरियाली पट्टी बिछ गई है। मदनगीर से आती सड़क पर भी ऐसी तैयारी चल रही है। वह दयावान थड़ा, जिसके होने से बस के पहिए से घिसटता आता बाबला अटक गया था और चार फीट उछलकर बजरी के ढेर में आन धंसा था, अब एक सुघड़ गोलाई में तब्दील हो गया है। उस पर काली-सफ़ेद पट्टियां पोत दी गई हैं। चौराहे के बीचोंबीच मचान खड़ा कर दिया गया है।

अब इतनी आसानी से वह सब नहीं होगा जो हुआ था मदनगीर से छींकती-धौंकती बस आए और...। दूर-सुदूर के फ्लैट्स में रहने वालों ने कहा था कि रविवार की रात टी.वी. पर चलती पिक्चर के शोर-शराबे के बीचोंबीच भी उन्होंने एक भयानक थऽऽड सुनी थी।

'सुनी थी हैवानो, तो बाहर क्यों नहीं आए?'

कर्त्तार के सवाल के बाद सब घरों में दुबक गए थे। पुलिस के डंडे का डर निराकार तो नहीं, कर्त्तार जानता है। हमेशा तो वह सामनेवालों की कतार में खड़ा होता है।

वीरां के अचानक आवाज़दार ढंग से नाक छिनकने ने कर्त्तार को टोका। अब तक तो वह और गहरी नाराज़ हो चुकी होगी। एक उसी उलाहने की चंगुल में पिस रही होगी। उसे बात-बात पर रोने-धोने के अनेकों ढब आ गए हैं।

वह झन्नाटे से उठी और रसोईघर में घुस गई। भंवर से छूटने की यह हरकत कर्त्तार को अच्छी लगी। वह कपड़ा बदलने, हाथ-पैर धोने का इरादा छोड़कर

उसके पीछे-पीछे चलता चला आया।

वीरां ने चोट की, 'ऐसी खाने की क्या हवस...मुंह-हाथ तो धो लिया होता। मुझे भी कुछ गरम-उरम करना होता है, या तुम्हारी सेवा में सदा थाल सजाए मिला करूं।

कर्त्तारसिंह ने अनसुना किया। जानता था नाराज़ है, कितनी...कितनी बातों पर। जो हाथ में है, उन पर भी, जो नहीं हैं उन पर भी।

एक पैर की सहायता से दूसरे पैर का जूता निकालकर वह मोजों सहित रसोईघर में घुस आया।

'बहुत-बहुत भूख लगी है, वीरां। सोचा पहले खा लेते हैं अप्पन दोनों', सुनकर टाढ़ तक पहुंचता वीरां का हाथ वहीं थम गया। कसैली बात के जवाब में ऐसी नरमी की नाप के लिए चेहरा पलट आया। 'आ जा! तू तो खूब ही भूखी होगी। देख रहा हूं कई दिन से ठीक से नहीं खाया।'

टाढ़ से उठ चुकी पतीली वहीं वापस रखकर वीरां अपने दुपट्टे का सीला-सा छोर थामकर खड़ी हो गई।

'बैठ जा', कर्त्तार ने पटला बढ़ाया। अभी तक वे रसोई में जमीन पर बैठकर खाते हैं। चिपेण्डेल की खाने की मेज़ का हठ तो बाबले का था, सो उसके साथ ही गया।

वीरां की नाक अभी तक लाल-लाल है, कर्त्तार ने देखा। काले चने का गीला सालन खुद कुकर से निकलकर कर्त्तार ने परोसा। वीरां के लिए। अपने लिए। कपड़े की लपेटन खोलकर घी-चुपड़ी रोटी निकाली। पहला कौर शोरबे में डुबोकर वीरां की ओर बढ़ाया। वीरां ने झटका नहीं, मुंह खोल दिया। कर्त्तार के सीने से एक शिला-सी खिसकी।

'सुनो, तुम्हें एक बात बतानी है', खाते-खाते अधबीच कर्त्तारसिंह ने उसके पिघलेपन का सहारा लिया। वीरां के मुंह में कौर ठिठक गया।

'मालूम है, चिराग दिल्ली के चौराहे पर एक फ्लाय-ओवर, मेरा मतलब है एक पुल बन रहा है।

'तो?' आवाज़ ऐसी निकली जैसे नोकीले पत्थर का तत्पर दांत।

'उसकी देखभाल का जिम्मा मुझे दे रहे हैं, आज ही आर्कीटेक्ट ने बताया।

इतना बड़ा...'

'तो इसमें खुशी की क्या बात है? मेरा तो जिगरा नहीं कि वहां से गुज़र तक जाऊं, पर तुम? तुम तो बाप नहीं पत्थर-हो-पत्थर। देख रही थी अभी... थोड़ी देर पहले...'

'तुम ग़लत सोच रही हो', कर्त्तार ने अधबीच टोका। 'यह पुल नेहरू प्लेस से पंचशील के रास्ते पर बनेगा। एकदम सीधा। और पुल के नीचे है न, मेरा मतलब है मदनगीर से डिफेंस कॉलोनी आने-जानेवाली सड़क सीधी चलती जाएगी।' मालूम है फिर कोई एक रास्ता दूसरे रास्ते को नहीं काटेगा। एकदम सुभीता हो जाएगा।

'किसको सुभीता ?'

समझ तो गया पर निर्भाव होकर बोला, "आने-जानेवालों को। ऐसी बेगैरत भीड़े बढ़ी हैं कि चौराहे से जिंदा पार पाना...'

'अच्छा-अच्छा, बस करो अब...बस करो', वीरां ने पूरी बात सुने बिना ही हथेलियां कानों पर चिपका लीं। कुछ पहले की थमती जाती उत्तेजना उसके चेहरे पर फिर से धधकने लगी।

इस बार कर्त्तारसिंह उठा। उसने लपककर कानों से अगलाते हुए वीरां की दोनों बांहें झटक दीं। 'खुशी की बात नहीं है?...कि वहां ऐसा पुल बन रहा है और उसे बनवाऊंगा मैं...यानी कि मैं! कर्त्तारसिंह! बाबले का बाप...'

अपनी उत्तेजना पर काबू न पाया होता तो यह बात भी मुंह से सरक गई होती कि वहां पुल बनवाने के लिए कर्त्तार-जैसा तगड़ा घाव भी तो सीने में चाहिए। पहले ही ज़ुबान लड़खड़ा गई।

वीरां ने इस बारीकी को नहीं देखा। अपने छोर का हाहाकार। वह उसी रौ में थी, 'इन सब बातों से हमें क्या...अपना तो सूरज ही डूब गया। मर गया, हमें मार गया।'

'क्यों? तू अभी जिउन्दी है। आगे आनेवाले सब जिउन्दे हैं। एक वह ही तो था जो जिंदों की बिरादरी छोड़कर चल निकला। तू अपनी बात कर...उन लोगों की बात कर जिन्हें अभी इन सड़कों से होकर आना-जाना है। तू कम-से-कम उनकी तो खैर मना। और तुम्हें मालूम है...' कर्त्तार उसके नज़दीक खिसक आया। ...'ऐसा कुछ भी तू ही कर सकती है...सिर्फ तू। यह बड़प्पन भी तेरे रब

ने तुझे ही दिया है...सिर्फ तुझे। अलग से चुनकर...'

वीरां पर जैसे किसी ने तेज़ाब छिड़क दिया हो। 'हिश्श्... हिश्श् कत्तरि... फिटे मुंह...ऐसे चुने जाने पर मैं क्या नाज़ करती फिरूं ?'

वीरां थी कि दुःख की तपिश में नंगी हो गई। सारी उम्र जिसे आप जी' आप जी' कहकर दुलारती रही, उसे निचोड़े हुए कपड़े की तरह नंगी बुच्ची खूंटी पर टांग दिया। ऐसे दुर-दुर करते उसकी ज़ुबान तक न थिरकी।

कर्त्तार सन्न रह गया। कितनी कड़ुवी, कितनी संगदिल हो गई है वीरां... कितनी कठोर। कितनी...कितनी बार वह उससे कहना चाहता है कि जो कुछ भी होता है, घटता है सिर्फ उसके साथ ही नहीं घटता। बहुतों के मन में दुःखों की तड़फड़ाती बावड़ियां हैं। यह तो कहो, चमड़ी बेशर्म ढंककर रखती है, नहीं तो अन्दर से सबका सब-कुछ तमतमाया रहता है। यकीन नहीं आता तो किसी को उघाड़कर देख...नाखून से छूने-भर से खून निकल आएगा। पर वीरां है कि अपना ही आप देखती है। अंधी कड़ुवी हो गई है। ममता का आना और जाना कितना बड़ा कलेजा देता है...ज़रा सोचकर तो देखे। नमी के सूखने से तो धरती तक में अकाल पड़ जाता है।

मन में बनती आती इन बेरोक लड़ियों में से कितना कुछ है जो वीरां से कह सकता है, इस नीयत से उसने आंखें उठाईं।

वीरां वैसी ही फुफकारती बैठी थी। मलगुझी चुन्नी छाती से नीचे ढलक आई थी। बिखरे रूखे बाल। मैले सीले कपड़ों में लिपटी उसकी इतनी खबरदार मुद्रा कर्त्तार को वितृष्णा से भर गई।

बिछल गया कर्त्तार। अन्दर से ढह गया। प्रार्थना में पिघल गया...कब, किस दिन...किस तरह? नेमतोंवाली मट्ठी खोल, मेरे मालिक। इस अभागी को सबर की सौगात दे...नहीं दे सकता तो इसको भी अपनी बस्ती में दाखिल कर। इसकी ही नहीं, सबकी रक्षा हो जाएगी। मेरा क्या है...मैं तो लाल सुर्ख कतरोंवाली सड़क को खुदवा डालूंगा...बार-बार... छत्तीस बार...और भूल भी जाऊंगा कि बाबला मेरा बेटा था...

ऐसी घनघोर घबराहट भीतर से उमड़ी कि वह उठ खड़ा हुआ, पर पैर थे कि रसोई लांघने से इंकार कर गए। शिरा-शिरा में बदज़ात लड़खड़ाहट। देहरी पकड़े खड़ा रहा फिर अपने ही भार से व्याकुल होकर पास के मोढ़े पर धसककर बैठ गया।

वीरां ने देखा। यह 'धम्म' भी उसने सुनी। यों देखती-सुनती कहां थी वीरां। फिर ज़ेब से निकलकर आंख तक आता रूमाल भी उसने देखा।

पसरी बैठी थी, उठ खड़ी हुई। पति के पीछे आन खड़ी हुई। कर्त्तार की पीठ किसी कोहराम से कांप रही थी, बेतहाशा। चाहा कि कुछ करे पर करते न बना। बढ़ा हुआ हाथ हवा के कोटर में दाखिल होकर बीच कहीं झूल जाता रहा। हर बार।

पर क्यों?...क्यों?...पति है अपना। कोई पराया तो नहीं। यह कैसी परतीत। यह ताक़त कौन छीन ले गया है उससे ?...और कब ?

छूते नहीं बना तो घड़े के मुहाने गई। पानी का गिलास भर लाई। 'लो, पिओ पहले।' चाहा आवाज़ में ही नेह निचोड़ दे।

कर्त्तार ने हाथ के इशारे से पानी तो मोड़ दिया पर कलेजे में कब की बंधी मुट्ठी ढील गई। संयम तोड़ गई।

मरद का ऐसा...ऐसा हिलक-हिलक रोना। वीरां कांप गई। एक उसी दिन रोते देखा था कर्त्तार को उसने इस तरह। उसके बाद कब?...याद नहीं पड़ता कब।

वीरां झेंप गई। काली पड़ गई। एक वह है कि बस रोती-ही-रोती है। कोसती है। नख चुभोती है। इस सदा के रोने को कैसे सहता है वह जीता-जागता इंसान। क्या उसको कोई...

एकाएक ही कर्त्तार उठ खड़ा हुआ। रसोई लांघ गया। उसके जाने की दिशा देखकर जान गई कि दालान लांघकर अब वह नलके तक जाएगा। हाथ-मुंह धोएगा और वीरां की आंखों के लिए पहले की तरह ओझल हो जाएगा। पराया।

एक ही दुःख इतनी दूरी...

यह करतब वीरां को लगा अब उसे मंजूर नहीं। वह वहीं की वहीं खड़ी है पर चल रही है। कर्त्तार से कह रही है, 'अब देख लेना तुम...चलूंगी मैं...आपजी के साथ। जिस दिन इस पुल की नीवें पड़ने को होंगीं।'

एक बड़ी घटना

नसों में घबकारा बढ़ता है। होंठों के कोनों में एक तनाव। त्वचा पर ज़रदियां फैलने लगती हैं। सारा चेहरा विकृत होकर जटिल हो गई मांसपेशियों के जाल में क़ैद-सा होने लगता है। हाथ-पैरों में एक नामुराद ऐंठन, सांसों के उखड़ते हुए पांव ज़ोर की आहट देने लगते हैं।

चारपाई को घेरकर खड़ी आंखें आगे को झुक आती हैं। कांपती हुई आशंका कि न जाने किस श्वास के साथ जीवन का ताना-बाना टूट जाए...

पर अचानक ही यह तनाव थक जाता है। तनी हुई मांसपेशियां ढीली हो जाती हैं और बूढ़ा शैथिल्य मुंह पर जमकर बैठ जाता है। श्वासों की गति धीरे-धीरे क्रम पकड़ने लगती है। एक निःशब्द शान्ति, ठंडे पसीने की टपकन। धीरे-धीरे हर कोई अपने होने के एहसास को पहचानता है।

ऐसा प्रायः होता है। कभी दो-दो दिन छोड़कर होता है, कभी सप्ताह के बाद। उसके प्राण मुंह तक आते हैं और लौट जाते हैं। घरवालों की भयग्रस्त अपेक्षाओं का ग्राफ इसी अनुपात में चढ़ता और उतरता है। इस निष्क्रियता में भी एक क्रिया है जो सबको उस खाट के चारों ओर बांधे रखती है।

इस हड़बड़ी में किसी की दृष्टि उस कोने में नहीं जाती, जहां कोई पुरानी भूरी शॉल ओढ़े गुड़ी-मुड़ी बैठा है, और बैठा रहता है। नसों के इस तनाव के साथ न कातर होता है, न अपनी जगह से हिलता है। सामने रखी अंगीठी में अंगारे धीरे-धीरे ठंडे हो जाते हैं। फीकी राख हवा में उड़ने लगती है पर वह उसी तरह निश्चल घुटनों में सिर दिए बैठा रहता है। कोई ध्यान से देखे तो शायद जाने कि हर ध्वनि के प्रति सतर्क उसके कानों की लौ बार-बार कांपती है, परंतु कुछ कहने-सुनने को आतुर नहीं होती। बहुएं आपस में बैठती हैं तो हंसती हैं, 'पिता जी को अम्मां से क्या सरोकार...अम्मां जिएं या मरें...सारी उमर तो साथ कटी,

अब बुढ़ापे में किस काम...। वह मुंह दबा लेती हैं। 'खी-खी' की रुद्ध ध्वनि में क़ैद जुगुप्सा के स्वर उन कानों की लौ के साथ टकराते हैं। फिर सब कुछ एक निःश्वास के साथ नीचे उतर जाता है।

तेरह वर्ष की किशोरी को जब डोली में डालकर लाया था वह, तो क्या एकांत भरने?...कैसा एकांत? एक अल्हड़ मस्ती थी तब, भरपूर बाढ़ जवानी की। जीवन की खिलखिलाहट बिना बुलाए ही दरवाज़े पर आ बैठती थी। उसे निमन्त्रण नहीं देना पड़ता था। सच पूछो तो अकेलापन था ही कहां जिसे कोई बांटता। हर तरफ़ विस्मय था, जिज्ञासा थी। हर चीज़ को जानने की एक उदंड पहल, सारी बाधाओं को तोड़ती-फोड़ती।

फिर एक पागल दौड़ शुरू हुई थी -- धन की, पद की, दुकान बढ़ाने की, मकान बनाने की। एक लम्बा-चौड़ा विस्तृत संसार। बड़ी कर्मभूमि, जोड़-तोड़, व्यस्तता संघर्ष, जटिलताएं, लाभ-हानि, सफलताएं-असफलताएं, सगे-संबंधी, मित्र-महफिलें, राग-रागिनियां। परिवार के मोर्चे पर, शरीर की शरीर से संयुक्तता से जनमते, अस्तित्व पाते शरीर। कुछ सांझी प्रतिबद्धताएं। कुछ अधिक मुखर कर्तव्य -- स्कूल, कॉलेज, ट्यूशन, यूनीफॉर्म, नौकरी, ब्याह-शादी। जीवन क्या था एक भरा-पूरा मेला था। वहां कहां गुंजाइश थी एकान्त को जन्म लेने की। सराबोर डुबो देनेवाली एक व्यस्तता थी और अपनी उलब्धियों का गर्व। उन दिनों अपनी उपलब्धियां वह खुले हाथों बहुओं में, बेटों में और बेटियों में वितरित कर रहा था और दाता होने का गर्व जीता रहा था।

जहां से जवान रक्त कारखाने की रिवाल्विंग चेयर से उठाकर उसे घर की आरामकुर्सी पर यह कहकर बिठा देता है, 'बहुत काम कर चुके पिताजी, अब आप आराम कीजिए।' वहां से शुरू होती है एक नई व्यवस्था, जिसे पहचानकर पहली बार उसे कुछ सर्द-सी लगती हुई हवा चीरती है। सफ़ेद बालों में उंगलियां फिराते इस एहसास की सर्दी के बांटने के लिए वह चारों ओर देखता है कि क्या कोई और भी है जो पोर-पोर में घुसती हुई इस ठंडक को उसके साथ महसूस करे?

आधी रात बीत चुकी है। रात के शुरू के कुछ घंटे नींद ले चुकने के बाद उसकी सजग संज्ञा करवटें बदलती है, नींद नहीं आती। अच्छे-बुरे विचारों की

बाढ़ मन पर दबाव देती है। वह बेचैनी में कभी मुंह ढकता है, कभी खोल देता है। कभी सिरहाने रखी टॉर्च से टाइमपीस में टाइम देखता है, कभी छत-पंखे के समगति से अनवरत घूमते हुए पंख। कभी उठकर बाथरूम की दिशा में हो आता है, कभी खाट पर जाकर बैठ जाता है। अभी दो पहर रात बाक़ी है।

खांसी का एक झटका हवा में फैल जाता है।

'क्यों, क्या नींद नहीं आ रही है?' एक प्रश्न चादर से लिपटे मुंह से ध्वनित होता है। उनींदी अलसाहट को एक झटके में दूर फेंककर उठने की प्रक्रिया में यह पूछती है, 'कहो तो छाती पर थोड़ा तेल मल दूं ?'

'नहीं, आज दर्द नहीं, यों ही थोड़ी बेचैनी है। असल में नींद नहीं आ रही।'

उसे नींद नहीं आती, इसलिए अपनी शिथिलता को भूलकर वह उसके साथ उठ लेती है। पैताने आकर चुपचाप बैठ जाती है। धीरे-धीरे पैर दबाती है। तलुए सहलाती है। इस ध्वनिहीन सन्नाटे में इधर-उधर की ऐसी बातें करती है, जिसका कोई अर्थ नहीं निकलता। बिना ज़रूरत उसे बुलाती है, हर रात अकारण उसके साथ जागती है। जब कुछ भी जीने योग्य नहीं होता, साथ होने का एहसास देती है। उस छोटे-से कमरे में सारी दुनिया से कट गए अपने और उसके, उसके और अपने होने की आत्मीयता को उजागर करती है।

उसने पहली बार महसूस किया है कि इस भीड़-भरे घर में जो एक निगल जानेवाला एकांत है, उसमें वही एक ध्वनि है, वही एक घटना, वही एक शब्द। उसकी खांसी, उसके दर्द, उसकी बेचैनी और अनिद्रा के प्रत्युत्तर में उठा वही एक अकेला अस्तित्व, जो इस असहाय अवस्था में सारे संसार की प्रतिकूलताओं के विरुद्ध रक्षा-कवच-सा उसे घेरे है।

तड़के जब सारा घर नींद में सोया होता है तो वह झुकती-पड़ती रात की ठंडी पड़ी अंगीठी में से राख निकालती अपने पोपले मुंह से फूंक-फूंककर कोयले सुलगाती दूध गर्म करके ले आती है। गिलास उसे थमाकर वह चुपचाप सामने बैठी रहती है। 'थोड़ा तू भी पी ले', कहने का हमेशा एक ही उत्तर देती है कि 'नहीं, मुझे अभी नहाना है', और चली जाती है। वह रोज़ ऐसा कहती है और वह रोज़ उचककर देखता है कि वह नहाने का कोई उपक्रम नही कर रही, बल्कि

बच्चों के सोकर उठने के पहले पानी का हमाम गर्म करने की चिन्ता कर रही है। घर में जगाहट मचती और गति शुरू हो जाती है। अखबार की अभ्यस्तता उसे कहीं बेचैन करने लगती है। सब कमरों में घूम-फिर चुकने के बाद आनेवाले अखबार की प्रतीक्षा उसे बहुत असह्य लगती है। इस बात को वह जानती है, अतः अन्दर फेंके जानेवाले अखबार को पूरी तत्परता से उठाकर, हाथ में कसकर दबोचे वह उसे पहले दे जाती है। जाते-जाते मुड़कर कहती है, 'देखो, जरा जल्दी पढ़ लेना, अभी पुकार मचने लगेगी।'

एक पुरुष सुलभ गर्व से आज तक वह यही समझता रहा था कि यह स्त्री हर तरह से उस पर आश्रित है। अब सोचता है कि कितना ग़लत समझ रहा था। वह ही उस पर ज़्यादा आश्रित है छोटी-छोटी ज़रूरतों के लिए – अखबार के लिए, दूध के लिए, दवा के लिए और उस सर्वग्रासी एकांत के लिए जो उसकी सारी चेतना पर कुंडली मारकर बैठा है।

तेज़ चलते-चलते अचानक इस सक्रिय जग से उसे बांह पकड़कर एक किनारे खड़ा कर दिया गया है। जिए हुए को सोचने-समझने का उसके पास अनंत समय है, परंतु किसे समय है सुनने का। कभी वह भी इन बेटे-बेटियों की तरह गति से भ्रांत आसपास की व्यथाओं-वेदनाओं के एहसास से मुक्त था। जीवन की कमाई हुई उपलब्धियां, जो कभी वह वितरित कर रहा था आज ये सब कर रहे हैं। इसी वितरण में उसके हाथ आया है--यह छोटा-सा कमरा, जिसमें दो खाटें-भर पड़ सकती हैं, कुछ आवश्यकताओं की साधन-सामग्री और एक रुग्ण निष्क्रियता।

एक दिन अचानक वह बीमार पड़ जाती है। रक्तचाप की शिक़ायत उसे सालों से है। सेरीब्रल थ्राम्बोसिस के हमले के कारण लकवे ने झपट लिया है उसे। रोग पर समय से काबू पा लिया गया है, अतः हाथ-पैरों पर तो कम असर है, परंतु उसकी ज़ुबान जाती रही है। अधिकतर नीम-बेहोशी में रहती है या शिथिल, निढाल। शुरू के दस दिन तो चौबीस घंटे ऑक्सीजन पर रखा गया था, अब एक-एक दो-दो दिन छोड़कर दी जाती है। सतत और तत्पर सुश्रूषा की आवश्यकता है उसे। अकेला उसे छोड़ा नहीं जा सकता, अतः बहुएं बारी-बारी से उसके पास

सोती हैं। उपचार की इतनी सारी सुविधाएं उसके इस छोटे से कमरे में जुटाना सम्भव नहीं, अतः उसकी खाट इस कमरे से हटाकर हॉल में बिछा दी गई है।

उसे लगता है, उसके इस छोटे-से कमरे में ढेर-सी धुंध भर गई है। खाट तो एक ही हटाई गई है पर आभास होता है, बड़ी जगह खाली हो गई है। शाम कुछ अधिक उदास और रात कुछ अधिक गहरी हो गई है। अब रात के सन्नाटे में कोई ध्वनि, कोई स्वर, उसकी खांसी के झटकों से चिहुंककर नहीं उठता।

उसे लगा – वह डरने लगा है, उन दीवारों से जो एकाएक पहले से अधिक खामोश, अधिक सर्द और अधिक तंग हो गई हैं। अचकचाकर एक दिन वह कहता है, 'क्यों न यहीं बड़े हॉल में मैं भी अपनी खाट डाल लूं...रात को लाजो को भी देख लूंगा...नींद तो यों भी कम आती है।'

वही बहुओं की दबी हुई 'खी-खी' और स्वर की आदेशात्मकता को यथासम्भव नर्म करने के यत्न में उनका उत्तर, 'नहीं पिताजी, आप अपने कमरे में आराम से सोइए।'

बहुओं के कर्तव्य और उसकी नियति में कोई तालमेल नहीं बैठता। वह सारा दिन कभी अखबार पढ़ता है, कभी सिगरेट पीता है, कभी अनमने भाव से बच्चों से खिलवाड़ करता है, कभी लाजो की चारपाई के आसपास...शायद वह कभी होश में हो। जब कभी भी लाजो उसे पहचानती है, तो गर्म सलाखों की नोक से लिखी पीड़ा की रेखाएं उसके मुंह पर खिंच जाती हैं। न जाने कहां से दो आंसू बेचारी की कोरों पर अटक लेते हैं। सघन आत्मीयता और ममत्व से भरा एक शीतल आश्वासन वह अपने भीतर घुमड़ता पाता है, अटकते-अटकते कहता है, 'तू...तू जल्दी अच्छी हो जाएगी।'

'नहीं' कहने की अपनी असमर्थता को अचानक पहचानकर वह धीरे से नकारात्मक सिर हिलाती है और प्रणाम-सा करती हुई मुद्रा में दोनों हाथ उठाना चाहती है।

उसके भीतर कुछ पिघलकर तरल बने और सबके ध्यान में आए, इससे पहले ही वह आगे बढ़ जाता है, परंतु उस निरीह दृष्टि के घाव देर तक अपनी पीठ पर महसूस करता रहता है।

इसे छोटे-से कमरे की परिधि में जो एक बराबर का बंटा हुआ एकांत था, वह उसके उधर चले जाने से बिखर गया है। एक छोटा-सा स्थल, जहां शरीर की भूख से मुक्त होकर वह एक तरल स्नेह-संबंध को एक वास्तविकता में परिणत होते देख रहा था, पहचान रहा था, और जीवन को एक नए और अछूते दृष्टिकोण से देखने का यत्न कर रहा था।

उसे लगा था कि यह कुछ और है -- कुछ ऐसा, जो पहले कभी नहीं था। किशोरावस्था की अल्हड़ मस्ती में उसके साथ जीवन बिताने में नहीं था। युवावस्था में शरीर की गरमाइयों में पिघलते तूफानों को उसके साथ झेलने में नहीं था। एक लौ होती है, जिसमें ताप नहीं होता, पर प्रकाश होता है और अपने होने का एहसास होता है। इस कमज़ोर लौ के सहारे, एक प्रकार की सौम्य समरसता के संयत आह्लाद में वह जीवन की नई भूमिका को चीन्ह रहा था और अपने भीतर एक दूसरा ही व्यक्तित्व पहचान रहा था कि व्यवधान पड़ गया। वह अचानक बीमार पड़ गई।

वह भूल नहीं पाता कि जीवन के उत्तमतम क्षणों में उसकी उससे पकड़ छूट गई है। अपने कमरे में अकेला बैठा-बैठा वह इस व्यथा से छटपटाता है। भूख और हवस, कर्म और संघर्ष, ज्ञान और अनुभव की होड़ में क्या कभी वह उसे पूरा पा सका या अपने-आपको सम्पूर्ण दे सका ?...और अब तो...अब तो किनारे ही छूटते नज़र आ रहे हैं।

वह जानता है। अच्छी तरह जानता है कि वह इस कमरे में कभी वापस नहीं आएगी। इन दीवारों को घेरती यह सर्द खामोशी अब कभी नहीं टूटेगी।

इस कमरे की अलमारी में रखी हुई उसकी चीज़ें उसकी आवश्यकतानुसार यहां से हटती जाती हैं। उसके कपड़े, उसकी कंघी, उसका तेल, उसके स्लीपर, उसका बटुआ, उसकी दवाइयां – सब हॉल के कोने की खिड़की से, जिससे सटकर उसकी चारपाई है, जुड़ता जाता है। वह धीरे-धीरे उस बड़े कमरे से जुड़ती जाती है और इस कमरे से छूटती जाती है। इस छोटे कमरे से कण-कण वह जितना छूटती जाती है, वह उतना ही टूटता जाता है।

एक दिन आएगा, किसी घड़ी...किसी क्षण यह छूटना पूरा हो जाएगा। नसों का यह ज़र्द और विकृत कर देनेवाला तनाव, जो रोज़-रोज़ टंकार देता है,

उसे किसी समय आ दबोचेगा। उस घड़ी वह क्या सोचेगी?...पता नहीं उस क्षण वह कुछ सोच सकेगी, या नहीं... और सकेगी तो न जाने क्या सोचे...। शायद इस छोटे-से कमरे में चुपचाप बिताए क्षणों के बारे में सोचे...। शायद?...

दौरों की आवृत्ति में जितनी बार घर का वातावरण भय और चिन्ता से गहराता है, उतनी ही बार वह अपने को एक ऐसे खड्ड की ढलान पर खड़ा पाता है, जिसके नीचे वह भयाकुल ऐकान्तिकता है और अभेद्य अंधेरा।

सब-के-सब घेरा डालकर, आंखें गड़ाकर जब उस खाट को घेर लेते हैं, तो वह जहां होता है, वहीं जमा रह जाता है, उठ नहीं पाता। उसको पत्नी के श्वास टूटने की प्रतीक्षा नहीं है, क्योंकि अंधेरा उसके भीतर परत-दर-परत पहले से जम रहा है। एक घटना उसके अनचाहे उसके भीतर घट रही है। जितनी बार लाजो का चेहरा विकृत होकर श्वासों से होड़ लेता है, एक बहत बड़ी घटना का चक्रव्यूह उसके स्नायुओं पर भयानक दबाव देता है।

वह किसी को समझा नहीं पाता कि यह घटना इतनी ही नहीं है -- श्वासों के तार के टूट जाने की नहीं है। यह घटना मात्र एक व्यक्ति के इस संसार से उठ जाने की भी नहीं है। यह घटना एक विशाल जन-समूह में, एक अंधेरे सर्द और खामोश कमरे में, एक जीवित व्यक्ति के नितांत अकेले छूट जाने की है।

अंधे मोड़ से आगे

काम करते-करते अक़्सर, अचानक उसे अपनी पीठ पर एक कीड़ा रेंगता, सरसराता-सा लगता है...और जैसे सारे शरीर पर पानी के भरे लिसलिसे फफोले उग आते हैं।

ऐसा ही था, तो इस नए जीवन की शुरुआत उसने क्यों की? सुरजीत को पीछे छोड़कर क्यों चली आई? कामों में कोई अन्तर नहीं... वहां एक बंधी-बंधाई गृहस्थी को दिन भर अपना थोड़ा-थोड़ा भाग सौंपते रहना...शाम तक राह देखना, प्रतीक्षा करना और समय के बचे हुए भाग को दूसरे के उपयोग के लिए छोड़ देना।

सुरजीत भी ऐसा कि अवरोध नहीं, विरोध नहीं, अधिकार-प्रदर्शन नहीं। साफ़ कह दिया, 'न रहना हो न रहो, तुम्हारे बिना मर नही जाऊंगा।'

मिश्रा (बॉस) ने कहा था, 'घुन्ना है। बाद में उत्पात मचाएगा, तलाक नहीं देगा।' परंतु वह घड़ी अधबनी रह गई। उसने जितना शोर मचाया, जितने आरोप लगाए, सरजीत सह गया। फैसले के दिन एकपक्षीय निर्णय हुआ। न वह आया, न कोई तनाव, न कोई आहट उस दिशा से आई। लगा कि जो कुछ हुआ है, उसकी अपनी ओर से उसके अपने लिए हुआ है। उसका सुरजीत से वैसे भी कोई संबंध नहीं था।

मामला इतना एकतरफा था तो इस खींचतान की आवश्यकता ही क्या थी आखिर?

सुरजीत की अलिप्त उदासीनता को समझते हुए वह वैसे भी तलाक के लिए शायद इतना आग्रह न रखती, परंतु मिश्रा हठ करता रहा था – सुरक्षा ज़रूरी है। कानूनी सुरक्षा। वैध अधिकार। वह भविष्य में कभी सुरजीत का हस्तक्षेप बरदाश्त करना नहीं चाहेगा। डेसपिकेबल क्रीचर! नीच जानवर।

यहां आकर अक़्सर लगने लगा है कि वह यहां क्यों है? किसलिए उसने इस प्रकार की जीवन-व्यवस्था को चुन लिया है?

अन्तर इतना ही है, वहां अपने हाथ से रोटी पकाती, सफाई करती, कपड़े धोती थी, यहां नौकरों से करवाती है। सुरजीत में एक प्रकार की आदतें थीं तो मिश्रा में दूसरे प्रकार की। वह रोटी खाते समय चप्प-चप्प करता था, यह सोते समय खर्राटे लेता है। वह लाल जूते पसंद करता था, यह काले। उसे दूध भाता था तो इसे कॉफी। वह देसी पीता था, यह विलायती। वह एक प्रकार के प्रसंग से देह तक पहुंचता था तो यह दूसरे प्रकार के।

रात को बत्ती बुझ जाने पर, मिश्रा के घर डनलप के आरामदेह स्पर्श के अति यथार्थ होने पर भी सुरजीत के घर खरखरी खाट पर दरी बिछाकर सोने के सुख में उसे कोई अन्तर नहीं लगता। अंधेरा होते ही वह कमरे के लील लेनेवाले वैभव से विच्छिन्न हो जाती है, उसका हिस्सा नहीं रहती।

आधी रात गए, जब कभी मिश्रा खर्राटे त्यागकर जाग उठता है और एक बदहवास उतावली में उसे टटोलता हुआ, भारी-सी देह लिए उसके बिस्तर की दिशा में लुढ़कने लगता था, तो वह उसे मिश्रा नहीं लगता। वही लगता है, जो वह सुरजीत के लिए कहता है—डेसपिकेबल क्रीचर।

ऑफिस में उसके सामने बैठे जो कुछ सूट, टाई, चमचमाते बूटों और सिगार के साथ एकतान होती उसकी आभिजात्य शिष्टता से रचा जाकर प्रलोभन का एक अचूक हथियार बनता था, घर आकर एकदम निर्वस्त्र हो जाता है। एक ढीली लिजलिजी सच्चाई का उबाऊ स्वाद बाक़ी रह जाता है।

शुरू-शुरू में वह सोचती थी, क्या उसका मोह मात्र सूट-बूट-टाई और बाहरी शालीनताओं से ही था? उससे रहित हो जाने पर वह मिश्रा को वैसा क्यों नहीं देख पाती, जैसा ऑफिस में उसके सामने बैठे देख पाती थी? पैरों के नीचे की धरती अब उतनी क्यों नहीं डोलती, जितनी तब डोलती थी? इतनी की सुरजीत के पास घर लौटकर जाने की इच्छा ही नहीं होती थी!

शायद इतना बड़ा निर्णय न हो पाता, यदि सुरजीत कुछ बाधा देता या मिश्रा ही इतनी शह न देता। रोज़-रोज़ उसके मन को एक बेहतर जीवन की

लालसा और देह को नई आंच से सेंक न देता। उसी ने तरह-तरह से समझाया था कि सुरजीत के साथ या किसी के भी साथ (अपनी ईमानदारी जताने को वह अवश्य जोड़ता था) अनिच्छा से रहना अत्याचार को प्रश्रय देना है।

सुरजीत के साथ रहना अनिच्छा का है, यह कैसे समझ लिया गया? न लगता यदि सुरजीत विरोध, अवरोध, विद्रोह, प्रतिरोध करता। एक सुविधा सहूलियत भरी मुक्ति उसे देकर वह अपनी राह चलता बना।

यह मुक्ति इतनी सुविधाजनक न होती तो शायद उसे मिश्रा को पाना कुछ लगता, उपलब्धि का सुख होता। मिश्रा ने चाहा, पा लिया। सुरजीत ने नहीं चाहा, छोड़ दिया। उसकी अपनी चाह का धरातल कौन-सा था फिर?

ये प्रश्न इधर परेशान करने लगे हैं। ऐसा कोई एहसास इससे पहले उसे न था। घर का काम करते-करते अचानक उसे उस घर का शतांश मात्र होने की यातना घेर लेती है।

अचानक लगने लगता है कि उस घर का अधिकांश हिस्सा मिश्रा की मरी हुई पत्नी की स्मृति में सदा बन्द रहनेवाली अलमारियों और बक्सों में बन्द है। उस घर का अधिकांश व्यतीत है, अतीत है, इतिहास है और मिश्रा का झुर्रियों भरा शरीर इसके शेष हो जाने का साक्षी है। उस दफनशुदा अतीत--इस घर के अधिकांश -- से उसका अपना कोई संबंध नहीं, पर यह बात उसे मिश्रा की रसोई में काम करते ही महसूस होती है, डिक्टेशन लेते ऑफिस में महसूस नहीं होती थी।

यहां महसूस होती है, क्योंकि उसके जीवन में हर रसोई के साथ एक रसोई सुरजीत की जुड़ी है। मिश्रा दफ्तर में होता है, तो सुरजीत नहीं लगता, घर होता है तो सुरजीत हो जाता है।

मिश्रा और सुरजीत दोनों एक हो जाते हैं, तो उसे सुरजीत ही अच्छा लगता है। उसकी बांहों पर चिपका हुआ कोई झुर्रीदार अतीत नहीं है। क्या हुआ यदि उसके हाथ एकदम सीधे उसके गालों पर वार करते थे! वह गालियां देता था, मारता था, आए दिन गुस्से में सारे बर्तन पटक देता था। ज़िद चढ़ जाए, तो मां के घर जाने नहीं देता था और रुलाई आती हो तो उस क्षण को अपने आधिपत्य की हिंसा से तोड़-फोड़कर मन के चिथड़े-चिथड़े कर देता था।

थकी, आहत, अकुलाई ऑफिस पहुंचती थी तो मिश्रा मरहम लगाने बैठ जाता था। पतले गुलाबी नक्काशीदार प्यालों में पड़ी गरम चाय से घाव सेंकता था। संकोच से चाय पीकर उठो और डिक्टेशन के लिए कलम हाथ में लेते ही मिश्रा की भिंचती जाती मुट्ठी में उसकी अंगुलियों में फंसे सस्ते चांदी के छल्ले एक दर्दीले दबाव से एक नन्हीं-सी चीख को जन्म दे देते थे। वह हाथ छोड़कर पैर से पैर छूने लगता था, 'आय अंडरस्टैण्ड योर डिमांड्स।'

'ह्वाट डिमांड्स?' कहने-पूछने का कोई रिश्ता उसका मिश्रा से नहीं था। आंखें झुकाकर चुप बैठी रहती थी वह।

वह आग्रह करके उसे अपने पासवाली कुर्सी पर बिठा लेता था। सामने से हट जाने पर सामना करने की विवशता समाप्त होना उसे अच्छा लगता था। तब नहीं सोच पाती थी कि वह किस सामने से डरती है। मिश्रा से अपना सामना या अपने से अपना सामना, जो मिश्रा की आंखों के अक्स में उसे साफ़ दिखता था।

पास बिठाकर वह धीरे से उसके कंधों पर हाथ रख देता था। कोई उत्तेजना उसके भीतर नहीं जागती थी, केवल एक प्रकार की कुंठित चुप्पी, जिसमें 'न' कहने की एक बचाव-भरी मनाही हो।

मिश्रा के हाथ अधिक स्वतन्त्रता लेने लगते थे। थोड़ी देर बाद एक भावुकता से भरकर वह कहता था, 'लेट अस गो आऊट दिस ईवनिंग...सूट्स?'

'हां-न' में डोलते मौन का वह अपने पक्ष में अनुवाद कर लेता था, 'तो फिर अभी सुरजीत को फोन कर दो। शाम को करना ठीक नहीं।'

सुरजीत को फोन? सुरजीत कोई मिश्रा नहीं था, जिसकी टेबुल पर दो-तीन फोन हों। टेक्निकल सेक्शन की वर्कशाप से उसे ढूंढ़वाना पड़ता था, जहां से वह अपने काले मैले हाथ लिए झल्लाता हुआ सुपरवाइजर की टेबुल पर आता था और खीजकर कहता था, 'क्या जरा-जरा-सी बात पर हैरान करती हो! जल्दी नहीं आ सकतीं, तो मैं कर भी क्या सकता हूं!'

शुरू-शुरू में इस खीझ को सह जाती थी वह। बाद में टाल जाती थी। मिश्रा के कहने पर कहती थी कि सुरजीत को फोन करना ज़रूरी नहीं है। मिश्रा निश्चिंत हो

गया था। ज़रूरी से कम ज़रूरी होते-होते सुरजीत गैर-ज़रूरी हो गया था।

देर-सवेर घर आने लगी थी वह। सुरजीत पहले ही दूसरे-तीसरे एकाध रात घर से गायब रहा करता था, अब लम्बा बाहर रहने लगा। तारु से पूछने पर उसने कैसी चुटकी ली थी, 'ज़ेब के पैसे रोज़ नहीं गिनती हो। बड़ी भोली हो भाभी!'

मिश्रा ने उकसाया था कि वह साफ़ कह दे कि उसे साथ नहीं रहना है। सुरजीत बोला, 'नहीं रहना, न रहो, जाओ। तुम समझती हो तुम्हारे बिना मर जाऊंगा!'

कोई उत्तेजना नहीं। क्रोध, मार-पीट, गाली-गलौच कुछ नहीं। करता तो उसका हक दिखता। उसने एकदम मुक्ति दे दी थी, जिससे उसे महसूस हुआ था कि वह तो पहले ही सड़क पर खड़ी थी। घर में होती तो उसके जाने से घर की दीवारें ज़रूर थरथरातीं।

इस तरह मिश्रा के पास चले आने में उसे कुछ विशेष खुशी नहीं हुई थी। डिक्टेशन लेते उसे बार-बार लगता कि सुरजीत का फोन आएगा, परंतु घंटियां दिमाग में बजती थीं, बाहर सन्नाटा पड़ा रहता था।

मिश्रा जल्दी ही उसे लेकर बम्बई चला गया था। सुरजीत के अहसास को वह न केवल वहीं छोड़ गया था, कितने ही नए अहसासों के खोल उसने उस पर चढ़ा दिए थे। वह दबती गई थी वैसे ही जैसे सीने पर चढ़ती आती लहर-पर-लहर के नीचे सागर तट की रेती में चिपका पड़ा सीप-शंख का कोई टुकड़ा, जिसका पानी से भीगते रहने पर भी पानी से कोई संबंध न बनता हो। कितनी विचित्र बात थी! बम्बई में उसने पहली बार समुद्र देखा था और लहरों के विवेकहीन आवेग के नीचे दबते जाने की घुटन का अहसास भी उसके मन में साथ-ही-साथ पहली बार जागा था।

मिश्रा ने उसे एक बड़े होटल में ठहराया था। कीमती कपड़े दिलाए थे, घुमाया था, पिक्चरें दिखाई थीं और...और पतले जालीदार गाउन में उसे सदेह देखा, पाया था, इतना कि वह डूबते-डूबते भी कांप-कांप जाती थी, क्योंकि हर बार मिश्रा के चेहरे पर श्रांत होकर बैठ गई झुर्रियों में एक बदचलन अतीत का

गहरा उदास कर देनेवाला गिलगिला अहसास उसके मन में चिपका रह जाता था। समुद्र से विच्छिन्न हो गई निस्संग लहर की-सी यातना मन में सुदूर कहीं साथ-साथ चलती रहती थी।

मिश्रा वापस आया, तो आग्रह करने लगा, कानूनी तलाक हर हालत में ज़रूरी है। उसने भी हामी भरी -- ज़रूरी है। क्योंकि कानूनी तौर पर ज्ञात होना चाहिए कि वह किसकी है। उन्होंने नोटिस भिजवाया--सुरजीत शराबी है, कबाबी है, क्रूर है, मारता है, व्यभिचारी है, औरत की कमाई खाता है।

मशीनों के कोलाहल का रोज़ सामना करनेवाले दबंग सुरजीत के लिए ऐसा कोई कोलाहल परेशान करनेवाला नहीं था। वह नोटिस फाड़ देता है, थूक देता है और कहता है -- 'तुम भाड़ में जाओ और साथ में तुम्हारा बॉस!'

जज सक्सेना से मिश्रा की गहरी दोस्ती है। जिस परिधान में उसे अपना होना बहुत असुविधाजनक लगता है, उसे ही पहनाकर, सामने बिठा-कर एक अनुभवी निरुद्वेगता से मिश्रा सक्सेना से अपील करता है, 'भई ! जरा जल्दी केस कराओ ! तुम तो जानते हो, उस साले सुरजीत ने नाक में दम कर रखा है।'

सुरजीत का मिश्रा से कितना-सा वास्ता है कि वह उसकी नाक में दम कर सके! कर सकने का कारण होने पर भी, दबंग, साहसी होने पर भी उसने मिश्रा के मुंह पर थूक दिया है।

तलाक की डिग्री चाहे कितनी सुविधा से मिली, मिश्रा का हथियार बन गई। बार-बार यहां-तहां चुटकी काटते, पास घसीटते कहता है, 'तुम्हें कितनी मुश्किल से पाया है, डार्लिंग!'

काश! यह मुश्किल एक सच्चाई होती। सुरजीत ने उसे मुश्किल से छोड़ा होता और मिश्रा ने उसे मुश्किल से पाया होता तो वह अपने को कहीं तानकर रख सकती। एक निष्ठाहीन आवाहन की पुकार के सम्मुख हथियार डाल देने के व्यक्तित्वहीन अनौचित्य के सम्मुख यों न झुकती-टूटती। लड़ना, लड़ते रहना या लड़ाई जारी रखना – अपने कुछ होने की पहचान के साथ जुड़ा तो होता।

यह दर्द इधर कुछ ज़्यादा होने लग गया है। ऑफिस की नौकरी छोड़कर मिश्रा के घर अलमारियों में बन्द अतीत का सामना करती वह जब से अकेली

रहती है और उसके वर्तमान में अपने को पूरी तरह डुबो नहीं पाती है -- तब से।

मिश्रा की उसके प्रति चाह तो पहले होटलों, रेस्तराओं, ऑफिस के कक्षों के अवरोध से सेंकी जाकर एक उद्दाम आवेग में उसके शरीर की हदों से टकराकर चूर-चूर होती थी और उसे सराबोर विस्मृति से भर देती थी। मांसाहारी स्वाद की तृष्णा का निष्प्राण अभ्यास बनकर रह गई है। व्हिस्की के एक पेग की तरह मिश्रा की आदत का एक भाग बन जाने का अहसास उसे जब-तब दंशित करता है।

मिश्रा के कपड़े संवारते, उसके लिए रच-रचकर रसोई बनाते... अक़्सर एक लम्बा लम्बोतरा कीड़ा उसे अपनी पीठ पर रेंगता, सरसराता लगता है...

यह सब वह यदि सुरजीत के लिए ही करती रहती?

यह सब वह यदि सुरजीत के लिए अब भी करे तो?

उसका जी चाहा, आज ही सांझ ढले, वह सुरजीत के उमस भरे घर में अचानक जा बैठे और बुरादे की अंगीठी की लपलप करती धुआंस भरी लौ पर चाय का पानी रखकर सुरजीत की प्रतीक्षा करे। कुछ क्षण तक वह अपने-आपको घुटनों पर सिर रखे दरवाज़े की आहट के प्रति चौकन्ना सजग देखती रही। सुरजीत आए और...

अधिक सोचने से वह डरी। प्रत्यागमन का सुख? सुरजीत के लिए? नहीं। नहीं। सुरजीत कभी पीछे लौटकर नहीं देखता। न अतीत, न भविष्य। कुछ उसे धमका नहीं सकते। मुंह उठाकर सबसे बेलाग चलता है। उसके पिता के मरने पर दिन-रात आंखों पर बैठे सैलाब को उसने कैसी निर्दयता से झिड़क दिया था, कह दिया था, 'जाओ, कुछ दिन और मां के पास रह आओ। जब जी ठंडा हो जाए तो आ जाना।'

'अगर तुम्हारे बापू होते तो?'

'मेरे बापू की बात छोड़', वह अधबीच गरजा था और दांत पीसता बाहर निकल गया था। भरी जवानी में सारे उत्तरदायित्व उसकी मां पर छोड़कर चरस-गांजे में धुत्त पड़े रहनेवाले लम्पट साधुओं के गिरोह में खो जानेवाले बापू को उसने कभी सहानुभूति से न देखा था। उसकी मां ने मशीन चला-चलाकर उसे जितने के योग्य बनाया था, उसे शरीर का नंगा-पन ढकनेवाली अपरिहार्य पोशाक

की तरह चिपकाकर वह सारे संसार के विरुद्ध एक बेलाग आत्मरक्षात्मक तेवर से तना खड़ा रहता था। सीधा देखता था, सीधा सोचता था। हर रिश्ते में दो टूक सफाई उसे पसंद थी – या इधर या उधर, बीच में कुछ नहीं। बीच होने की यातना कुछ नहीं और उसके बीच?

उसके और सुरजीत के बीच डेढ़ साल की इस अवधि में घट चुका मीलों लम्बा इतिहास है...

मिश्रा की ओर से बढ़ते आते सैलाब के सम्मुख चकनाचूर होती जाती अपनी सामर्थ्य के समर्पण का इतिहास है...एक कानूनी तलाक की विधिबद्ध दूरी है...

पेट में पलते मिश्रा के अंश का कुलबुलाता अति यथार्थ बंधन है...सुरजीत की नितांत अपेक्षाविहीन बेआवाज़ तटस्थता की ठंडक है। यहां से कोई रास्ता वापस नहीं जाता।

यहां से कोई रास्ता आगे भी नहीं जाता। आगे...सामने–उसके भविष्य के कब्रिस्तान की शुरू हो चुकी सीमा है – मिश्रा के अन्दर दफन हो चुके कितने अतीतों की तरह बेजान होते जाते उसके भविष्य की। यहां से भी कोई रास्ता कहीं आगे नहीं ले जाता।

पैर हैं तो पैरों के साथ जुड़ी हुई है, चलते रहने की एक अपरिहार्य विवशता। आगे-पीछे बन्द रास्ते...अंधे मोड़--वक्र, अबूझ, असमाप्त...

पता नहीं, अपने को किस अपेक्षा से इतना तोड़ती-बांधतीं आई है! और अपेक्षाएं ?...जैसे साबुन के बुलबुले--आकर्षक, रंगीन, मोहक; पर क्षणजीवी। उनके पीछे दौड़ने जाकर, अपने भीतर के सच के लिए संघर्ष करते रहने की चुनौती भी जाने कहां खो चुकी है! अब अंधे मोड़ हैं दोनों तरफ़, और घूरता हुआ भौचक्का वर्तमान।

अधलगे बटन सहित मिश्रा की कमीज उसने घबराकर एक तरफ़ रख दी और उद्विग्न बेडरूम में घुसी।

दोपहर की इस तपन में कमरे के बंद, ठंडे, अंधेरे वातावरण का पहला स्पर्श उसे खूब भला लगा। लेटने जाकर उसके हाथ एयरकंडीशनर के बटन तक गए, फिर न जाने क्या सोचकर उसने कभी न खुलनेवाले खूब भारी-भारी पर्दे एक

तरफ़ खींच दिए और पिछले सहन में खुलता कमरे का दरवाज़ा और खिड़कियां खटाक से खोल डालीं।

एक लावे भरा झोंका और ढेर-सी चिलचिलाती रोशनी राह पाकर उस अपरिचित कक्ष में घुस बैठी।

पता नहीं, उसे उस वातानुकूलित कमरे के जड़ अनुशासन को भंग कर डालने में क्यों इतनी अधिक खुशी हुई। पीड़ित, बोझिल क्षणों में भूले से किसी सुख के अचानक आ पड़ने से एकाएक रो देने जैसी।

उस छोटे-से क्षण में ही जैसे उसने सब देख लिया, साफ़ देख लिया--मिश्रा से परे। सुरजीत से अलग। एक। अकेला। अपना। स्वतन्त्र। मनोनीत क्षण। रो पड़ने जैसा आाद दे डालनेवाला। कमरे के निर्जीव अतीत और कृत्रिम भविष्य को खंडित कर देनेवाला। आत्मविश्वास के ताप और उजास से भरा।

इतने सघन अंधेरे में यों स्तब्ध खड़ी न होती तो शायद इस क्षण-बिंदु से आगे को खिंचती जाती दिशा-रेख को वह इतना स्पष्ट देख ही न पाती।

उसे लगा, वह जा सकेगी–सुरजीत की मन की और मिश्रा की तन की हिंसाओं से परे–बेबाक, बेलाग, अकेली।

एक नया-सा स्फुरण उसने अपने भीतर महसूस किया और कुछ वैसी ही लपक से उठी जैसे पेट्रोल के कुंड से भभककर कोई शिखा उठती हो। पैरों में चप्पल पहनी और डॉ. करुणा अग्निहोत्री के क्लिनिक के सामने जा खड़ी हुई। जब नौकरी करती थी, तो एक बार अपनी सहकर्मिणी के साथ यहां आई थी।

'आय वांट योर हेल्प, डॉक्टर!' बेझिझक, निर्भीक प्रस्ताव।

डॉक्टर अग्निहोत्री ने उसे नीचे से ऊपर तक घूरा, फिर सामने की आलमारी से फार्म निकालकर उसकी ओर बढ़ाया।

'इसे रहने दीजिए। यह किसी की जिम्मेवारी नहीं है।' अकम्प स्वर में उसने डॉक्टर अग्निहोत्री की आंखों में सीधे देखते हुए कहा।

'यू मीन, यह...'

'जी हां, यह रेप का केस है।'

तीसरी हथेली

इतनी देर हो जाने से उसे लगा कि आज वह नहीं आएगी।

उसने घड़ी देखी। निश्चित समय से पौन घंटा ऊपर हो गया था। साधारणतया ऐसा नहीं होता था, वे दोनों अपनी-अपनी जिम्मेवारी पर समय से पहुंचते हैं। अक़्सर जाने का कोई कारण या इच्छा नहीं भी हुई। तो भी...क्या यह महज आदतन था?

वह भी कुछ उत्साह से भरी हुई हो, ऐसा नहीं था।

'आज आ सकती हो?'

'आ सकती हूं', बिना किसी सोच या हिचक के वह जवाब देती है। अब अक़्सर जवाब इतना सपाट होता है कि वाक्य को पलटने की गुंजाइश ही नहीं होती।

'तो फिर...' वह हवा में लटका रहता है।

'जगह बता दो।'

'तुम ही क्यों नहीं बता देती...? तुम्हें कहां सुविधा है?' वह थोड़ा खीजकर कहता है।

'मुझे सब...किसी जगह भी सुविधा है', उसकी आवाज़ इतनी निरुद्वेग है कि ठंडेपन का एहसास देती है। इन शब्दों से वह व्याख्या कतई नहीं की जा सकती कि वह उससे कहीं भी, कभी भी मिलने आ सकती है, कोई भी पहाड़ काटकर।

'इधर...जनपथ की तरफ़ आ सकोगी?'

'आ सकूंगी।'

'या कहीं और? जहां तुम्हें ठीक लगता हो।'

'जनपथ आ जाऊंगी...कहां?'

'इम्पोरियम के सामने मिल जाना...क्यों, ठीक रहेगा?'

'कितने बजे?'

'पांच...साढ़े पांच तक?'

‘जितने बजे भी...ठीक बता दो।’

‘साढ़े पांच।’

‘ठीक है’, कहकर वह फोन रख देती है। इधर वह उससे लगातार पूछता रहता है कि क्या उसे अपने ऑफिस में आसपास के लोगों के कारण फोन पर खुलकर बातचीत करने में दिक्कत है?’

‘नहीं...नो बडी केयर्स...नो प्रॉब्लम।’

वह कुछ प्रॉब्लम बता देती तो उस ठंडेपन को समझ जाने का कोई कारण मिल जाता...परंतु प्रॉब्लम नहीं है, यही तो मुख्य प्रॉब्लम है। किसी कारण के बिना उनके बीच होते इस अनाम परिवर्तन को कोई नाम नहीं दिया जा सकता।

एक घंटे से ऊपर हो गया। वह बेचैनी से इधर-उधर टहलने लगा। पासवाली पुस्तकों की दुकान में घुस गया। पुस्तकों से उसकी लंबी साझेदारी रही है...वह उसे सदा आमंत्रित करती लगती हैं...इसीलिए डरता है यह उनसे। यह आमन्त्रण कभी इतना हावी न हो जाए कि उसे अपनी लपेट में ले ले...और किसी लपेट में वह फंसना नहीं चाहता नंदिता के सिवा...

अधिकार...उग्र अधिकार...पाना या देना अच्छा लगता है उसे। नंदी जब से मिली है, उसे ही सोचना-जीना चाहता है वह।

नंदी ने कैसी चुटकी ली थी उस दिन...चाहे अनचाहे..., ‘श्रीमतीजी के साथ रहते क्या यह नहीं लगता तुम्हें कि उन्हें ही सोचना-जीना चाहते हो...मेरी ज़रूरत फिर कैसे पड़ी...तुम्हारे अपने सिद्धांत के विरुद्ध हुई न बात?’

उन दिनों वह खुलकर पूरे अधिकार से कह लिया करती थी ऐसी बातें कुछ भी...कैसी भी। उसे नाराज़ कर देने का डर मन में नहीं रहता था। यूं नाराज़ तो वह न तब होता था, न अब होता है, फिर भी...पता नहीं क्यों?...

किताबें पलटते हुए उसे ध्यान आया कि वह उसे बाहर खड़ा न पाकर कहीं लौट न जाए। मन के एक हिस्से को मालूम था कि यह भय निर्मूल है, परंतु आशंका नहीं मिटी। पुस्तक उसने रैक पर रख दी और बाहर निकल आया।

बाहर हल्की-हल्की बूंदाबांदी शुरू हो गई थी। जब वह ऑफिस से चला था तो आकाश साफ़ था।

उसे लगा कि अगर पानी बरसने लगा तो उसे आने में दिक्कत होगी। ऑफिस छूटने के समय पर रिक्शे यों भी देर से मिलते हैं -- और पानी बरसने लगे, तब तो और भी मुश्किल।

क्यों वह उसे स्वयं साथ लेता हुआ नहीं आया...क्यों उसकी सुविधाओं की ओर से उदासीनता होता जा रहा है वह?

सड़क के एक किनारे पर खड़े होकर वह इधर-उधर देखने लगा, परंतु एक जगह पर देर तक खड़े रहना उसे असुविधाजनक लगने लगा, जैसे हर कोई उसके प्रतीक्षा करते होने की बात पर ध्यान दे रहा है। फुटपाथ पर खड़े होकर उसने दस पैसे देकर 'इवनिंग न्यूज़' खरीदा और उसे उलटने-पुलटने लगा, 'श्री चह्वाण ने राष्ट्रपति को मंत्रिमंडल बना सकने की अपनी असमर्थता से अवगत कराया।'

'असमर्थता से अवगत कराना?'...कितना अच्छा होता है ऐसा कर पाना। कितनी स्वतन्त्रता देनेवाला...परंतु ऐसा हो पाता है क्या...? क्यों करता है ऐसा व्यक्ति--टुकड़ों को हाथ में रखे रहने के भुलावे से खुश रहता है, वस्तु के टूट जाने की स्थिति से त्रस्त नहीं होता।

एक ऑटो-रिक्शा आकर रुका। उसने जल्दी से पेपर समेट लिया, जैसे वह कुछ भी नहीं कर रहा था, बस प्रतीक्षा कर रहा था।

रिक्शे से जो पैर बाहर निकला, वह किसी पैंटधारी का था। उदासीनता से वह आगे टहल गया।

आज तक कभी ऐसा नहीं हुआ कि कह देने पर वह न आई हो। इच्छा, उत्साह न भी रहा हो तो भी आई है। अपनी अनिच्छा को उसने कभी इस तरह प्रकट नहीं किया। बस आ गई है...चुप रहे या बोले। खुश हो या नाखुश...आ जाती है बिना प्रतिकार या उज्र के।

ऐसे में अचानक लगने लगता है, जैसे हाथ में भीगा हुआ दस्ताना पहना हुआ हो।

उसने जेब से सिगरेट निकालकर सुलगाई। धुंआ अन्दर ऐसे उतरा जैसे किसी खाली कोष्ठ में धुंध भर गई हो। उसने इधर-उधर देखा। पास में ही एक खोमचेवाला आलू-कचालू की चाट बेच रहा था, दूसरी तरफ़ छोले-भटूरे की

परिचित गंध उठ रही थी।

भूखा होने के बावजूद अभी तक उसका ध्यान उधर नहीं गया था, शायद यह सोचकर कि रेस्तरां में बैठते ही खाना आवश्यक हो जाएगा।

भूख की बात सोचते ही उसकी भूख भड़क आई और मुंह अतिरिक्त गीला होने लगा।

उसके मन में आया कि वह एक पत्ता चाट बनवाकर खा ले, पर पता नहीं क्यों उसे लगा कि चाट खाने और उसके आने का क्षण ज़रूर एक ही होगा। वह प्रतीक्षा करता हुआ नहीं दीखेगा। कितनी भद्दी लगेगी यह उतावली।

'यूं देखा जाए तो हर किसी की भूख हर किसी की अपनी ज़रूरत है--नितांत अपनी।' नंदी अक्सर उससे कहने लगी है, 'अपनी भूख-प्यास अपनी ही रहती है, बांट लेने का गुमान हो जाता है अक्सर...कभी देर तक बना रहता है... कभी जल्दी टूट जाता है...'

'क्या अनुभवियों तक की बातें कर रही हो?' वह तिक्तता से कहता है, 'मुझे तुम्हारा अनुभवी होना अच्छा नहीं लगता।' ?

'लगता तो मुझे भी नहीं...फिर भी मैं तुम्हारे अनुभवी होने को कुछ नहीं कहती...तुम्हें देखती हूं, तुम्हारे अनुभवों को नहीं', उसकी आंखों में छेड़छाड़ नहीं, बहुत गहरी उदासी होती है।

वह बात बदल देता है। एक मैली-सी लज्जा भी आती है उसे।

नंदी है कि अब इन बातों को दूर तक नहीं खींचती; सोचती जो कुछ भी रहती हो। कभी उसके घर की बात चलाओ तो कहेगी, 'उस नरक में तो रहना ही है। इन घड़ियों को उस याददाश्त से काला क्यों कर रहे हो?'

शुरू-शुरू में, अपने घर की बातों पर वह उसके कंधे से लगकर रो दिया करती थी। वह उस समय किसी बाग में बेंच पर बैठे हुआ करते थे। वह उसे बांहों में घेरकर चूमता तो कहती, 'तुम्हारे पास आकर जी जाती हूं, मेरे मन की क्लाइमेट ही बदल जाती है...क्या ऐसा नहीं हो सकता है कि मैं सदा...तुम्हारे पास ही रहूं?'

'कैसे हो सकता है?' जाने कैसे उसके मुंह से निकल गया था, यद्यपि वह

नहीं चाहता था कि ऐसा कुछ उसके मुंह से निकले। और कुछ नहीं तो वह उसे ऐसा कर सकने का दिलासा तो दे ही सकता था...ऐसे दिलासों में जान नहीं होती, यह उसे कहना नहीं पड़ा था। उसकी बांहों की जकड़ ने यह बात वैसे ही स्पष्ट कर दी थी।

'हां!...नहीं हो सकता', एक गहरे उच्छ्वास से वह उस जकड़ से स्वयं अलग हो गई थी, 'तुम्हारा अपना एक घर है। मुझे क्यों भूल जाना चाहिए?'

उस क्षण वह बिल्कुल समझ न सका कि वह उसे ज़्यादा महत्त्व दे रही है या घर को...स्त्री को शायद सब कुछ मिल जाने के बाद भी एक घर चाहिए होता है।

इसके बाद से ही वह काफ़ी कुछ अपने घेरे में स्थिर होती गई थी...बहुत इसरार नहीं। कभी घर की बात चल जाए तो कहेगी, 'क्यों पूछते हो बार-बार... वहां क्या बदलनेवाला है...या कहीं भी, कुछ भी क्यों बदलेगा?...बदलने के लिए हिम्मत चाहिए जो मैं तुममें पैदा नहीं कर सकती।' आगे कुछ कहना चाहते हुए भी रुक जाती है वह।

उसने अचानक ध्यान दिया कि अपनी धुन में टहलता-टहलता वह काफ़ी आगे निकल आया है...जनपथ को समाप्त करते चौराहे तक।

बादलों ने आकाश को गहरा घेर लिया और बूंदा-बांदी की जगह मूसलाधार पानी बरसने लगा। देखते-देखते सड़कें खाली हो गईं। लोग इधर-उधर फुटपाथों पर सिमट गए। ऐसे में फुटपाथ के साथ सिमटते-सिमटते जाना...सबकी दृष्टियों के सामने से गुजरना...ऐसी उतावली में जैसे वह ही है, जिसे कोई ज़रूरी काम है, बाक़ी सब तो सबकुछ स्थगित करके बारिश के थमने का इंतज़ार कर सकते हैं।

पहले तो उसके जी में आया कि वह कतार की भीड़ में छिपा खड़ा रहे। वह उसे ढूंढ़ती फिरे, परेशान हो तो उसे अच्छा लगे, परंतु न जाने क्यों, यह विश्वास उसे नहीं हुआ कि वह उसे वहां न पाकर प्रतीक्षा करती खड़ी रहेगी।

इधर कुछ समय से उखड़ी-उखड़ी रहती है। पिछली बार पिक्चर गए थे तो बीच में ही उठ आने को व्यग्र हो आई थी।

'चलो, बाहर चलें। यहां बेमतलब बैठे हम बेवकूफों की तरह क्यों दूसरों

का तमाशा देख रहे हैं, वह उसका हाथ पकड़कर उठ खड़ी हुई थी और अंधेरे को चीरती हुई बाहर चली आई थी।

वह एकदम कुछ न समझ सका सिवाय इसके कि उठकर चले आने के पहले के क्षण उसके लिए बहुत घुटन के रहे होंगे।

बाहर आकर 'कैफे' के काउंटर पर एक गिलास पानी पीकर वह सीढ़ियां उतरते-उतरते बोली, "क्या तुम्हें नहीं लगता अब हमारे लिए एक-दूसरे की ज़रूरत कम हो गई है...तभी न साथ होकर भी हम दूसरों के तमाशे देखने बैठते हैं...ऐसा न हुआ होता तो हम एक-दूसरे के सामने बैठकर जीने की ताक़त न बटोरते।' वह एकदम गंभीर और अपनी धुन में थी।

वह कुछ क्षणों के लिए विमूढ़ हो गया...एकदम रिक्त। और कोई क्षण होता तो वह उसे बहुत ज़ोर से झिड़कता, पर ऐसी उग्र प्रतिक्रिया उसके मन में नहीं उपजी। कुछ सोचकर बोला, 'हमेशा बेढंगी बातें ही तुम्हारे दिमाग में क्यों आती हैं?'

'तुम्हें बेढंगी लगती हैं ये बातें? तुम्हें तो यह भी नहीं मालूम कि खतरे अपने ही भीतर से उठ रहे हैं...'

उसके बाद वह उखड़ी रही थी। कभी-कभी उसे अचानक लगने लगता है कि वह नंदी के दिमाग का गणित भूल गया है...उसके उखड़ने-संभलने के बिंदु पर हाथ नहीं रख पाता। सामने तैरते हुए लकड़ी के टकड़े की तरह दर होते जाने का एहसास देती है वह...क्यों नहीं आगे लपककर, अधिकार से उसे थाम लेता। जानता है उसे अच्छा लगेगा... आश्वस्त होगी...फिर ऐसा क्यों नहीं कर पाता वह...?

कोई भविष्य उसकी मुट्ठी में नहीं थमा पाता है...क्या इसीलिए?

किसी स्त्री को शायद यह समझा पाना कठिन होता है कि क्षण कीमती है अपने-आप में...वर्तमान या भविष्य के आकार के बिना भी.. पूरा जीने की यह चौंध कीमती है...क्या ज़रूरी है कि वह घर और अधिकर की चौखटों में ही मिले।

पर स्त्री के लिए प्यार एक घर होता है, एक समाज, एक संरक्षण, बच्चों से चहकता-महकता एक आंगन।

इस समीकरण का क्या करे वह?

पानी तेज़ी से बरसने लग गया...अब तो बिजली भी चमकने लगी। अंधेरा-सा उतरने लगा। वह तो बरसाती लेकर घर से नहीं चला था। एकदम खुला-सा दिन था आज सुबह...

जहां वह आकर खड़ा हुआ, वहां घड़ियों की एक दुकान थी। उसके मन में आया इस खाली समय में क्यों न घड़ी का फीता ही बदलवा लिया जाए।

उसने अपने हाथ में बंधी घड़ी के फीते को थोड़ा खींचकर देखा.. .आज नहीं तो कल...उसे शीघ्र बदल देना पड़ेगा...नहीं तो अनजाने में घड़ी गिर सकती है।

यह सोचकर वह दुकान में घुस गया। काउंटर पर पहले से दो-तीन आदमी खड़े थे। एक किसी बात पर मालिक से उलझ रहा था।

जो स्थगित हो सकता है – जैसे इस फीते का एक सप्ताह का जीवन–उसे अभी, इस समय कर डालना, उसे एक विशेष प्रकार का अपव्यय लगा। साथ ही लगा कितनी सावधानी, किसी संभाल की ज़रूरत होती है। कमज़ोर चीज़ों को साधने के लिए -- वह चाहे वस्तुएं हों या संबंध। यह संभाल कभी-कभी सुख से अधिक उत्तरदायित्व का एहसास देने लगती है।

उसने हाथ से घड़ी उतारकर काउंटर पर खड़े आदमी के हवाले करते हुए कहा, 'साहब जरा जल्दी है...' और दुकान के प्रवेश-द्वार पर आकर बाहर देखने लगा...

क्या इसी निर्लिप्तता से अपने बीच कमज़ोर हो गए हर सूत्र को तोड़कर पुनर्जीवित करने का साहस पा सकता है वह?

क्यों ऐसा नहीं हो सकता? क्यों हर क्षण का सामना अपने उत्कट वर्तमान में नहीं हो पाता...घड़ी का फीता जब नया था, नया था...अब पुराना है तो पुराना है...और पुरानी चीज़ों के प्रति वही लगाव महसूस नहीं हो पाता...यह बात कपड़ों पर, वस्तुओं पर लागू की जाती है तो इतनी बुरी नहीं लगती...व्यक्तियों, संबंधों पर चिपका देने पर इतनी अरुचिकर या क्षुद्र लगने लगती है...क्यों व्यक्तियों या संबंधों को जड़ता के नियम के हवाले करके हम अधिक खुश रहते हैं।

एक क्षण को उसके जी में आया कि आज नंदी आए तो वह उससे कह दे खुलकर कि इस तरह कमज़ोर हो गई चीज़ों की संभाल के तनाव से अच्छी है--मु...मुक्ति...मुक्ति...

नहीं, नहीं...

नहीं। ऐसी कोई पहल वह नहीं करना चाहेगा, क्योंकि इस कारण से की गई पहल के तर्क को वह कभी समझा नहीं पाएगा।

'लीजिए सा'ब', दुकानवाले ने उसका ध्यान चीर दिया...उसने मुड़कर पैसे दिए और बाहर निकल आया।

इस बार उसे पूरा विश्वास था कि बाहर आते ही उसका नंदी से साक्षात्कार हो जाएगा। दुकान की सीढ़ियां उतरते ही उसने व्यस्त नज़रें इधर-उधर दौड़ाईं... अधैर्य का एक क्षुब्ध गुबार उसके भीतर उठा।

'क्यों न घर वापस चला जाए', उसने अपने-आपको सुझाया...इस सुझाव से उसे हल्की-सी खुशी हुई। यह सोचना उसे अच्छा-सा लगा कि वह आएगी और उसे न पाकर परेशान होगी...शायद यह सोचकर न भी आए कि वह अब तक वापस चला गया होगा।

उसे अचानक अपना वहां खड़ा रहना मूर्खतापूर्ण लगने लगा। जब से स्कूटर की चाबी निकालकर वह हाथ में घुमाता-फिराता रहा। सोचा, बारिश कुछ थम जाए तो लौटा जाए।

लौटने के विचार से उसे तसल्ली ज़रूर हुई, परंतु प्रतीक्षा खीज में बदलने लगी। कल फोन आएगा सुबह-सुबह--यह कारण था...या...वह कारण था...वह साफ़ कह देगा...पर क्या कह देगा? असल में वह कुछ भी नहीं कह पाएगा...'कोई बात नहीं', कहकर अपनी उदारता का एक और फंदा उस पर फेंकेगा और एक इंच और उसे अपने कब्ज़े में रखने की कोशिश करेगा।

कब्ज़े की बात कभी उससे करो तो कहेगी, 'अब कब्ज़ा कहां...अब एक-दूसरे के होने से मन की क्लाइमेट नहीं बदलती...एक-दूसरे की बजाय अपने-अपने बारे में अधिक सोचते हैं हम दोनों।'

'अपने-अपने बारे में सोचते हैं तो दूसरे के बारे में सोचते होने का नाटक करने की ज़रूरत क्या है?' आज एकदम ऐसा कुछ कह देगा वह नंदी से।

एक नया-सा स्फुरण, स्वतन्त्रता उसने अपने भीतर महसूस की।

उसे लगा वह अभी आ जाए...इसी समय...कह सकने का साहस महसूस

कर पाने के क्षण, तो अच्छा है...कल तक तो एक और नपुंसक दिन बीच से गुज़र चुकेगा और तनाव का यह इलास्टिक अपनी जगह वापस आ चुकेगा। फिर कुछ नहीं कहा जा सकेगा...

परंतु वह वहां कहीं नहीं थी। अचानक उसे याद आया कि एकाध बार जब भी वह नहीं आ पाई है, उसके मूल में एक ही स्थिति रही है--उसके विवाह का प्रसंग। कुछ लोगों के उसे देखने आने की बात थी।

शायद आज भी यही बात हो...ज़रूर यही बात होगी...मेरे फोन के बाद उसके पिता का फोन आया होगा...और वह मीठे, नमकीन के पैकेट्स से लदी-फंदी घर पहुंची होगी।

क्यों वह अब तक इस छोटी-सी बात का अनुमान नहीं लगा पाया...अब शायद वह नहीं आएगी...कल सीधे सपाट शब्दों में उसे बताएगी कि कैसे बिना किसी हिचक के उसने सामनेवाले को 'न' कह दिया है। चार दीवारोंवाले घर की ऐसी उत्कट इच्छा और बार-बार ऐसी विवेकहीन 'न'।

'क्यों बार-बार कह देती हो 'न'...घर भी चाहती हो और...अपनी ज़िंदगी बिगाड़ने पर पड़ी हो...'

'सवाल तो मेरी ज़िंदगी का ही है न...तुम तो जहां खड़े हो, वहीं खड़े रहोगे। बात मेरे मूवमेंट की है, मैं तुम्हारे साथ खड़ी रहूं या चल पड़ूं... तय मुझे ही करना है तो मैं जब भी करूं...'

और वह कभी तय नहीं करती...वह तय कर ले तो उसे संतोष हो जाएगा कि नंदी को घर चाहिए था, उसने उसे घर चुन लेने दिया।

वह ऐसा नहीं करती...शायद वह भी उस पर अपनी उदारता का फंदा डाले रखना चाहती है कि उसके कारण, उसी जगह पर वह उसके साथ खड़ी है, कुछ भी स्वीकार नहीं कर रही अपनी इच्छा होने के बावजूद।

वह स्वयं ही क्यों नहीं कह देता उसे 'न'...? क्यों पहल नही करता...? क्यों निर्णय नहीं लेता...? यदि वह ऐसा कर दे तो अपने पिता द्वारा सुझाए, किसी भी संबंध को वह स्वीकार कर लेगी। चुन लेगी वह दीवारोंवाला घर...

लगा पहल वह किसी भी दृष्टिकोण से करे, इस आरोप से बच नहीं सकता

कि हाथ खींचने की पहल उसने की है।

जताना वह भी नहीं चाहती कि हाथ उसने खींचे हैं। इस बात को जताना वह नहीं चाहता, छद्म मुरव्वतों, लिहाजों के फंदे डालकर आपसी तनाव से पैदा हुए संतुलन में वे दोनों एक-दूसरे को इसी तरह कायम रखना चाहते हैं...शायद।

कुछ अतिरिक्त तेज़ी से वह फुटपाथ पर चहलकदमी करने लगा। प्रतीक्षा करते होने की बात उसके ध्यान से उतरने लगी। दुकानों के दरवाज़े धड़ाम-धड़ाम गिरने लगे तो उसे अपने-आप का भान हुआ।

होगा यह कि वे दोनों शायद कुछ भी नहीं कर पाएंगे। अतीत के प्रगाढ़ दिनों की स्मृतियों को सामने रखकर आज के बदरंग यथार्थ की तुलना कर-करके रोएंगे...टूटेंगे...ठंडे होंगे।

यह ठंडा होना एक दिन पूरा हो जाएगा...अपने-आप...निर्णय के बिना... पहल के बिना...अनिष्ठा के आरोप के बिना। दोनों अपनी-अपनी जमीन पर खड़े रहेंगे। साफ बच जाएंगे। समय को कोसेंगे, जिसने उन दोनों की हथेलियों के बीच इस समय अपनी हथेली अंटा दी है।

ऐसी भीगी बरसात में समय की छतरी के नीचे उसने क्षण-भर अपने को सुरक्षित महसूस किया...एकमद निर्द्वन्द्व।

किताबों की दुकान अभी बन्द नहीं हुई थी। वह उसमें घुस गया। एक पुस्तक खरीदी, फिर दो पत्ते चाट लगवाकर खाए। बस, अब उसे घर जाना था।

तुम भी...?

रात जब उसकी नींद खुली तो आज फिर वह बिस्तर पर नहीं था। दो क्षण अडोल पड़ी रही। बाथरूम की दिशा में कान दिए...रात खामोश थी... कोई आवाज़ न होने से उसे लगा, दिन होने में देरी है...बीच रात का पहर है...सन्नाटे से भरा।

दरवाज़े की सांकल हलकी-सी बजी...खिश्श-खिश्श्श की ध्वनि। पूर्व ज्ञान न होता तो शायद समझ न पाती कि बोरी घसीटी जाकर दरवाज़े के पीछे रख दी गई है। प्राण जैसे कहीं और बंधे हों, ऐसी सीने के भीतर टंगी जाती सांस...चुप पड़ी रही।

वह आया...सुराही से पानी उंडेला...गटगट पिया और धीरे, बहुत धीरे खाट पर बैठ गया।

'क्यों करते हो तुम यह पाप?' पत्नी ने उठकर उसकी कलाई पकड़ ली। पर यह उसके अपने हाथ में अपनी ही कलाई थी। पति की कलाई पकढ़कर यूं कह डालने का साहस उसमें नहीं था...उस क्षण का सामना करने का...पति को लज्जित करने का...बीच चाहे अंधेरे का परदा था... पर अंधेरे में, सन्नाटे में यह सब अधिक साफ़ दिखता है, साफ सुना जाता है।

सवेरे घर बुहारते वह उस कोने में जाना बचा गई। देर से उठते पति के आलस्य को अनदेखा कर गई।...बोरी ढोकर ले जाने का अहसास होने पर भी बाहर टिफिन देने न गई...सव्वी को भेज दिया।

अनाज के इस मालगोदाम की रखवाली के ही लिए रखे गए थे वह। लाला ने यही सोचकर यह छोटा-सा दो कोठरियों का--चाहे टूटा-सा घर उन्हें बिना भाड़े के दे दिया था -- आगे एक छोटा-सा सहन और दालान। क्लर्की से कुछ बनता नहीं था। बीमार मां, एक बहन, एक भाई और तीन बच्चे...बहन जैसे-तैसे ब्याह गई थी...भाई होशियार था, अपने पाए वज़ीफे से पढ़ रहा था... कभी-कभार आता था और बड़े भाई के कंधे पर एक नपुंसक दिलासा छोड़

जाता था...अभी उसकी तीन साल की पढ़ाई बाक़ी थी...तब तक सवी सोलह की हो जाएगी और गुल्लू बारह का। गीतू तो अभी छोटी थी--एक का ब्याह, दूसरे की पढ़ाई...। इन दो सुलगते सवालों से आंखें भींच लेना चाहते थे वह... जो जोड़ा बचाया था, पिछले साल मां की बीमारी में...'सेरीबरल'...कुछ ऐसी ही टेढ़ी-मेढ़ी बातें कही थीं डॉक्टर ने, 'पहले बहत्तर घंटे खींच गई तो जी जाएंगी। ऐंठे हए अंगों और ऊपर टंगी पुतलियों के बावजूद भी मां जी गई थीं।

और जीने की डोर रुपयों की थैली के साथ बंधी यथार्थ की चर्खी पर खिंचती सतत। ऊपर-नीचे। बार-बार।...

अपने मन का चोर वह जानती है। उसे लगा करता है, मरना तो है, एक दिन सबको...हर किसी को...क्या फ़र्क पड़ता है। मां जी गईं तो पीछे जीवित रहने वाले सब-के-सब वह, अमर, देबू, सवी, गुल्लू, गीतू—सब मर जाएंगे...धीरे-धीरे। सिर्फ डॉक्टर खाएगा और गले पड़ी बीमारी...नहीं तो सब खाते...थोड़ा-थोड़ा... साधकर, संभालकर...

छिः! छिः! क्या सोचती रहती है। अमर जान जाएगा तो क्या सोचेगा...? 'ऐसा न्याय घरों में नहीं होता...श्मशानों में, अस्पतालों में होता है, लाशें गई-रात या मुंह-अंधेरे बिकने आती हैं बीस-बीस रुपए में।' देबू बताया करता है। 'साइकिलों पर लंबे-लंबे पैंडे मारकर लाशें लादकर लाते हैं लोग सगे-संबंधियों की। बीस-पच्चीस रुपयों की ख़ातिर'...'संबंध तो वैसे ही मर गया है डाकदर साब...यह तो मिट्टी है'...यह बात संबंध से ज़्यादा जानदार होती है, क्योंकि रोटी दे सकती है', देबू यह बात अपनी तरफ़ से जोड़ देता है।

'बस-बस, देबू...बस कर!' उसने सुनते-सुनते घबराकर कहा था, 'आदमी की चेतना क्या इतनी मर जाती है?'

'किस चेतना की बात करती हो भाभी...शास्तर वाली चेतना की?'

'चुप देवू...शास्तर का नाम न ले...पढ़-लिख गया है, तो इसका यह मतलब तो नहीं...'

'एक बार मेरे साथ अस्पताल चलकर देखो भाभी।'

और अस्पताल गए बिना ही वह देख रही है...देख लेती है। अपने को।

अपने भीतर पनपते विषाणुओं को। मां जीवित रहेंगी तो सबके भविष्य का संतुलन डोल जाएगा। देबू की बात इतनी नंगी...इतने पास।

मन की शान्ति कहीं उड़ गई थी...उठते-बैठते मां की जगह एक लाश दीखने लग गई थी...उसने एक दिन डरते-डरते अमर से पूछा, 'क्या तुम्हें भी लगता है कि...'

'क्या?'

'कुछ नहीं...यही कि पैसे कम होते जा रहे हैं। कितने बचे हैं? तुम तो आज पोस्ट ऑफिस गए थे न?'

एक दीर्घ दृष्टि से उसे भांपता वह चुप रहा।

'तुमने जवाब नहीं दिया...कितना बचा है अब?'

'तुम्हें हर बात से क्या मतलब?'

'मतलब क्यों नहीं...सब कुछ तुम्हारे अकेले के सिर...क्या मैं जानती नहीं, अब तो तुम भर पेट खाना भी...'

'ओह! चुप रह सरना...मैं कहता हूं, तू चुप रह...ऐसी दया से मुझे न तोड़...'

वह सहम गई।

'आज क्या देबू आया था?' वह खाना खाकर बिस्तर पर लेटा था।

'आया था...सुनो, तुम्हें उससे डर नहीं लगता?'

'किससे?...देबू से...?'

'नहीं, अनाजवाले लाला से...तुम्हारी शिक़ायत कर दे तो?' वह साहस करके कह गई।

वह धीमे परंतु कठोर स्वर में बोला, 'नहीं।'

'क्यों नहीं...?'

'वह लोगों को लूटता है, मैं उसको लूटता हूं।'

'उसका लूटना गलत है तो तुम्हारा भी...'

वह उठकर बैठ गई। अमर कुछ न बोला।

'सुनो, तुम्हें भगवान से भी डर नहीं लगता...?'

'तुम जो डर लेती हो...।'

'उससे क्या होता है...'

'होता है...मेरी करनी मेरे पास रहती है। तुम्हारी तुम्हारे पास...बोझ से मरूंगा तो मैं ही...।'

'ऐसा मत कहो... पति का मुंह अपनी कांपती हथेली से ढंकती हुई वह बोली, 'हम-तुम दो हैं क्या...?'

फिर वही अंधेरे को घूरती उसकी अबूझ चुप्पी।

'हां, किसी-किसी जगह पर पहुंचकर हम-तुम दो हैं...!'

'कैसे?'

'तुम इसे समझ नहीं सकतीं...। चलो छोड़ो...! मां की तबीयत अब कैसी है...?'

उसने आंखें फाड़कर पति को देखा, 'क्यों, क्या तुम घर में नहीं रहते?'

'मैं? मैं घर में कहां रहता हूं...! कब होता हूं मैं घर में...? मेरे भीतर तो...' स्वर में एक अबूझ विषाद।

'किस तरह की बातें कर रहे हो तुम...? सुनो, एक बात मानोगे?'

'हूं...।'

'छः महीने के लिए तुम देबू की पढ़ाई छुड़वा दो...वजीफ़े से कुछ मदद होगी--छः महीने बाद भी डॉक्टर बन जाएगा तो क्या फ़र्क पड़ेगा।'

'नहीं सरना...देबू की अपनी ज़िंदगी है, अपनी किस्मत...। उसे अपने लिए दांव पर नहीं लगाऊंगा।'

'पर उसकी भी तो कोई जिम्मेवारी है।'

'है, पर मेरी भी तो उसके लिए कोई जिम्मेवारी है।'

'तो फिर...फिर मुझे स्वेटर बुनने की एक मशीन दिला दो...इसमें बुरा तो कुछ नहीं...सब घर बैठे-बैठे करते हैं...'

'दिला दूंगा, अभी तो...जानती हो, मां की बीमारी में सब कुछ हाथ से निकल गया...।'

'जानती हूं', आवाज़ कटार हो आई।

'उनका इसमें क्या दोष है सरना...? क्या इसके लिए तुम उन्हें माफ नहीं कर सकतीं...?'

सिर से पकड़ी जाकर वह खिसिया गई। फूट पड़ी, 'तो फिर मैं क्या करूं...? क्या करूं?'

'तुम कुछ मत करो सरना!' एक पीड़ित शैथिल्य से भरा वह सरना को अपने साथ सटाते हुए बोला, 'मेरे पास बनी रहो...इसी तरह...हमेशा. ..सहना आसान हो जाता है', पत्नी की हथेली खींचकर अपनी छाती पर रख ली और अपनी उंगुलियों से उसकी खुरदरी उंगुलियों के पोरों को छूता रहा।

दूसरे-चौथे दिन उसे साइकिल पर बोरी लादकर ले जाते देख सरना का जी धसक जाता...एक रात पहले–पति का गुमसुम खाट पर बैठे होना...आधी रात गए घिस-घिस आवाज़ें...पसीने से लथ-पथ शरीर...श्रांत होकर सुबह उठना. ..निर्वाक्...इधर से उधर डोलना...अक़्सर सब कुछ असह्य लगने लगता। एक दिन डरते-डरते बोली, 'किसी दिन तुलवा लिया तो?"

एक लंबी-सी लोहे की छड़ -- अन्दर से खोखली, सिरे से पैनी उसने दरवाज़े के पीछे से निकालकर पत्नी के सामने डाल दी। बिना खोले बोरी के पेट में जिसकी नोक भोंककर नमूने का अनाज जिससे निकालते हैं। व्यापारी--वह औज़ार।

'थोड़ा-थोड़ा हर बोरी से...इतना अनाज तो चूहे भी खा जाते हैं गोदाम में...।'

'तभी तो पसीने से लथ-पथ हो जाते हो...सनो, कोई और रास्ता नहीं निकल सकता?'

'क्या चोरी का?' कड़वी-सी भड़ास फेंकता वह बोला।

वह आहत हुई। फिर भी दृढ़ता से बोली, 'नहीं, कमाई का...!'

'जिस दिन तुझे दिख जाए, मुझे बता देना...छोड़ दूंगा...। तुम लोगों के लिए ही...' बुदबुदाता हुआ वह बाहर निकल गया। पत्नी अपने ही शब्दों के ताप-संताप में झुलसती रही।

शाम को वह घर आया तो मुंह पर बादल नहीं थे। हाथ में दो बड़े-बड़े कांधारी अनार और संतरों का पैकेट लिए वह सीधा रसोई में घुसता चला आया। गीतू को सामने देख पैकेट नीचे रखे और उसे गोद में उठाकर चूम लिया।

गीतू पहले तो भौच्चक...फिर संतरे लेकर नाचने लगी।

गुल्लू बीच में झपटकर बोला, 'रहने दे, रहने दे, दादी के लिए हैं. ..डॉक्टर

ने बताए हैं।'

'नहीं, तुम्हारे लिए भी हैं बेटे...दादी के लिए वहां रख आया हूं... लाओ, चाय लाओ...' बूट उतारकर वह खरखरी खाट पर पसर गया।

सरना व्यस्त-सी हो आई -- एक अनजानी कृतज्ञता से न जाने उसके मन की कौन-सी कोर भीग आई...पति को चाय का कप उसने कुरकुरे पापड़ों के साथ पास बैठकर पिलाया।

मां एक रात अचानक मर गईं। देह औंधी ऐंठी हुई। एक टांग नीचे उतरने की मुद्रा में पाटी से नीचे लटकी हुई...गरदन आधी ऊपर को... आंखें जड़-स्थिर। बिस्तर ऐसी सलवटों से भरा...खूब छटपटाती रही हों जैसे...शायद उन्होंने खाट से उतरना चाहा हो।

वह और सरना--दोनों धक् से रह गए--आवाज़ ही न निकली। न गंगाजल, न गीता-पाठ, न दीया, न बाती, न कोई पास...बच्चों का झुंड ज़मीन पर बेख़बर सोया हुआ!

घबराकर मां का शव उन्होंने नीचे उतारा और एक अपराधी आकुलता से बच्चों को झकझोर दिया...। पास-पड़ोसी जब तक आए... मौत एक यथार्थ बन चुकी थी।

अमर का मन अन्दर से रह-रहकर छीजता रहा।

दाहकर्म...दान, सब उसने समुचित श्रद्धा से किए...मां पहले ही मात्र उपस्थित भर थीं...पर यह अनुपस्थिति तो...क्या था जो पसलियों में सलाख की घोंप की तरह बींधता रहा?

दो ही दिन पहले तो...खाट से लगकर रखे मोढ़े पर बैठे अमर की गोद में मां ने अपनी शिथिल कलाई डाल दी। वह चौंका, हाथ का अखबार उसने नीचे रख दिया, 'कुछ चाहिए मां...?'

'नहीं, कुछ नहीं।' बेहद थकी-टूटी, भरी-सी आवाज़।

मां ने अपना हाथ उसकी गोद से वापस न लिया। एक बोलता हुआ दर्दीला स्पर्श उसे छूता रहा।

'मां! बचपन के किसी भूले हुए आवेग का झोंका उससे आ लिपटा, 'कुछ

कहना चाहती हो मां?'

'नहीं रे। सोचती हूं, तेरे कच्चे कंधों पर कितना बोझ पड़ गया और ऊपर से मैं करमजली...' मां फफक कर रो पड़ी। वह विचलित हो गया।

'किसी ने कुछ कह दिया है तुम्हें मां?' उसका इशारा पत्नी की ओर था।

'नहीं, नऽऽहीं रे...' रो पाने में भी असमर्थ मां का स्वर एक घुटी हुई चीख की तरह बिखरा।

वह मां के सिर पर हाथ फेरता रहा। मां के बाल रस्सियों के से सूखे, खुरदरे हो गए थे...और अब आंसुओं की धाराओं से गीले हो रहे थे।

'मां! जी छोटा न कर।'

मां के भीतर कोई फोड़ा फूट गया था...सिसकते हुए बोलीं, 'तेरे बाबू जी गए तो लगता था...लगता था, दस घड़ी न जिया जाएगा...दस साल से जीती हूं...'

'मां तुम अच्छी हो...', एक खोखली-सी सांत्वना उसके मन में उभरी, फिर होंठों में ही डूब गई।

'नहीं! नहीं!...' मां के भीतर फिर उबाल उठा था, 'मेरे जीने में क्या धरा है...तू कमा-कमाकर खुट रहा है...एक बात कहूं बिटवा...'

'हूंऽ।'

'मेरी मिट्टी तो वैसे ही उठेगी...तू क्यों मेरे कारण बच्चों के मुंह से ग्रास छीने है...?'

'तुम्हें क्या हो गया है मां?'

मां फिर फूट पड़ीं, 'सच कहूं बिटवा, मेरा तो दवा-दारू, डॉक्टर, सेवा सब होता है...और तू रात-रात-भर इस मोढ़े पर निढाल पड़ा रहता है। मैं क्या अंधी हूं?...तू मेरी बात मान, कुछ दिन को देबू की पढ़ाई छुड़ा दे।'

'देबू अपने उद्यम से पढ़ता है, मां!'

'उसका उद्यम तेरे किस काम...?'

'तू चिन्ता न कर मां!' एक गहरी सांस उसने भीतर ही रोक ली। ऐसी सहानुभूति से खखोलकर मां उसे अपने ही सामने नंगा कर देती है। कितना दारुण होता है यह, मां अगर जानती...

तीसरे ही दिन मां का यूं मर जाना...इन सब बातों की स्मृति उसे खूब खली। मां के बक्से से निकलीं -- बाबू जी की कुछ बहुत पुरानी चिट्ठियां...एक बाबू जी के साथ का मटमैला मुड़ा-तुड़ा फोटो...थोड़े से कपड़े...एक शॉल... दो अंगूठियां...दो जोड़े चांदी के बिछुए और सत्ताईस रुपए तीस पैसे...रुपयों को हथेली पर रखे देखता रहा वह -- मां की जन्म-भर की पूंजी...।

बच्चे और सरना। दत्तचित्त पिछले कमरे में जन्माष्टमी की झांकी सजाने में लगे थे। पीछे का अंगड़-खंगड़ सरना ने अपनी पुरानी रेशमी साड़ी से ढंक दिया। पास-पड़ोस से खिलौने और रंग-बिरंगी तस्वीरें मांग ही ली थीं, तो दो-तीन पड़ोसिनों को आरती के लिए न्यौत भी आई। न्यौत आने पर प्रसाद बनाने का अतिरिक्त उत्साह भी उसमें आ गया। केले, अमरूद मंगाते गुल्लू को वापस टेरकर बोली, 'दो-एक सेब और पाव भर अंगूर भी लेते आना। भगवान का काम है। 'गद्गद सरना अंदर-बाहर जाते कहती। गुल्लू चला गया तो उसे कलाकंद की याद आई...'यह सोच मरी रह-रहकर आती है...बच्चा बेचारा...शायद अभी दूर न गया हो...', वह दौड़ी-दौड़ी बाहर गई।

गुल्लू तो निकल गया था, पर पति दहलीज पर बैठा बीड़ी फूंक रहा था-- चेहरा आच्छन्न, भवें घनी होती हुईं।

'छिः छिः...त्योहार के दिन तो रहने दो...वैसेई उपास का दिन है... यहां कैसे बैठे हो? अन्दर चलो देखो बच्चे कैसे...'

'नहीं, अभी बाहर जाना है, वह बात काट देने की नीयत से बोला।

'वहां?' फिर बिना जवाब सुने बोली, 'पहले कहा होता। नाहक़ गुल्लू को दौड़ाया। तुम्हीं सब चीज़ें लेते आते...।'

वह कुछ न बोला। ढलती शाम को वैसे ही निर्विकार भाव से देखते हुए आधी पी हुई बीड़ी को एक कोने में फेंक दिया।

'कहां जाओगे, इस वक़्त?'

'बनिए के यहां...सुबह उसकी स्टॉक चेकिंग हो रही थी, बोला शाम को जाना।'

'कल चले जाना', फिर कुछ सोचकर स्वयं ही बोली, 'नहीं, अभी दे आओ...।' न हो, एक गिलास दूध पी लो...आरती-प्रसाद में तो आज देर लगेगी।'

'नहीं।'

वह इतने छोटे में उत्तर देता है कि बात को आगे जाते-जाते लौट आना पड़ता है। 'तबीयत तो ठीक है न?' वह उसका माथा छूती बोली।

'हां...बिलकुल', पत्नी के हाथ की करुणा उसने हौले से परे सरका दी।

पूजन पूरा हुआ। आरोपित प्रसव और कृष्ण-जन्म उपलब्धि के तन्मय उल्लास में बही जाती पत्नी ने अचानक थाली में पैसे डालने को तत्पर उसके हाथ अधबीच थाम लिए। थाली में पड़ते-पड़ते पैसे उसके हाथ में ही थमे रह गए। वह मुंह-बाए देखता रहा। पड़ोसिनें भौंचक्क, बच्चे विस्मित। अपने में लौटते हुए सरना ने फौरन सहज होते हुए कहा, 'सवी, जा जा मेरा बटुआ उठा ला, छोटी संदूकची में धरा है।'

आरती में फिर अमर का ध्यान न लगा। बार-बार पिछड़ता जाता अपना ही स्वर, घर के स्वामी की-सी बुलंद तन्मयता से शून्य। बच्चों और औरतों की छोटी-सी भीड़ में से खिंचता-खिंचता वह एकदम पीछे सरक लिया। पत्नी प्रसाद बांटते इधर-उधर नज़रें दौड़ाती उसे ढूंढ़ती रही। उसने चाहा कि वह प्रसाद पहले पति को देती। पर वह वहां नहीं था। सहन में तुलसी के झाड़ के नीचे के सूखे पत्ते बटोर रहा था।

'मन बुरा न करो।...यह सब भी तो तुम्हारा लाया हुआ है...पूजा में वह पैसे खर्च करना ठीक नहीं था...भगवान का काम है...।'

'मां के मरने पर इतना खर्च हुआ, तब तो तू कुछ नहीं बोली', एक रूठा हुआ उपालंभ आवाज़ में था।

'कैसी बातें करते हो?' वह तनिक आहत होकर बोली, 'वह मौत का काम था। मां से कभी दो हाथ करते देखा है क्या तुमने मुझे।'

'मैंने कब कहा?' पत्नी के स्वर की शिकायत पहचान कर वह नरम होता हुआ बोला।

'तुम इतने सुस्त क्यों हो गए? तुम ही बताओ, मैंने ग़लत कहा है?'

'ग़लत-सही मुझसे न पूछ सरना!...यह समझना मेरे बस का नहीं। मैं सब लाकर तुम्हें दे देता हूं। तू जाने, तेरा भगवान जाने।'

'भगवान तुम्हारा नहीं है क्या?' पत्नी ने न जाने कैसे भय से आंखें फाड़कर पूछा।

'मुझे पता नहीं...' बुदबुदाता-सा वह बाहर निकल गया।

औरतें देर तक अन्दर शोर करती रहीं।

मां की बरसी उसने कई ब्राह्मणों को न्यौत कर की। ऐसा करते पिता के नाम के श्राद्धों की याद करके हुमका भी। अब तक दफ्तर में ही काम करते लीचड़ जोशी जी की पालथी के नीचे पिता के श्राद्ध की चौकड़ी बनी रही। वह भी मां के जीते-जी। यह अशुचिता उसे तब भी अखरती थी और नए-पुराने दुःखों की अनंत पोटलियों के बीच आ धरती थी। ऐसा रोग...पिता को अस्पताल भरती करा पाया होता तो...। डॉक्टर ने तो कहा था...'ऑपरेशन उन्हें जिंदा रखने के लिए है, मारने के लिए नहीं।' पर मरना-जीना भाग्य की बात है...भाग्य और कर्म का हिसाब किस जगह पर तय होता है, वह समझ नहीं पाता...। जी बहुत दुःख जाता है तो फैसला भाग्य के पक्ष में कर लेता है।

कई और ब्राह्मणों को आया देख जोशी जी कसमसाए, परंतु अमर ने उनके प्रति उदारता ही बरती, 'आप तो घर के ही ठहरे' कहकर उन्हें भी संतुष्ट किया। मौत के उत्सव में व्यस्तता से इधर-से-उधर डोलती सरना अपनी ही आंखों में बड़ी होती रही।

अब अक़्सर अमरौती खाकर उतरी नायलॉन की साड़ी को वह अलगनी पर टांगकर फूल-छपी कड़क कलफदार धोती पहन अपने पर मुग्ध होती बार-बार पति की तरफ़ देखती।

वह ठगा-सा उसे देखता रहता। जाने कैसी अबूझ-सी छाया उसके चेहरे से गुज़रती आसपास की वस्तुओं पर जाले की तरह जा लिपटती। ठंडे से स्वर में पूछता, 'यह कब लाई हो?'

'शंकर-बाज़ार में सेल लगी है न!' वह पुलकती-सी पास दुबककर कहती, 'सुनो सवी के लिए भी मैंने धीरे-धीरे चीज़ें जमा करना शुरू कर दी हैं। ब्याह के समय चार चीज़ें घर से निकल आएंगी तो तुम्हारा हाथ भी...'

'तुम तो कहती थीं, प्राणनाथ जी के यहां करेंगे, तो कुछ ख़ास देना नहीं पड़ेगा?'

'वह तो ठीक है। सामने वाला तो कहता ही है...पर अपना भी तो कुछ फ़र्ज़ बनता है...

'फ़र्ज़ छोड़ो, सरना!...किसका किसके लिए फ़र्ज़ बनता है और क्यों, यह मेरी समझ में नहीं आता।

'नई-नई सी बातें करते हो तुम तो...'

'हां, करता हूं। प्राणनाथ जी की हैसियत को हमारी चार चीज़ों की क्या परवाह पड़ी है।'

'लड़की का रूप-गुण देखकर ले रहे हैं तो इसका यह मतलब तो नहीं... आखिर तुम भी बाप हो...'

'तुम खुद ही केंचुली से निकलना नहीं चाहतीं...और मुझे भी...' अपना वाक्य हवा में टांगकर वह बाहर निकल गया और चहलकदमी करने लगा।

कूड़ा फेंकने वह बाहर आई तो चौंकी, 'अरे, मैं तो समझी थी तुम जगदीप के यहां गए हो...चलो, खा लो।'

हाथ धोकर थाली पर बैठा तो पत्नी ने पीतल का बड़ा कटोरा आगे सरकाते हुए कहा, 'साग चाहे रहने दो...यह खा लो।'

'क्या है यह?'

'थोड़ी खीर बना ली थी।'

'खीर की मात्रा देखकर वह चौंका, 'बच्चों को नहीं दी?'

'बच्चे तो खूब छक चुके...हम दोनों रह गए हैं।'

वह थाली को आगे सरकाता हुआ बोला, 'तो फिर तुम भी खा लो साथ ही।'

इस आमन्त्रण पर वह भीतर से भीग आई। उमगाती-सी मुंह देखती रही, पर वह निर्वाक् खाता रहा। फिर सोचते हुए बोला, 'आज बच्चे में से किसी का जन्मदिन तो नहीं...तभी तुम खीर बनाती हो।'

वह खिलखिलाकर हंस पड़ी, 'इस महीने में कौन जन्मा था अपने घर...? तुम तो बस...'

न साग अमर ने पीछे सरकाया, न खीर जमकर खाई, 'रख दे, सुबह बच्चे खा लेंगे।'

'तुम भी अजीब हो, कुछ अपनी सेहत का...'

'कौन-सी सेहत?' वह ऐसे कड़वे काठिन्य से बोला कि सरना को मुंह उठाकर देखना पड़ा।

'सेहत भी दो-चार होती है क्या? तुम भी जाने कैसे...'

'अच्छा, बस-बस!'

वह अपने बिस्तर में दुबक लिया। पत्नी सोने आई तो जैसे टोहती रही... छाती पर हाथ रखकर। अंधेरे को अपलक घूरता वह निश्चल पड़ा रहा।

प्रो. प्राणनाथ आज फिर आए थे। वही आते हैं। जब कि जाना अमर को चाहिए। उनका आना सरना के पैरों में पंख लगा देता है। अमर के पास सवी को लेकर छोटा-सा गर्व भी नहीं था – रूप जो जन्मजात था और हाई स्कूल में बोर्ड में प्रथम स्थान, उसके अपने परिश्रम का फल। उसका तो बस...उसकी तो बस वह बेटी थी। इसीलिए वह पत्नी के उत्साह में इतना भाग नहीं ले पाता था। सवी पर बरसते उनके वात्सल्य को अविश्वास से देखता रह जाता था।

गुल्लू का मिडिल इन गर्मियों तक...सवी की शादी इन सर्दियों तक। इस साल देबू भी तैयार हो जाएगा...तो बस!

शेव करते शीशे के सामने खड़े अमर को अपने चेहरे के पीछे न जाने कितनी लहरियां कांपती नज़र आईं। लहरों की उस बावड़ी में वह अपने भविष्य का चेहरा टटोलता खड़ा रहा।

खड़ा रहता यदि धोती के सिरे से हाथ पोंछती पत्नी उसे न चौंकाती, 'सुनो, सवी के लिए एक कंठी बनवाना है।'

'क्या?' आश्चर्य के रास्ते धरती पर लौटता वह बोला।

'हां! हां! कंठी...। तुम्हें तो मालूम है, सवी की कब की साध है। मां जी कब से सवी के लिए रखे थीं...बिक गईं...! ख़ैर, छोड़ो पिछली। बातों को...'

'प्राणनाथ जी को इन बातों में विश्वास नहीं, रोज़ इतनी बातें कहते रहते हैं, सुनती नहीं हो?'

'उनके कहने से क्या होता है?'

'होता क्यों नहीं, एकदम दूसरे ख़्यालों के हैं...नहीं तो लड़के वाले होकर रोज़-रोज़ यों चले आते...?'

'वह तो देखती हूं...लड़की की ऐसी ममता करते हैं...छोड़ो, बातों में न उलझाओ...तुम कहो तो मैं आज सुनार के पास जाऊं?'

'नहीं' वह अलिप्त-सा चेहरे पर साबुन घिसने लगा।

'क्यों?' एक उदंड-सा क्षोभ पत्नी की आवाज़ में भी तिर आया।

'क्योंकि उसे कंठी देने का मेरा कोई इरादा नहीं है। कम-से-कम दो तोले की बनेगी...और सोने का भाव मालूम है?'

'मालूम है...। पर कब से साध लिए है छोरी।...'

'इतनी और साधें पूरी हो रही हैं...याह सोचकर सबर करो। एक इसी साध को लेकर मरने की क्या ज़रूरत है? कभी सोचा था तुमने या उसने कि ऐसे घर जाएगी?'

'उसकी किस्मत! उसकी सज़ा तुम उसे क्यों दे रहे हो?

'सज़ा किसी को नहीं मिलती...सिर्फ मुझे मिलती है...और सब तो...' बाक़ी का वाक्य वह अन्दर घुड़क गया, खीजता हुआ बोला, 'जाओ, मुझे शेव करने दो...देर हो रही है।'

'तुम असल में इस वक़्त जल्दी में हो', कहती हुई वह रसोई में लौट गई, उद्विग्न उतावली में वह तैयार होकर दफ्तर चला गया।

शाम को जब लौटा तो नहीं जानता था कि वह प्रसंग अभी उनके बीच जीवित है। पत्नी ने यह कहकर कि इस समय तुम्हें जल्दी है, लगाम अपने हाथ में रख ली थी। बात शुरू होते-होते प्रोफेसर प्राणनाथ आ गए और उनके साथ ही घर की हवा एक ताज़ा सुगंध से भर गई। इतनी सहज आत्मीयता से वह यहां बैठते-उठते कि उनके जाते-जाते तक तो घर का वातवरण हलका और तरल हो उठता।

पति को उसने हलका सहज देखा तो कलाई थामकर बोली, 'क्या इतनी-सी बात भी नहीं रखोगे?'

उसे उसी क्षण जैसे ताप चढ़ आया। झिड़ककर बोला, 'बेवकूफ़ी मत करो. ..कभी तुम अपने लिए कहतीं तो बात तो थी...हिरस समझ सकता हूं... सवी को क्या कमी है? एक-एक लड़का है उनका...ज़मीन-जायदाद है...ऐसे भले विचार हैं...। आगे भी तो देखना है मुझे...पता नहीं, किस-किससे पाला पड़े... दुनिया में सब प्रोफेसर प्राणनाथ ही तो नहीं होते...'

'क्या हुआ...गीतू की शादी तक तो देबू भी डॉक्टर हो जाएगा।'

'डॉक्टर क्यों कहती हो, कहो कुबेर हो जाएगा। इतना भरोसा मैंने किया है, किसी का आज तक...?'

'तुमने नहीं किया तो क्या, उसका भी खून इतना सफ़ेद तो नहीं होगा।'

'मैं कर ही क्या रहा हूं उसका, जो आशा करूं? वजीफ़ा लेता है, ट्यूशन करता है, हमारे पर तो दो रोटी की मोहताजी भी नहीं रखी है। उसने...।'

'वह न करे, पर तुम अपनी लड़की के लिए ऐसे पत्थरदिल क्यों हो गए हो...?' चोट करने के तेवर में आ गई थी पत्नी।

'सरना...चुप रहो...मुझे तैश न दिलाओ...' पास रखी काठ की कुर्सी पर बैठ गया, वह आक्रामक क्रोध में तपता।

'ऐसी बड़ी बात नहीं कह दी है मैंने कि तुम इस तरह गुस्साओ.. आखिर लड़की...'

'ओह! सरना, तुम इतना तो सोचो! मैं कहां से करुं...कैसे करुं...तुम क्या नहीं जानतीं...?'

'इतना करते हो, तो दो-चार बोरियां और...'

सरना की आवाज़ की निरुद्वेग ठंडक और आग के तीरों से उसका पोर-पोर बिंधना। जाने कैसी तेज़ी से वह उठा। फौलादी पंजों से पत्नी के कंधे झिंझोड़कर उसे खाट पर धक्का देकर थरथराता हुआ बोला, 'तू...तू... तू भी...मर गई है मेरे साथ। तेरे पुन्न को देखकर जीता आया था मैं अब तक...मेरा अपना ही बोझ क्या कम था मेरे लिए...?'

खाली लिफाफा

तुमने कहा था मौक़ा पड़ा तो खाली लिफाफा भेजोगी। मुझे इस तरह खबर करोगी। इस तरह मुझे पता लगेगा कि तुम किसी संकट में हो। इस तरह कि उस लिफाफे में कोई संदेश नहीं होगा। इस तरह कि कलह से पटे मेरे घर में किसी को अंदाज़ा तक नहीं लगेगा कि उसमें लिखा क्या है? इस तरह कि न कही जा सकने वाली बातें भी पहुंच जाएंगी मेरे पास अपने-आप। इस तरह कि उसे दामाद जी तक खोलेंगे तो कुछ भी जान नहीं पाएंगे। इतनी चौकस चटियल देवरानी भी पा जाएगी तो कुछ समझ नहीं पाएगी। इस तरह कि जेठानी जी अपनी साड़ी की चुन्नटों में छिपाकर लाएंगी भी, खोलेंगी भी, पर हाथ मलती रह जाएंगी। खाली लिफाफा मेरे सामने ला पटकेंगी और कहेंगी, 'लोग-बाग ठीक कहते हैं तेरी मां बावली है, बेपढ़ी है। खाली लिफाफा भेज रही है. ..चिट्ठी गायब है। कोई नासपीटा मिला ही नहीं होगा घर में जिससे चिट्ठी लिखवाती। तेरा अनपढ़ों का खानदान है...।'

जानती हूं यह सब सरासर झूठ है। हिंसा की इच्छा है। चोट पहुंचाने की चाह है। इसलिए इतना सब कुछ कहा जाता है। चोट लगती दिखाई न दे तो वार और तेज़ होता जाता है। वह नहीं जानती कि ऐसा करने से चोट लगाने की अपनी ताक़त से मिलने वाला सुख और दर्प भी नष्ट हो जाता है, पर जिनकी करनी वही जाने...जो सुनना समझना ही नहीं जानते, उन्हें मैं क्यों बताऊं कि तू बावली नहीं, अयानी नहीं, खूब-खूब सयानी है। कुपढ़ नहीं, खूब-खूब पढ़ी-लिखी है। तेरी पाठशाला मैंने देखी है।

मैं उन्हें क्यों बताऊं कि तेरी पाठशाला कहां और कैसी थी? क्यों बताऊं कि डुबकी में नहा निकलने का तुम्हारा अंदाज़ कितना लाजवाब था। पढ़ने-लिखने के लिए तुम्हें बस्ता लेकर कहीं जाना नहीं पड़ा था। स्लेट और बत्ती

और गीले कपड़े के टुकड़े से तुम्हारा काम चल जाता रहा। पास में बस्ता रखकर बैठने की बात शायद तुम्हें बहुत खुली और जाहिर जैसी लगती रही होगी, पोते-पोतियों के बीचोंबीच। और तो और, बाबू जी ने भी तुम्हें ऐसे बैठे देख लिया होता तो तेरा मज़ाक ही उड़ाते। आते-जाते कहते, 'बूढ़े तोते पढ़ा नहीं करते लाजो।'

'तू कहती ज़रूर रहती है कि बाबू जी से कोई पर्दा नहीं है। वे सालोंसाल, सदियों-सदियों से तुम्हारे साथ हैं...पर यह तो बताओ फिर वह क्यों हर पल तुम्हें चोभते-छेदते रहते हैं। बात-बात पर तुम्हारी खिल्ली उड़ाते हैं।'

तुम मेरी इस बात पर खिलखिलाकर नहीं होंठ दबाकर हंसी थी। हंसी की फुहार तुम्हारे बन्द होठों के अन्दर नाच रही थी। किसी की आंखें और नाक के नथुने भी हंस सकते हैं, मैंने पहली बार देखा था। तुमने तब मुझे अपने पास खींचकर बिठाया था और धीरे से कहा था, 'तेरे बाबू जी खिल्ली नहीं उड़ाते, ठिठोली करते हैं। मुझे हंसाते हैं। मुझे खुश रखना चाहते हैं।'

'और तू ऐसी गाली जैसी बात पर खुश भी हो जाती है।'

तुमने मुझे कुछ कहना चाहा था। तुम्हारे होंठ खुले थे। तुमने आसपास देखा था। मेरी ओर झुकी थी फिर टाल गई थी, 'छोड़, यह खूब लम्बी जैसी बातें हैं...पूरी ज़िंदगी जितनी लम्बी। वक़्त आएगा तो तू आप ही आप समझ जाएगी। तेरा भी तो लम्बा जैसा कुनबा...मेरा मतलब है। जहां बात चल रही है, वहां तेरी शादी पक्की हो गई तो तेरा भी लम्बे कुनबेवाला घर होगा। कुनबेवाले घरों में ऐसा ही होता है। रास्ता लांघते-फलांगते एक-दूसरे से बात हो जाती है।''

'मतलब?'

'मतलब साथ रहते-रहते समझाते रहना ज़रूरी नहीं रहता। समझ बातों से बड़ी हो जाती है।'

मेरे मुंह पर अबूझा जैसा कुछ छपा होगा कि तुमने प्रसंग का सिरा काट दिया, 'अच्छा इस वक़्त तो तू इस बात को छोड़...जाकर शामो को इधर भेज।'

भेजना क्या था...मेरी भाभी श्यामा पता नहीं कहां से अपने-आप वहां आन टपकी थी और तुम्हारे घुटने से लगकर बैठ गई थी। वह मेरी ओर देखकर

मंद-मंद मुस्कुरा रही थीं। कोई ऐसे भेद भरे ढंग से लगातार मुस्कुराता कैसे रह सकता होगा। शायद वह मेरे जाने का इंतज़ार कर रही थीं।

तुमने धीरे से अपनी पालथी के नीचे से स्लेट निकाली थी और पास रखे गीले चीथड़े से उसे पोंछने लग गई थी। मुझे उसी जगह, उसी तरह जमे देखकर तुमने मुझे डपटा था, 'ऐसे आंखें फाड़-फाड़कर देख क्या रही हो? कहा नहीं जाओ...अपनी पढ़ाई-लिखाई में लगो।'

जाना मैंने नहीं चाहा था, पर स्लेट पर रखे तुम्हारे हाथ ने वहीं रुके रहने का हठ जैसा ठान लिया था। मुझे जाना पड़ा था, पर मैं गई नहीं थी। खिड़की की ओट में खड़ी रही थी। वहां पर खड़े तुम्हारे और भाभी के सिर जुड़े हुए दिख रहे थे। अस्फुट स्वर उठ रहे थे, पर मुझे सुनाई नहीं दे रहे थे। उन फुसफुसाहटों क बीच और नीचे सदा से ओझल सरस्वती की धार बह रही थी। पता नहीं कब से? यह सब पता नहीं कब से चल रहा था। कौन जाने।

घंटा-डेढ़-घंटा ज़रूर बीता होगा। पता नहीं कितने ही ऐसे घंटे-डेढ़-घंटे इस सीक्रेट मिशन में जुड़े होंगे। गर्मी की ताप से भरी निचाट दोपहरियां। अंधेरे किए गए कमरे। भिड़े दरवाज़े की दरार से आती कतरन भर रोशनी। ऐसे सन-सन सन्नाटे में कोई एक बहू अपनी सास के सिर पर ज्ञान की चुनरी ओढ़ाने का उपक्रम कर रही है। सदियों से कलह-क्लेश के लिए गाए जाते बदनाम रिश्ते में नए रंग भर रही है। नया इतिहास रच रही है।

ठीक उसी दिन, गोधूलि के समय मुझे रास्ते में रोक, मुझसे आंख मिलाए बिना तुमने कहा था, 'जो कुछ भी तुमने आज देखा समझ लो नहीं देखा। बेमतलब अफ़वाहें फैलाने की कोई ज़रूरत नहीं। जीते जी आदमी को इतना तो आए कि अपनी बेटियों-बहनों की सुध ले सके। बेले-कुबेले उन्हें टेर सके और कुछ नहीं तो थोड़ी बहुत गीता-रामायण पढ़ सके।'

मुझे लगा तुम सफाई दे रही हो; आखिर किस बात की सफाई में बोलने के लिए मुंह खोला था। तुमने अपनी हथेली के दबाव से मेरा बोलना रोक दिया था और मुझे ठेला था आगे, कहकर कि जाऊं जाकर अपना काम-काज देखूं। जो कुछ समझाना ज़रूरी समझा गया था, मुझे समझा दिया गया है।

पर अपना कामकाज मैंने नहीं देखा था। कुछ-कुछ समझा कुछ-कुछ नहीं भी समझा था। एक दृश्य मेरे भीतर जमता जा रहा था। खुद गया था। क्या दृश्यों के हाथ में भी छेनी-हथौड़ी होती है जिससे हमारे भीतर गुज़रते काल पर वह अपनी छापें खोदता चलता है। इन छापों की पोटली बनाकर हम स्मृति की कोठरी में रख लेते हैं। वे वहीं-की-वहीं रखी रहती हैं, फिर उनमें कोई दूसरा समय, दूसरा काल नहीं जुड़ता, नहीं तो ऐसा कैसे होता मां के पूरे देशकाल, उसके पूरे अस्तित्व से छिटककर स्मृति का यह टुकड़ा मेरे भीतर सांस लेता रहता--वही चटक दोपहर। धूप को छेंककर ठंडे ठिकानों पर सोए घर के दूसरे लोग। आंगन को लांघकर भिड़े दरवाज़े की दरार से आती तीखी रोशनी। दो जुड़े हुए सिर। पास में रखा एक गीला चिथड़ा। आसपास बिखरे चाक के टुकड़े। बीच में बहती एक अदृश्य नदी किन्हीं दो आत्माओं के बीच और इस आदान-प्रदान की किसी को खबर तक नहीं।

और उस दिन फिर से तुमने मुझे असमंजस में डाला था। तुमने ऐसा क्यों कहा था जो कि कहा था–ससुराल में मेरे लौटकर जाने के दिन। तू मुझे सुबह से ही कुछ हिली-हिली, गीली-गीली दिख रही थी जब कि मैं पूरे तीन हफ़्ते तुम्हारे पास रहकर जा रही थी। अटैची में रखी जाती साड़ी मेरे हाथ से छीनकर तमने पलंग पर फेंकी थी। साड़ी की तह खुल गई। थी। मैं चिढ़ी थी। तुमने मेरे चिढ़ने की परवाह नहीं की थी। बांह पकड़कर बक्सों वाली तंग कोठरी में मुझे ठेल ले गई थी। हड़बड़ाई-सी. ..बेचैन।

'कुछ पता तो लगे हुआ क्या है? तू ऐसी हड़बड़ाई हुई क्यों है? क्या ढूंढ रही है यहां?'

'अरे यहीं तो रखकर गई थी सब कुछ, जरा-सी देर पहले।' तुमने मेरी बात नहीं सुनी थी। तुम अपनी धुन में थी, 'देखो न तुम्हें बुलाने क्या गई कि...इस घर में कोई भी चीज़ ठौर-ठिकाने नहीं मिलती। पेन यहीं रखा था इन लिफाफों के साथ...पता नहीं कहां गया।'

मैंने देखा सामने वाले बक्से पर बिछे कपड़े पर तीन-चार डाक के लिफाफे फैले पड़े हैं और किसी पेन का सिर दो बक्सों की दरार के बीच झांक रहा है।

उठाया तो वह पेन का ढक्कन भर था, बाक़ी का हिस्सा पता नहीं कहां छिटककर गिरा होगा।

'क्या कोई चिट्ठी लिखवानी है तुम्हें?' पेन चाहिए? बता तो सही पहले... चल। बाहर चल अभी लिख देती हूं जिसे लिखवाना है। क्या दीदी को कुछ लिखना है? भैय्या को कुछ कहना है?

इस बार तुमने सच में बावलों की तरह सिर हिलाया था, 'चोऽप, आगे बोलने की ज़रूरत नहीं। जब तक मैं आती नहीं, रुकी रह यहीं। बाहर गए नहीं कि...।'

समझ में नहीं आ रहा था तुम्हारे ठंडे सीले स्वभाव में ऐसा क्रोध कौन-से सुराख में से उफनता आ रहा था।

तीन-चार मिनट भी नहीं गुज़रे होंगे कि तू वापस कोठरी में घुसी थी। घुसते ही तुमने दरवाज़ा बन्द किया। सांकल चढ़ाई और एक लिफाफा मेरे हाथ में देकर पेन मेरी और बढ़ाया था, 'ले पकड़।'

दरवाज़ा बन्द होते ही मुझे लगा वहां कुछ है, कोई है...मेरे और तेरे अलावा... नियति जैसा कुछ। जो इस होने को होने दे रहा है...जो तुम्हारे मन में दाखिल होकर इस हड़बड़ी को...इस कम्पन को तुम्हारे ऊपर बिछाता जा रहा है। तुम इस समय किसी अनदेखी मंशा के हवाले हो. ..जकड़ी हुई...उससे परिचालित। मुझे वह सब करना ही है जो तुम कहोगी...उज्र के बिना, विरोध-प्रतिरोध के बगैर...। जो कुछ भी तुम इस समय देख रही हो मैं नहीं देख सकती। नहीं सुन सकती।

'सुन, इस लिफाफे पर पहले तू अपना पता लिख', तुमने मुझे आदेश जैसा दिया था।

'मेरा पता? क्यों मैं तो तेरे सामने खड़ी हूं', विस्मय से मेरे दीदे ज़रूर चौड़े हो गए होंगे। मैं ठिठक गई होऊंगी।

'सुना नहीं तुमने?' तुम्हारी डपट में एक चपत जैसी कड़की थी। उस समय मैं शायद पराए घर की अमानत होने के नाते बच गई थी। नहीं तो तुमने मुझे बचपन के दिनों की तरह चपतियाया होता।

तभी आगे और पीछे से फटी बच्चों की किसी कापी का एक पन्ना तुमने मेरे सामने खोलकर रख दिया, 'ले देख। इसे लिख दे लिफाफे पर।'

'मुझे ही मेरे घर का पता तुम क्या बता रही हो? मुझे क्या अपने घर का पता नहीं मालूम?'

तुम थम गई थी। किसी दूसरे पन्ने पर दीदी का पता ढूंढने लग गई थी। जीजा जी के ट्रांसफर के बाद आसाम जा चुकी दीदी का पता थोड़ा-थोड़ा तो मुझे याद था, पर उतना पूरा नहीं। मैं सामने खुली रखी कॉपी से अपनी याददाश्त का मिलान करने में लग गई थी।

इस देखा-देखी में बक्से पर बिछा कपड़ा बार-बार सिमट सिकुड़ रहा था। उलझन पैदा कर रहा था। तुमने मेरी इस उलझन को भांप लिया था। एक हाथ में मेरी बांह थामे दूसरे हाथ से कपड़ा खींचकर तुमने परे फेंका था। तुम्हारी पकड़ में उस समय ज़बरदस्त ताक़त थी, जो मेरी कलाई ने अलग से महसूस की थी। किसी भी तरह की अड़चन को मचोड़ कर परे फेंक सकती हो तुम उस समय, मुझे लगा।

'अब छोटी का पता लिख', तुमने तीसरा लिफाफा बढ़ाते हुए मुझे तीसरा हुकुम सुनाया था।

'अब चौथे का लिख', मैंने तुम्हारी तर्ज में अपनी गाती-सी तर्ज़ मिलाई थी और याददाश्त के सहारे टंगे छोटे भैया के पते का मिलान करने के लिए कॉपी तुम्हारे हाथ से लेनी चाही थी।

साफ़ था, उस समय तुम्हें मेरा इस तरह हल्का-फुल्का हो जाना अच्छा नहीं लगा था। 'नहीं, उसका नहीं, तुमने मुझे डपटा था। 'लड़कों का क्या है, तुम्हारी सुने न सुने...' आगे के शब्द तुम चबा गई थीं। मैंने देखा था साफ़-साफ़... ठीक अपने-सामने। पलभर में जैसे एक पत्थर-सा लुढ़कता पास से निकल गया हो और सारे संदर्भों को स्तब्ध कर गया हो।

पता लिखे तीनों लिफाफे तुमने मुझे थमाए थे और खुद नीचे गिरा कपड़ा उठाकर बक्से पर बिछाने लग गई थी -- खूब सावधानी से। ईंच-दर-ईंच। वैसे का वैसा, जैसे वहां कुछ हुआ ही नहीं। नियति की लिखावट पर किसी शरीरी वजूद का कोई दखल ही नहीं।

'इन लिफाफों का क्या करोगी?'

मेरे प्रश्न का उत्तर दिए बिना ही तुमने कहा था, 'इन लिफाफों को ले जा

और पप्पू की मेज़ से इन पर गोंद लगा ला...या रहने दे मैं खुद ही लगा लूंगी किसी वक़्त...।'

'इनमें गोंद? इन खाली लिफाफों में गोंद?...इनमें चिट्ठी तो डाली नहीं गई है।'

'हां, इन लिफाफों को कोई चिट्ठी नहीं चाहिए।'

'अजीब बात है...बता तो सही क्यों नहीं चाहिए।'

"'जब वक़्त आएगा तो अपने-आप पता लग जाएगा', कहते-कहते तुमने दरवाज़े के कुंडे में फंसी सांकल खोल हवा में छोड़ दी और मुझे बाहर की ओर धकियाया-सा। किवाड़ थे कि मेरे खोलने से पहले ही खुल गए थे। बाहर पप्पू खड़ा था।

'कब से बाहर खड़े हैं दादी' पप्पू का कहना अनसुना किया था। शायद उसके कहने को मिथ्या माना होगा। पप्पू पहले से आया होता तो दरवाज़ा बन्द देखकर पीट डालता।

अचानक ही लगा मेरे हाथ-पैर शिथिल पड़ गए हैं, पर चेत इतना चौकस, इतना चौकन्ना जैसे चूने से खिंची सफेद रेखा पर उठुंग बैठा कोई खिलाड़ी, कि संकेत मिले और दौड़ पड़े चाहे पता न हो कि जाना किधर है।

तुमने मुझे ठेला तो मैं चली गई। गोंद लगाया। लिफाफे बन्द किए और तुम्हें आ थमाए। थमाते ही लगा मेरे आने तक तो तुम एकाएक बदल गई हो। पूरी तरह सिकुड़ी हुई, निःसत्व जैसी लग रही हो। देखते-ही-देखते जैसे सब कुछ थम गया है–सारा आवेग, सारा आवेश, सारी आपाधापी। हम दोनों एकाएक संवाद के दबाव से खाली हो गए हैं। चेहरे दिख रहे हैं अगांरा बुझ गया है।

दूसरे दिन सुबह तक भी तुम मुझसे बोली नहीं थी। तुम्हारे न बोलने ने उस घर में मेरे जाने तक बचे हुए समय के टुकड़े को ज़्यादा पीड़क ही बनाया। मैं आते-जाते तुम्हें देख रही थी। तुम मेरे देखने को देख तो रही थी, पर अनदेखा कर रही थी। क्यों...पर क्यों...मेरे भीतर इधर-से-उधर टकराता अनवरत हाहाकार। दुखन टीस रही थी, पहले से कहीं ज़्यादा। एक सरहद में तुमने मुझे दाखिल किया और बाहर धकेल दिया। बिना बताए...बिना समझाए...बिना सहलाए ऐसे में तुम मुझे बहुत गैर, बहुत 'निरदई' जैसी लगती रही थी।

कुछ कहने-सुनने की घड़ी भी फिर तुमने खुद ही चुनी थी। आंगन की अरगनी से उठाए धुले कपड़ों का ढेर तुमने दालान में पड़े तख्त पर ला फेंका था और मेरे कंधे पर अपने हाथ का दबाव देकर मुझे उठाया था। उस समय मुझे पता नहीं क्यों लगा तुमने अपने पहलेवाले मां-पन की बांह मेरी ओर बढ़ाई है और उस छोटे-से सहारे से मैं तुम्हारा हाथ पकड़े तुम्हारे साथ चलने लग गई हूं। पिघलती जा रही हूं। सराबोर बह रही हूं।

मुझे साथ लिए-लिए तुम फिर उसी बक्सोंवाली कोठरी में घुसी थी। कोठरी में फिर वही पुरानी बन्दपने की हुमस और झुसपुसा अंधेरा था। घुसते ही मैंने स्विच की ओर हाथ बढ़ाया था।

'रहने दे...ऐसे ही', तुम खुद बक्से का सहारा लेकर खड़ी हो गई थीं और मुझे अपनी आवाज़ और मेरे कान की सरहद के बीच स्थित कर लिया था--हौले से।

'इतना हैरान परेशान होने की कोई ज़रूरत नहीं', पलभर की चुप्पी के बाद तुम्हारी आवाज़ सुनाई दी थी, 'जानती हो वक़्त आ गया है...आ जाता है अपने आप, बिन बुलाए। सबको सब-कुछ मालूम होता है फिर भी नहीं होता। इंसान को हर हाल के लिए तैयार रहना चाहिए...मेरा मतलब है अन्दर की तैयारी...।'

यह तुम्हें क्या सूझा। तुम किन चीज़ों के बारे में एकाएक बात करने लगी, पर यह 'एकाएक' शायद मेरे मन में रहा होगा। तुम्हारा तो वही एक अलाव... वही समिधा...उसी शिखा से उड़ते स्फुलिंग, तब से, यहां-तहां गिरते दिखाई दे रहे थे।

'यह तुम क्या कह रही हो?' अच्छी तो हो न तुम? तुम्हारा जीव तो अच्छा है?'

'अच्छे-बुरे, ठीक-बेठीक का क्या नाप-तौल...क्या कुछ पता लगता है कब किसका...वैसे देखो।' तुमने ज़ुबान पर रपटती आती बात पलट दी थी, 'ज़रा तमाशा देखो इस दुनिया का...वे सारे दुख-दर्द जो दिखाई देते रहते हैं, वही गाए जाते हैं, बाक़ी के सब...उनका तो कोई सुराग भी नहीं मिलता। और तो और, वे फिर तो इंसान की अपनी पहचान में भी नहीं आते...।'

मुझे लगा तुम्हारी ऐसी आवाज़ को सोख रहा तुम्हारा चेहरा मैं एकदम देख

लेना चाहती हूं -- अभी-का-अभी। इसी क्षण। पर उस नीम अंधेरे में मुझे कुछ नहीं दिखा, सिवाय तुम्हारी कभी-कभी चमक उठतीं आंखों के। उस झुसपुसे में मेरी हथेली को दबोचते तुम्हारे हाथ का बढ़ता-घटता दबाव ज़रूर कुछ बोल रहा था।

'तुम परेशान कर रही हो मुझे...वह भी जाने के दिन', मैं अब कातर होने लगी थी।

'परेशान होने की कोई ज़रूरत नहीं', तुमने मेरे वाक्य पर अधबीच झपट्टा मारा था, 'मां-बाप सबके मरते हैं कोई नई बात नहीं है। होश-हवास ठिकाने रहने चाहिए...यह नहीं कि अच्छी-बुरी खबर मिले तो आसमान सिर पर उठा लो–जाना है...अभी जाना है...तुरन्त जाना है...हवाई जहाज़ से जाना है। आ भी जाओगी तो क्या बनेगा...क्या मिलेगा--मिट्टी। जानती हो मिट्टी के कोई आंख-कान नहीं होते। मिट्टी का कोई धर्म-अधर्म नहीं होता। वह सब रस्मी बातें हैं, पर ऐसा हो सकता है कि जीते जी...।'

तुमने फिर पटरी बदल ली थी..., 'हां, एक बात याद रखना, अगर किसी दिन अचानक यह लिफाफा तुम्हें आन पहुंचे तो समझ लेना तुम्हें आना है। तुम्हारी मां को तुम्हारी सख्त ज़रूरत है। तुम्हारी मां संकट में है।'

'यानी की यह..यह खाली लिफाफा?'

'हां...यही...यही खाली लिफाफा। इस लिफाफे को किसी चिट्ठी की दरकार नहीं। किसी खास नाम, खास पते की दरकार है, जहां कहीं भी वह हो। पता ठीक होगा तो यह पहुंच ही जाएगा और तुम...और तुम. ..और...तुम आ भी जाओगी, चाहे सबसे लड़-झगड़कर ही आओ...' अब तुम बहुत रुक-रुककर बोल रही थी।

तुमने एकाएक सारे रहस्यों की पोटली खोल दी थी और ऊपर-नीचे, आगे-पीछे तानी जाती अपनी अगाध मंशा के दाने बिखेर दिए थे।

यह सब कुछ मेरी समझ से बाहर था। इसे सोख लेने के लिए हमें अपने जन्म के साथ मिली पुरानी खाल पर बिछे सब रोमकूप बेकार हो गए लगते हैं। मैं रुआंसी होने लगी थी।

'एक बात पूछूं?' मैं अदबदाकर तुमसे पूछ बैठी थी।

'पूछो।'

'तुम्हें लड़कियों पर इतना भरोसा क्यों है?'

'हां, है...भरोसा है। जानती हो लड़कियां पहाड़ नहीं नदियां होती हैं। नदियों पर पुल बन जाते हैं...बन सकते हैं।

तुमने खींचकर मझे कलेजे से लगाया था। जहां पिघलती-पिघलती हुई भी मैं तुम्हारी छाती में खड़खड़ाते सांसों की आवाज़ सुन पा रही थी। तुम्हें देख नहीं रही थी, तुम्हें सुन रही थी।

वह तिलिस्म फिर उसी कोठरी की गंध में छूट गया था। हमें मुक्त कर गया।

...पर यह क्या हुआ। लिफाफा नहीं पहुंचा और तू चली भी गई। टेलीफोन की एक खबर बनकर...मिट्टी की ढेरी बनकर। ऐसा तो नहीं हुआ होगा कि संकट जो तुमने गिनाए नहीं थे आए न हों।

तुमने खुद ही कहा था संकट मिट्टी-के-मिट्टी बन जाने के नहीं होते, जीने-को-जीने लायक बनाने के होते हैं। संकट अधबीच थक जाने, ढह जाने, जीते-जी अन्दर से रीत जाने के भी होते हैं। ज़िंदगी की लांघती-फलांगती रफ़्तार के सामने अपने घिसटने को न सह पाने के भी होते हैं। संकट जीते-जी जीने के हौसले को खो देने के भी होते हैं। संकट जीना चाहने और जीने की मोहलत खत्म हो जाने के भी होते हैं।

ऐसा तो नही रहा होगा कि यह सब हुआ न हो। उस होने को तुम तो टोह रही थीं कबसे। आधे-अधूरे संकेतों के सहारे एक पुल की लम्बाई को अपने भीतर रोप रही थी कबसे; फिर तमने आवाज़ क्यों नहीं दी...लिफाफा क्यों नहीं भेजा? क्यों चली गई टेलीफोन की एक खबर बनकर...मिट्टी की ढेरी बनकर... मिट्टी के लिए तो तुमने कहा था मैं आऊं-न-आऊं फर्क नहीं पड़ता; क्योंकि मिट्टी के आंख-कान नहीं होते। मिट्टी का कोई सुख-दुख, धर्म-अधर्म भी नहीं होता, तो फिर...।

ठहरो, इंतज़ार हुसैन

यह तब की बात है, जब इंतज़ार हुसैन की 'बस्ती' छपी थी। खबर पाते ही वह बाजार गया था और किताब खरीदकर उसने अपने सिरहाने के रैक में रख दी थी।

रखते समय फिर उसने किताबों को गिना था। देश के बंटवारे को लेकर लिखी गई यह दसवीं किताब थी। इन किताबों में उसके जीवन का कोई ज़रूरी हिस्सा बन्द है। उसे विश्वास था कि किसी-न-किसी दिन उसे इनकी ज़रूरत पड़ेगी। वह इनको पढ़ते समय अपनी ज़िंदगी को पढ़ रहा होगा।

ज़िंदगी चलती रही थी। दिन गुज़रते गए थे। ज़रूरत नहीं पड़ रही थी। एक दिन पत्नी ने कहा था, 'इन क़िताबों को परे हटाओ। बच्चों को रैक्स चाहिए।'

उसने पत्नी को घूरकर देखा था। पत्नी ने कहा था वह उसे इतना घूरकर न देखे। अब वह उससे पहले की तरह डरती नहीं। क़यामत जैसी चीज़ सर से गुज़र चुकी है। अब उसे कभी भी, किसी भी बात से डर नहीं लगता।

उसने अपनी घुड़की में जान-बूझकर कड़क पैदा करने की कोशिश की थी। कभी-कभी आसान होता है इस तरह जवाब देना, काम निकालना। सौ सुनार की एक लोहार की।

'कई बार कह चुका हूं कि यह रैक यहीं रहेगा मेरे सिरहाने। ये किताबें भी यहीं रहेंगी। जो कोई इसे हटाएगा मेरे मरे का मुंह देखेगा।'

यह वह बात थी जिसके बारे में वह कहा करता था कि एकदम औरतानी दलील है। कुछ और समझ में नहीं आया तो बात को मरने-मराने तक घसीट लाए -- इमोशनल एक्सप्लायटेशन।

इस वक़्त उसने खुद ऐसी बात कही थी क्योंकि उसकी समझ में ही नहीं आ रहा था कि रैक खाली करने के हक़ में इससे कड़ी बात और क्या हो सकती है।

सुनकर पत्नी के गालों की गुफा में एक फूत्कार सचेत हुई थी -- लाचार जैसा क्रोध। यह नहीं कि उसे पति की धमकी पर विश्वास था, पर पति ऐसी धमकी दे तो वह इसे लांघ जाना दिखा तो नहीं सकती।

गत्ते का डिब्बा जो वह रैक की किताबें पैक करने के लिए लाई थी, उसने वहीं जमीन पर पटक दिया और बच्चों के कमरे की दिशा में आवाज़ बुलंद करके बोली, 'नहीं है कोई रैक-वैक। जहां चाहो पटको किताबें... तुम्हारे दादा को हर चीज़ सबसे पहले चाहिए।'

बच्चे वहां कहीं नहीं थे जो सुनते। जानता था उसे सुनाया जा रहा है। बच्चों की ज़रूरत को उसके हठ के आमने-सामने रखकर। उसे नीचा दिखाने के लिए।

वह यह भी जानता है रैक जहां है, वहीं रहेगा, वहां से हट नहीं सकता। इन किताबों को उसके सिरहाने ही रहना है। किताबों में बन्द इबारत में उसके जीवन की धपधप छिपी है। किसी दिन उसे ज़रूर वक़्त मिलेगा। किसी दिन ज़रूर वह इन इबारतों में से गुज़रेगा, अपना अतीत पढ़ेगा...किसी भी दिन।

वह दिन अगर आज तक नहीं आया तो भी क्या, उसकी ऐसी विकट इच्छा के रहते आएगा तो ज़रूर। कहीं ऐसा न हो सामने से हट जाने से किताबें हमेशा के लिए तहखानों में चली जाएं।

क्षुब्ध पत्नी शाम तक उससे नहीं बोली। अगले दिन भी कुट्टी कायम रही। सफेदी के बाद कमरे के दूसरे कोने में सामान व्यवस्थित करने के लिए वस्तुओं का जो ढेर बनाया गया था, उसी ढेरी पर सबसे ऊपर बच्चों की किताबें आड़ी-टेढ़ी लाद दी गईं। यह उसे जताने के लिए था। वह चाहती तो कोई और कोना तलाश सकती थी।

उसने ध्यान न देने का मानसिक फैसला किया। ढेरी धीरे-धीरे छोटी होते-होते गायब हो गई। बच्चों को और कौन-सा कोना मिल गया है, उसने जानना

ज़रूरी नहीं समझा। बदस्तूर फर्नीचर बनाने के कारखाने में अपने काम पर जाता रहा।

अगर...अगर...अगर उसे पता होता कि उसी पत्नी कि ज़िंदगी इतनी छोटी है और वह उसे छोड़कर इतनी जल्दी मरनेवाली है तो वह अपना हठ ज़रूर त्याग देता। उन किताबों को अपनी ही खाट के नीचे पटरा बिछाकर रख लेता।

उसे मालूम नहीं था। किसी को कुछ भी मालूम नहीं होता। घटनेवाली चीज़ें हमारी मर्जी के बिना ही घट जाती हैं। बात तो सिर्फ छाती में तेज़ दर्द की थी, मरने की तो नहीं थी...फिर क्यों मर गई। देखते-ही-देखते उसकी बांहों में झूल गई जैसे चिढ़ा रही हो, 'लो अब संभालो सब। बच्चे, रैक, किताबें, जगह, सबका सब। वह अब कभी बीच में नही आएगी।'

वह खून का घूंट पीकर रह गया। जगह की बात पर उतना नहीं, ढेरों-ढेर दूसरी बातों पर। यह अधबीच रास्ते में छोड़ जाने की उसी पत्नी की बेईमानी... आपस में लड़ना तय था पर यह सब कहां तय था।

उन दिनों पसलियों के पिन्जर को सर्द हवा ज़्यादा चीरने लगी थी। दिल भी कुछ ज़्यादा ही दुखता था...पर दुखने का क्या रोना।

अब उन किताबों को खाट के नीचे पटरा रखकर रखने की ज़रूरत नहीं रह गई थी। वह खुद ही वहां से हट गया था। कमरा बच्चों को दे दिया था। बैठक के तख्त पर अपना बिछावन बिछा लिया था। बच्चों के लिए नया रैक लाकर रख दिया था। अपना रैक अपने सिरहाने ले आया था। उसी तरह। अपनी उसी अचूक ज़रूरत के आदर में...

आज से पहले उसने शायद कभी सोचा भी न हो कि पत्नी और किताबों में वैसे भी कोई रिश्ता नहीं बनता। किताबें रखी रहती हैं, क्योंकि उनका जीने में से गुज़रती ज़िंदगी से कोई वास्ता नहीं। एक-दूसरे की सरहदों में कोई आवाज़ाही नहीं। होती तो देश-विभाजन के इतने बड़े हादसे पर उसके हाथ लगतीं इतनी-सी किताबें। लाखों के खून-खराबे को जुबान देती कुल जमा दस किताबें। यहूदी अच्छे निकले जिन्होंने अपना दुखड़ा तरल करके सारे संसार की धमनियों में बहा दिया। क्या कोई सूरमा नहीं था यहां -- इन दो सरहदों के बीचोंबीच।

खुद ही लगा वह गलत सोच रहा है, लिखनेवाले और होते हैं उखड़नेवाले और। उखड़नेवालों को इबारतों में उलझने की फुर्सत ही नहीं। पैरों तले पड़े अंगारों को हथेली पर रखकर देखने की हिम्मत भी नहीं। अब वह अपने आपको ही देख ले। किताबें सिरहाने रखी बरसों से उसे पुकार रही हैं, और वह?

शायद इन किताबों को उसने पढ़ लिया होता तो यह मोह-माया छूट जाती, इतनी जकड़न कम हो जाती। इनमें लिखा हुआ सब कुछ उसे भी किस्से-कहानियों की तरह लगता। मन से भी बीत जाता। अभी तो वह ठीक से जानता तक नहीं कि इनमें क्या लिखा है। इतना जानता है इनमें उसके अतीत के गुम दर्दों का हिसाब बन्द है।

आज...आज़ादी के दिन...

आज़ादी के जश्न के दिन सुबह-सुबह टी.वी. के सामने बैठे उसे फिर वैसा ही लगा...वह बेमतलब, बेहिसाब हिल गया। क्यों हिल गया...क्यों हिल जाता है हर बार...इसी तरह...भीतर तक। क्या कुछ घटनाएं हमारी जड़ों में छिपी नमी में दुबककर बैठी रहती हैं चुपचाप...और स्मृति को लगे जरा से धक्के से अपना सिर उठा लेती हैं। नहीं तो ऐसा क्यों होता कि कमरे में अकेला बैठा, टी.वी. स्क्रीन पर झंडा फहराने का क्षण आने पर, वह अपने आपको एकाएक कुर्सी छोड़कर जमीन पर खड़ा होते पाता--सिर झुकाए, हाथ बांधे। जय हे, जय-जय-जय-जय हेऽऽऽऽ की लय के डूबने तक एकदम अचल, निश्चल। यह सब अचानक घटता है, तेज़ गति से। उसके अनजाने। एक तिथि कैसे सारे वजूद को जगा जाती है। पता ही नहीं लगता कहां, को न-सी डाल हिल रही है।

फुर्सत, क्या खो गए दिनों को इस तरह हमारे दरवाज़ों तक लाकर खड़ा कर देती है?

जब तक उसकी पोती स्वीटी कमरे में आई टी.वी. का आकाश तीन रंगों के गुब्बारों से पटा पड़ा था और वह भीतर से अस्त-व्यस्त था।

आज 15 अगस्त है, स्वतन्त्रता की चालीसवीं वर्षगांठ।

उफ। कितना समय गुज़र गया। अपनी रफ़्तार में समय के थान को लपेटता गया। जब लाहौर छोड़ा था तो वह उन्नीस वर्ष का था और निक्की की छवि

एक जिद्द की तरह उसकी आंखों में बसी थी। अड़ी थी। अब वह चालीस जमा उन्नीस का है। यानी, जंगे-आज़ादी चालीस जमा उन्नीस। छूटा हुआ तब– चालीस जमा उन्नीस। तब से अब तक चालीस जमा उन्नीस – पूरे उनसठ, पूरे फिफ्टीनाइन – एक अधकचरी उम्र, न मैदान में, न पिछवाड़े।

दादा को ऐसा खोया देखा तो स्वीटी एकाएक अधीर हो आई। ऐसी ही बात से चिढ़कर तो वह अपने पापा को छोड़कर आई थी। उसने शिकायत की – 'दादा, पापा एकदम बेकार हैं। कुछ सुनते ही नहीं हमेशा अपना ही काम, काम, काम। आज भी काम जब कि स्वीटी की छुट्टी है। और उसे रोशनी दिखाने जाना है।'

'रोशनी तो रात को होती है बेटे', उसने स्वीटी की भड़कती आती तेज़ी कम की।

'रात को नहीं, शाम को।' स्वीटी इठलाई।

'चलो, शाम को ही सही। अभी तो रोशनी होने में दोपहर भर देर है। पर तुम तो जानती हो मेरे साथ जाने का फायदा नहीं। मैं अगर गया तो पैदल जाऊंगा।'

'मैं भी आपके साथ पैदल जाऊंगी।'

पर शाम तक तो स्वीटी और पापा के बीच सुलह हो चुकी थी। वह जानता था हो जाएगी। स्वीटी दादा के साथ नहीं जाएगी। गाड़ी में जाएगी अपने पापा के साथ। दादा से आंख बचाए, मुंह घुमाए कहेगी, 'ऐसा है न दादा, आप भी हमारे ही साथ चलिए...'

वह हंसा, खूब हंसा, इतना कि आंसू छलक आए। स्वीटी को क्या पता उसे आज कहीं नहीं जाना है। घर में बैठे रहना है, अकेले। एक सरसराहट कब से उसके ध्यान को दस्तक दे रही है। उसी को खींचकर देखना है– आमने-सामने। अपने को सौंप देना है।

सब घर से चले गए हैं। चारों ओर एक चुप-सी पसरी है। पर मन शान्त नहीं है...क्यों शान्त नहीं है? बाहर चुप्पी हो और अन्दर शोर, तो कितना डरावना-सा लगता है। कुछ और नहीं सूझा तो किताबों के रैक के सामने जाकर बैठ गया।

अब वह किताबों के रैक के सामने है। पहले 'झूठा सच' ? नहीं...'आग का दरिया' ? नहीं, यह भी नहीं...तो फिर 'उदास नस्लें ? नहीं यह भी नहीं। अन्ततः इंतज़ार हुसैन की 'बस्ती' उसने खींची। छोटी है, निपट जाएगी। इस किताब का पतलापन ही उसके फैसले का पहला कारण बना।

इतना तो वह जानता था कि किताब तभी तक किताब है जब तक वह रैक में है–दो जिल्दों के बीच बन्द कुछ लम्बी लेटी काली सतरें। रैक के बाहर आएंगी तो कुछ-न-कुछ और बन जाएंगी। ठीक ऐसा ही हुआ।

किताब इंतज़ार हुसैन ने शहर के हवाले से शुरू की थी। शहर की कसमें खाते हुए। पर यह कौन-सा शहर होगा जिसमें उसका नायक जाकिर एक नए देश में अपने पहले दिन को टटोल रहा है। यह जिज्ञासा उसे सतत कुरेदती रही।

पुरानी ज़मीन पर उसरा हुआ एक नया देश...और नए देश के एक नए शहर में एक अजनबी नायक अपना पहला दिन ढूंढ रहा है। आज़ादी की आंच से सिंका हुआ पाक-पवित्र दिन...

समझ में नहीं आया कि पुरानी ज़मीन पर उसरे इस नए देश की बात पर वह हंसे या रोए। उस आंच की पवित्रता ही तो एक अकेली और उजली चीज़ थी जो कुर्बान जाने को थी। नहीं तो सब कहीं वही अंधेरा, वही दहशत, वही उदासी।

उसी उदासी, दहशत और अंधेरे की बात थी जो इंतज़ार हुसैन ने आगे लिखी थी। आगे के हर पन्ने में एक दबी-घुटी खलबली सांस ले रही थी। बहुत कुछ कहा जा रहा था, पर कुछ भी साफ़ नहीं था। जगह-जगह – जहां-तहां वारदातें...चलाचली के चर्चे, गोलीबारी, कर्फ्यू के अन्देशे... कहवाघर में मिलते दोस्तों के बीच 'सामराजी दलालों' और 'समझौता-परस्तों के बारे में बहसें... किसी बड़े हादसे के पहले की हवा को रेतती खिसपिस ही उसको पलटे जाते पन्नों से हाथ लगी।

वह हताश हुआ। लगा, जैसे जलते हुए दायरे के बीचोंबीच होकर भी वह बाहर खड़ा है – अनछुआ।

मन उचाट होने लगा। नहीं, यह सब वह नहीं है जिसे वह पढ़ना चाहता

रहा। तो फिर वह क्या पढ़ना चाहता है, यह भी तो उसके मन में उतना साफ़ नहीं। खुद नहीं जानता अतीत के कौन-से हिस्से पर हाथ रखने के लिए वह इस कदर उतावला है।

घोर उचाट में वह जहां-तहां पन्ने पलटने लगा। मन भटकने लगा। इतना तक तो पता नहीं लग रहा था कि वह कौन-सा शहर है, जहां उसका नायक यहां-वहां भटक रहा है। गलियों, सड़कों, मोड़ों, चौराहों का जिक्र है पर उनका कोई नाम कोई पहचान नहीं। ऐसा तो नहीं कि वह इन सब शहरों के नाम जानता न हो। छूमन्तर से उग आए नए देश के नाम इतनी जल्दी बदल तो नहीं गए होंगे।

अब तक नायक की मटरगश्ती उसके सामने थी–कि अचानक ही आन पहुंचा अनारकली बाज़ार का पड़ाव। उसने पढ़ा : 'अनारकली बाज़ार–कुछ खुला, कुछ बंद...भीड़ बहुत, खरीददार गायब...'

'अनारकली बाज़ार' का नाम आते ही वह ठिठक गया। उफ़। अब जाकर इंतज़ार ने शहर की पहचान दी है। लेटकर पढ़ रहा था। उठ बैठा। यह, यह तो उसका अपना शहर है। लाहौर...लाहौर। थोड़ा ठहरो इंतज़ार हुसैन।

आगे की इबारत उसे लगा माल रोड की ओर मुड़ने को है। अब जरा तो रुको, इंतज़ार हुसैन। सांस वापस आने दो। यह उसका अपना शहर है...सुना तुमने?

पर शायद इंतज़ार हुसैन के हाथों में उपन्यास की इबारत थरथरा रही है। उसका लेखक आगे चलने को आमादा है। वह खुद ही ठहर गया। रुक-रुक कर उन सतरों को दोबारा-तिबारा पढ़ता गया। सरहद के उस पार बैठा, वह इस समय अपने शहर के चेहरे को पढ़ रहा था। दत्तचित्त होकर, गले में उचक-उचक कर आनेवाली भर्राहट को भूलकर।

अब एक नई आंख उघड़ी थी। वह नायक के साथ चलने लग गया था। नायक को नई ज़मीन पर चलने में मज़ा आ रहा था। एक सड़क से दूसरी पर, दूसरी से तीसरी पर, जाने वह कितनी देर चलता रहा। कितने ज़माने बाद वह आज़ाद होकर चल रहा था। इस आशंका के बगैर कि अभी कोई बराबर से गुज़रते उसके अन्दर छुरा भोंक देगा।

शहर में घुसते शरणार्थियों के काफ़िलों के बारे में वह पढ़ रहा है और मन

में गडमड हो रही है। लाहौर से बाहर जाते क़ाफ़िलों में वह खुद भी शामिल हो रहा है। यहां वाल्टन कैम्प है तो वहां डी.ए.वी. कॉलेज का कैम्प था।

इंतज़ार की इबारत के साथ वह आगे बढ़ा। 'शामनगर में कितने मकान खाली पड़े थे – दरवाज़े और खिड़कियां खुले हुए, खुली खिड़कियों से घर में भरा साज-सामान नज़र आता हुआ। लगता था जाने वाले बस अचानक दामन झाड़कर उठ खड़े हुए और निकल गए।'

उफ्फ! तुम्हें यह सब कैसे पता लगा इंतज़ार हुसैन?...पर तुम्हें इतना तो पता होना चाहिए था कि वह शामनगर नहीं था, सन्तनगर था।

और...और...और...सन्तनगर में उस अभागे दिन...शाम अभी ढली नहीं थी। पिताजी तेज़ी से आंगन के बीचोंबीच आन खड़े हुए थे। माथे पर घना-सा तनाव और त्यौरियां। कमर के कटाव पर चिपके हुए हाथ। वह चूल्हे की लपलपाती लपटों को एकटक घूर रहे थे जिस पर कांसे की बटलोई रखी थी।

अदरक की गांठ हाथ में लिए मां को आते देखा तो बोले, 'बटलोई उतार दे नीचे।'

'क्यों, दाल अभी पकी थोड़ेई है।'

'उतार दे, बस', पिता की आवाज़ में आदेश नहीं था, पर आदेश से कुछ कम भी नहीं था।

पिता का वैसा तेवर देखा तो मां ने झाड़न से दोनों छोर पकड़कर बटलोई नीचे रख दी। पिता मुड़े, हैंड पम्प से बाल्टी भरी और पानी की मोटी धार चूल्हे पर साध दी। लपटें बुझ गईं। चूल्हा काले घोल से गडुच्च हो गया।

'अब जरा सुन...पूरे ध्यान से...वे आ चुके हैं। इस गली के सिरे पर हैं।... जल्दी कर...अभी का अभी चलना है।'

'कहां?'

'कैम्प में...डी.ए.वी. कॉलेज के कैम्प में। घरों में रहते हिफाजत का दिलासा नहीं दे रही सरकार। अभी वहीं रहना होगा...जल्दी कर...जल्दी रख ले दो-चार जोड़े।'

वह कैनवस के एक लम्बे थैले में कम्बल ठूंस रहे थे।

मां, पिता के इस असन्दिग्ध आवेश में खिंचने लगी थी। घबराकर बोली, ...वोऽ तो मैं रख लेती हूं, पर ऊपर के सब खिड़कियां, दरवाज़े खुले पड़े हैं।'

'ओ तू छोड़ इस वक़्त खिड़कियां -- दरवाज़े...जल्दी बाहर निकल। जानती नहीं...' पिता मां के कान में फुसफुसाकर कुछ कहने को उद्यत हुए थे।

'रुकिए, मैं बन्द करके आता हूं', कहकर वह सीढ़ियों की ओर सरपट भागा था। पर बीच की मंज़िल के खिड़कियां-दरवाज़े बन्द करने की सध उसे कहां थी। उसे तो जल्द-से-जल्द निक्की को आगाह करना था। छत पर पहुंचना था जहां निक्की से उसके मिलने का बेआवाज़ ठौर था।

एक मकान छोड़कर रहती निक्की का सिर, जब उसकी छत पर जड़े जंगले से नीचे झांक जाता था तो वह जान जाया करता था कि उसे जाना है। ऊपर छत पर। जैसे भी। जाकर निक्की की नटखट इच्छाओं का पालन करना है। म्यानी से लगी पीछे को उतरती बन्द सीढ़ियों में खड़ी निक्की उसका इंतज़ार कर रही होगी। जाकर निक्की को बांहों में भींचना है। इतना -- इऽऽतना भींचना है कि...।

उसे याद है पसलियों की इस करकराहट से एक बार निक्की की चीख निकल गई थी। निक्की का भाई किरपाल कहीं आसपास होगा, यह सोचकर उसने निक्की का मुंह इतनी ज़ोर से दबाया था कि पीछे हटने में वह दो-तीन सीढ़ियां नीचे लुढ़क गई थी। पीठ छिली सो छिली, घुटना भी घायल हो गया था। जोड़ के पास एक गुम्मड़ भी उभर आया था।

'रोशन, आज तेरे सिर पर सनीचर सवार है। अब मैं क्या कहूंगी नीचे जाकर?' निक्की घबराई थी।

"अरे छोड़...कुछ भी कह देना। तुझे तो अनगिनत बहाने बनाने आते है।

उसी शाम उसने अपनी मां से सुना था कि एक घर छोड़कर रहती चावला साब की लड़की स्कूल में गिर गई थी। पीठ छिल गई है। घुटने पर गुम-चोट आई है। गुम-चोट बड़ी ज़बरदस्त होती है। बड़ी लम्बी चलती है। यह भी कि शाम

को उसकी मां को निक्की की राजी-खुशी पूछने निक्की के घर जाना है।

इस समय खिड़कियां-दरवाज़े बन्द करने की बात तो वह पहली सीढ़ी पर पैर रखते ही भूल चुका था। वह लपककर सीढ़ियां चढ़ जाना चाहता था। बलवाइयों के बारे में पिता से जो बातें उसने सुनी थीं. वह जल्द-से-जल्द निक्की को बता देना चाहता था...आगाह कर देना चाहता था...मन में एक ही टंकार बज रही थी – निक्की-निक्की...निक्की। निक्की को वह सब पता नहीं होगा जो उसके पिता को पता है–वे आ चुके हैं। घर-घर में घुस रहे हैं। मर्दों को तो जान से ही मारते जा रहे हैं, बाहर घसीट-घसीट कर पेड़ों से बांध रहे हैं।

उनकी आंखों के ऐन सामने उनकी औरतों को...उफ...उफ्फ... उसका दम घुटने लगा।

छत पर पहुंचा था तो थर्रा गया था। नीचे कहीं चीख-पुकार मची थी। शायद वे निक्की के घर के अन्दर तक पहुंच चुके थे। निक्की की छत से नीचे जाती सीढ़ियों के ऊपरी सिरे पर एक बलवाई पहरेदारी में खड़ा था। उसे अभी तक याद है अंगारा-सी आंखें और ठोड़ी पर कसी हुई एक काली पट्टी।

रोशन को आगे बढ़ते देखा तो एक कड़कड़ाती हुई झिड़की हवा में गुंजी– 'ऐ ऽऽई लौंडे खबरदार...अभी तेरी भी खबर लेता हूं।' वहां से खुद हिलने की बजाए उसने बल्लम की तमतमाई नोक रोशन की ओर तान दी थी।

उसे ठीक से पता नहीं कब उसके पिता उसे ढूंढ़ते छत पर आए थे, कब उसी पीठ पर पीछे से लात जमाई थी, कब सीढ़ियों पर से घसीटते उसे नीचे लाए थे। उसे केवल अपनी कलाई पर पड़ती मजबूत पकड़ याद है और अपने कानों में थरथराती निक्की की घायल गहराती चीख। चीख ऐसी थी जैसे जिबह होते जानवर के गोश्त में से कोई पागल दानेदार दरांती वापस खींचता है...खींऽऽचता चला जाता है।

बर्फ के पक्के कांच पर सुराख करता इस समय वह ऐसा बिखरा, ऐसे सुबका जैसे वक़्त के सीने पर खून की जमी चीख पिघलती है – कतरा-कतरा, खून-खून, आंसू-आंसू। खूब रोया। जी भर रोया। इतने वर्षों बाद...चालीस जमा

उन्नीस साल का एक बूढ़ा।

जब कि तय तो यही हुआ था कि यह आज़ादी की जंग है। इसे लेकर कभी भी...किसी भी बात पर रोया नहीं जाएगा।

मुलाकात

घंटी बजी। चपरासी ने कहा उन्हें अन्दर बुलाया गया है। वे घंटों से काठ की दुखदाई बेंच पर सिर झुकाए बैठे थे। शायद बीच-बीच में ऊंघ भी जाते रहे हों। खाली बैठे होने पर थकान भी अपनी याद कराने के लिए धमनियों में लपलपाने लगती है, नहीं तो मेहनत-मशक्कत, भागदौड़ में थकान का क्या ज़िक्र। सुबह गए थे...चाय के थोक व्यापारी की दुकान से खपच्चियां बीनकर लाए थे। अखबार में लिपटा वह बेडौल-सा बंडल उनके साथ था। बंडल उन्होंने बेंच के नीचे खिसका दिया था, बल्कि पैरों की टेक से उसे रोक रखा था। दूसरे देख लेंगे तो वे संकुचित होंगे।

चपरासी ने अन्दर बुलाए जाने की सूचना दी तो विश्वास नहीं हुआ। घंटों बैठे रहने के कारण तत्परता रीत चुकी थी। इंतज़ारियों की भीड़ धीरे-धीरे छंट चुकी थी। उठे, चपरासी ने स्प्रिंगवाला जालीदार दरवाज़ा खोला। अन्दर दाखिल हुए। लगा नहीं कि दाखिल हुए। अन्दर का दृश्य अपने अब तक के होने के विपरीत था–ठंडा, आरामदेह, गुदगुदा।

सामने कुर्सी पर कलेक्टर साहब बैठे थे। नाम रामदयाल त्रिपाठी सुना था। आला अफसर होना सुना था। दयालु-कृपालु होना सुना था। उखड़े-पुखड़े जो भी लोग उनके जिले के जुगराफिए में आए, जल्द-से-जल्द उनकी बसाहट के बारे में उनका कमर कसना सुना था, फिर भी..

अन्दर घुसते वे जानते थे, अफसर भी उनहें हिक़ारत से ही देखेंगें। हर मौके, हर जगह वे हिक़ारत के इस आमने-सामने से बच नहीं सकते थे। ऐसी निगाह अब उनके भाग्य में लिखी थी।

उन्होंने त्रिपाठी जी को घूरा। वहां हिक़ारत नहीं थी। दयार्द्र नरमी थी। चेहरा कोमल था, पर अनुभवों से पका हुआ।

'बैठिए', उन्होंने त्रिपाठी जी को कहते सुना।

पहले सकपकाए, फिर बैठ गए। वैसे भी अपनी इतनी लम्बाई, कुर्सी पर बैठे ठिगने अफसर के सामने अजीब लग रही थी।

'कैसे आना हुआ?'

वह आंखें झुकाए रहे। कलेक्टर साहब ने अपनी ग़लती महसूस की। पटरी बदली, 'उधर, कौन-से शहर में बसे हुए थे?'

'लाहौर में...'

'अभी कैम्प में ही रिहायश है या...' त्रिपाठी जी ने वाक्य लटकता छोड़ दिया।

'नहीं, दो कमरों का एक घर किराए पर ले लिया है...हाजी जी की बिल्ड़िग में...'

'आराम में हो?'

एक लड़खड़ाती हुई 'जीऽऽऽऽ'

अब?...आगे?...एक बेढब-सी चुप्पी। कलेक्टर साहब को शायद लग रहा होगा कि वे आए हैं तो वही बोलें...जुबान खोलें...वही ज़रूरतमन्द हैं। जो प्यासा होगा वही तो कुएं के पास जाएगा।

चुप्पी नहीं टूटी तो उकसाया, "क्या चाहिए?'

'यही कोई छोटा-मोटा काम...जिससे गुज़ारा हो जाए। आजकल इतनी चीज़ों पर राशन है...वैसी कोई दुकान।

'कितना परिवार है?

'हैं, छह-सात लोग...सब साथ रहते हैं।' 'लड़के?' 'हां, हैं दो...एक तो नाबालिग है...देर की औलाद।'

तभी एक चपरासीनुमा आदमी कमरे के दाएं से दाखिल हुआ। उसके हाथ में गत्ते का एक बड़ा डिब्बा था। डिब्बा आदमी ने आगत के नज़दीक रख दिया। जैसे कि पहले से पता हो उसे कहां रखना है।

'इसे ले जाइए।' कलेक्टर ने अपना मुंह परे घुमाकर कहा।

'इसमें क्या है?'

'ऐसे ही थोड़ा-सा कुछ...गुजारे लायक।'

'गुजारा नहीं चाहिए...काम चाहिए।' उनकी आवाज़ बुरी तरह कांप रही थी।

'ऐसा कुछ खास नहीं है...थोड़ा आटा, थोड़े चावल, चाय, साबुन, चीनी वगैरह-वगैरह...यही ज़रूरत की छोटी-मोटी चीजें। फिलहाल तो इसे ले जाइए। खोलकर दिखा दो बलबीर।'

उन्होंने हाथ के इशारे से बलबीर को मना किया खोलने से। खोलकर दिखाने से। खुद कुर्सी की पीठ से अपनी पीठ लगाकर बैठ गए। इस बार सीधे। अब तक पीठ और आंखें झुकाकर बैठने की आदत बन चुकी थी। हाथ-सिर के पीछे बांध लिए। कद-काठी की उठान सीधे बैठ जाने से पूरमपूर दिखने लगी। आमना-सामना एकाएक उजागर हो गया इतने बड़े अफसर के सामने।

बोलने की सुगबुगाहट सामने से दिखाई नहीं दी तो अफसर अफसरी में आ गए, 'कुछ बोलिए तो सही श्रीमान...क्या सोच रहे हैं?'

'सोच रहा हूं...लगातार सोच ही रहा हूं। उन फसादों में सबके बच्चे मर गए, मेरे क्यों नहीं मरे...क्यों ज़िंदा रह गए सब के...।'

बात के पिछले सिरे तक पहुंचते तक तो शब्द लड़खड़ा गए। ज़ुबान धोखा दे गई। हांफती जैसी एक सिसकी उन्होंने भरसक अपने होंठों के कोटर में भींचनी चाही,, पर सफल नहीं हुए। फूट पड़े। फिर तो हाथ सिर के पीछे बंधे रहे। गाल गीले होते रहे। आंखें बन्द रहीं। सुबकियां गले में ठेली जाती रहीं। छाती धौंकनी-सी बजती रही। शरीर हिलता रहा। शर्म छिपा सकने का भी इस समय होश नहीं था।

होश यह भी नहीं था कि इस समय वह अपनी ही कही हुई बातों से मुकर रहे हैं। पलट रहे हैं। कैसे भूल गए कि इन्हीं बातों को उन्होंने ही कहा था कुछ दूसरी तरह। कुछेक महीने पहले। पूरे दमखम, पूरी दयानतदारी के साथ। इसी जीवन में। इसी आकाश के नीचे। इसी दिलोदिमाग़ के रहते। अभी इतने दिन तो नहीं बीते थे कि याद न रख सकें। भूल जाएं कि क्या कहा था उन्होंने अपनी आंसू-आंसू होती पत्नी से। अपना पुश्तैनी घर छोड़ते समय। लाहौर में। अब के पाकिस्तान में।

पत्नी बारम्बार अपने छूटते घर को मुड़-मुड़कर देखती और आंसुओं के उलार में डूबती। ससुर के साथ होने के कारण उसकी सिसकियां छोटी-छोटी दबी-दबी सी थीं। पर उनकी छाती पर ज़ोरदार ढंग से बज रही थी। ताउम्र साथ

रहे पति को इस तरह पहुंच रही थी पत्नी की भाषा।

कोई और कारगर तरीका उनकी समझ में नहीं आया तो चलते-चलते रुके। कुछ आगे चलते पिता की उपस्थिति को अनदेखा किया। पत्नी की कलाई पकड़ी। जकड़ी। दाएं हाथ के पोरों से उसकी ठोढ़ी ऊपर उठाई। ठकठोरा, 'किसलिए यह रोना धोना?...जानती हो तुम कोई घर-वर नहीं छोड़ रही हो। अपने देश जा रही हो, अपने देश...पंडित नेहरू को आज़ादी की बधाई देने। तुम किस्मतवाली हो। भगवान का शुक्र करो, लोगों के सारे मर गए, तुम्हारा एक भी नहीं मरा...।'

यह सब कहा था उन्होंने। उन्हीं ने। घर छोड़ते समय, पत्नी की कलाई पकड़कर। पूरे विश्वास और दयानतदारी के साथ। गुज़र रहे इस साल के केवल छः-सात महीने पहले। इसी जीवन में। इसी आकाश के नीचे। इसी दिलोदिमाग़ के रहते। इतने से समय में क्या आदमी की तासीर बदल जाती है...? इतिहास कूटपीट कर किसी आदमी को दूसरा आदमी बना देता है?

यह सब त्रिपाठी जी को पता नहीं होगा। अनुग्रही उदार होने के बाद भी काफ़िलों और कैम्पों में पकता-टीसता दर्द कुर्सी की समझ से बाहर छूट गया होगा। अपनी समझ से वह दयालु-कृपालु ही थे। देख-सुन भी रहे थे। उपचार भी कर रहे थे। गुज़ारे की पोटलियां दर्दी के साथ बांध देने जैसी मौलिक किस्म की कृपालुता से अपने दरवाज़े पर रोज़-दर-रोज़ टूटती भीड़ को संभाल भी रहे थे। कई दिनों से। कई महीनों से। दयालु-कृपालु त्रिपाठी जी।

इस समय...इस तरह...सामने फोड़े से फूटते इस अजीब आदमी को देखकर पता नहीं क्या सोच रहे होंगे। इतना लहीम-शहीम; इतना खुद्दार आदमी...उनके सामने बैठा...इस तरह फफक-फफककर...उन्होंने ऐसा कुछ कहा तो नहीं था... दुत्कारा फटकारा भी नहीं था...फिर क्यों...फिर क्यों?

त्रिपाठी जी को ज़्यादा सोचने का समय उन्होंने नहीं दिया। उबाल थमा तो उठ खड़े हुए। 'गुस्ताखी माफ़ हो साब' कहकर कमरे से बाहर निकल गए। भूल गए खपच्चियों का बंडल बेंच के नीचे रखा था घर ले जाने को। अब पता नहीं आग कैसे जलेगी...बुरादा तो कब का खत्म हो चुका था अंगीठी का।

इन दिनों

वे बूढ़े तो नहीं हुए थे, अकेले ज़रूर छूट गए थे। बेटे नौकरियों पर, बेटियां अपने घर। पत्नी के प्रति एक विरसता। शायद साथ रहते-रहते चीज़ें नीरस और भोथरी हो जाती हैं। सम्भव है पत्नी को भी ऐसा लगता हो पर मजाल है जाहिर होने दे या चूक जाए। ऐसी गजब की तैनाती; रोटी-पानी, दवा-दारू, कपड़ा लत्ता, सार-सेवा, दुनियादारी सब उसकी रमते भाव से करती है। इस बहाने वह दूसरों के लिए कुछ करते होने का भरम तो पैदा कर लेती है, जब कि वह खुद? ठूंठ के ठूंठ...बच्चे दिए, बस और क्या किया। वे भी एक-एक कर रफ्फूचक्कर हो गए।

अब चिन्ता एक ही है। घर भरा हुआ है। चीज़ों से, उपहारों से, नेमतों से। अलमारियां ठसाठस। समझ ही नहीं आता कि इनका क्या करें। यह सब उनके होने से आगे चलने वाली चीज़ें हैं, जिनका उनकी सोच की आखिरी सरहद से आगे कोई रिश्ता नहीं बनता, उल्टे उन पर पहरेदारी का भार पड़ता है। चीज़ों की बहुलता में दूसरों के लिए एक प्रलोभन है, एक बुलावा पर बच्चों का अपना सोच है, भरपाई का अपना ढब। वे आते हैं, अकेले छूट गए माता-पिता को उपहारों से पाट जाते हैं। और उपहार भी किस तरह के? अन्दर से फर्र लगे जूते, लम्बे कोट, मुलायम मोजे, मोटी बंडी, कमर तक खिंचते स्वेटर, पशमीने के शॉल, नई तर्ज पर रपटनेवाला रेजर ब्लेड। उन चीज़ों के चुनाव में बुढ़ापे की ज़रूरतों की ओर रपटती एक तरफदारी होती है। चीज़ें उसके जाने के बाद भी बिट-बिट मुंह ताक़ती हैं।

छुटका एयर इंडिया में काम करता है। उससे कहा था, कुछ मत लाओ, तो बोला, 'मां-बाप के लिए न लाएं तो किसके लिए लाएं। 'उन्होंने देखा उस सुन्दर-से बैग पर से वह एयर इंडिया की काम्पलीमेंटरी चिट खुरच रहा है।

बड़े से कहना चाहा कि अच्छा तो यह है कि आकर घर समेट ले। वे लोग भी उसके पास जाकर रहने लगे। इससे पहले कि दूसरे लूट-पाट लें, घर नाम के इस हाट-बाजार को खुद ही उठा लें। निवृत महसूस करें। किसी दिन अचानक आंखें बन्द हो गईं तो सोच ही नहीं पाते क्या हश्र होगा। उन लोगों के पहुंचने से पहले ही लूट-पाट मच चुकी होगी... हालांकि यह अन्देशा पूरा है कि आंखें बन्द होने से पहले ही किसी दुर्घटना का शिकार हो जाएं। ऐसा कभी भी हो सकता है कि कोई दिन-दहाड़े घर में घुस आए और गरदन पर तेज़ छुरी चला दे या कि सिर पर सलाखों से वार करे, या कि पत्नी की साड़ी को ही फन्दा बनाकर उससे गरदन कस दे। माहौल ही कुछ ऐसा है। इससे तो अच्छा है कि जिसके हिस्से का है, उनके जीते-जी उसके पास सुरक्षित पहुंच जाए।

समाजवादी लीडर बना दामाद कहेगा – जिसके हिस्से का है वह खुद ही ले जाएगा। आपको...मेरा मतलब है किसी को इनायत करने की ज़रूरत ही नहीं।

यह सब रेशों में उलझी हुई बातें हैं। मन में हरदम टप-टप टपका करती हैं। बाहर से दिखाई नहीं देती। इस तरह इतनी ढ़ेर-सी चीज़ों के बीच अकेला छूट जाने का डर अजीब रंगत का है। दिखाई तक नहीं देता क्योंकि डर की कोई शक़्ल तो होती नहीं।

आज की सुबह उनके लिए इसी दुःस्वप्न के विस्तार की तरह उगी। जो कुछ अन्दर था उसके इतना चटक होकर बाहर दिखाई देने लगने से वे थरथरा गए।

सामने सुबह का अखबार था। फिर से वृद्ध दम्पती पर हमला। इस सप्ताह में यह तीसरा हादसा है। वही वसंतकुंज, वही दोपहर, वैसा ही हादसा। फैसला मृत्यु है। फ़र्क इतना ही है कि कहीं लोहे की छड़...कहीं रस्सी का फंदा, कहीं छुरे का वार। पर क्यों? वृद्धों को ही क्यों? पूछे कोई कि उनकी टेंट से क्या मिलनेवाला है?

अपने को ही लगा, ग़लत सोच रहे हैं। चोर जानते हैं इन्हीं की टेंट से

सब-कुछ मिलनेवाला है। वही अपने पुख्ता पुराने किलों पर गणदेवताओं की तरह विराजमान हैं। जानते हैं कि उनके बच्चे प्रतीक्षा कर सकते हैं, चोर नहीं कर सकते। चोरों को असली डर तो बच्चों का ही है जो वारिस बनकर हर चीज़ पर कब्जा कर लेनेवाले हैं। सो पहले से ही दूरन्देशी क्यों न बरती जाए। चौकी पर कब्जा क्यों न कर लिया जाए।

अखबार के मुखपृष्ठ पर इतनी सफ़ाई से छपी मृत दम्पती की फोटो उन्होंने ध्यान से देखी। इतना देखने के लिए उन्हें कमरे की रोशनी कम-सी लगी तो अपने को खिड़की की उजास तक खींच लाए।

फोटों में पुरुष का एक हाथ पलंग से लटका दीख रहा था। चेहरा कुचला हुआ। कान के पास फैला एक काला थक्का। दूरी पर पड़ी एक चप्पल। गुड़ीमुड़ी-सी चादर। लुढ़का हुआ टेबल लैम्प और अस्तव्यस्त खुली दराज़ें।

स्त्री का शव देखकर वे कांप गए। पलंग के पाए के पास वह ज़मीन पर पड़ी दीख रही थी। कमर के नीचे दरी की एक मोटी सलवट। चेहरा ओझल। तकिए की तार-तार रुई। पास में लोहे की छड़। स्त्री की दोनों टांगे लावारिस-सी दूर-दूर। कपड़ा जांघों के ऊपर तक उघड़ा हुआ।

छटपटा गए। ऐसा कैसे करें कि चारों खाने चित्त पडी इस उघड़ी हुई औरत को क़रवट दिला दें या ढक दें। गली-गली, द्वार-द्वार यह अखबार बंटता है और 'टाइम्स' का सर्कुलेशन भी तीन-चार लाख से ऊपर सुना है।

पत्नी के आने की आहट सुनी तो अखबार मोड़कर चट टेबल के नीचे सरका दिया। पत्नी हाथ में मटर की डलिया लिए चलती चली आ रही थी।

'हुआ कि नहीं तुम्हारा पत्रा पूरा?' वैसी ही हंसती हुई आंखें और मस्तमौला चाल।

वे चिढ़ गए। हाथ अखबार तक पहुंचने को हुआ। मन में यह कि उठाएं और इन फड़फड़ाते पन्नों को इस बेशऊर औरत के मुंह पर दे मारें। ऐसी फक्कड़मस्ती को चीथ दें। कुछ होश ही नहीं कि कैसा ज़माना चल रहा है। वह यदि यह पत्रा न पढ़े तो जान ही न पाएं कि अपना बचाव कैसे करना है।

अब तक तो वह पलंग के किनारे बैठकर मटर की फलियां छीलने लग गई थी – 'छीलकर रख देती हूं, जब खाओगे तो गरम-गरम छौंक दूंगी।'

'तुम क्यों छौंकती हो...देवा छौंक देगा।'

'देवा...? देखते नहीं कितनी मिरचें झोंकता है। सच पूछो तो वह अपना स्वाद पहले देखता है न कि हम लोगों का...'

वे सुनते रहे। अपने पर ओढ़े शाल के तंतु अंगूठे और अंगुली के बीच दबाकर नोचते रहे, फिर अचानक ही बोले – 'सुनो, तुम्हें कभी देवा पर शक नहीं होता?'

'क्यों?' वह हड़बड़ा गई। 'क्या कुछ ग़लत करते देखा है तुमने उसे ?'

'नहीं, वैसे ही पूछा...आजकल किसी का क्या ठिकाना। कब किसकी नीयत बदल जाए।'

'हांऽ आं! कहते हैं न कि दुद्ध और बुद्ध फटते देर नहीं लगती।' पत्नी ने सयाना-सा जुमला फेंका। 'पर वैसे सोचो यहां ले जाने को रखा ही क्या है?"

'क्यों, क्या जान नहीं रखी?' वे तीखे हो आए।

'अब जान का भी क्या है? नदी किनारे रुक्खड़ा अज्ज डिग्गा कि कल।'

पत्नी की यह वीतरागी सहजता उन्हें अन्दर से क्षुब्ध कर गई। यह है किस दुनिया में मूरख। पता ही नहीं बाहर क्या कुछ हो रहा है। सोचती होगी उसे क्या, सिर पर बैठा है पहरेदार...एक अदद मरकटवा मरद। उसे काहे का डर। मजाल है रोयां तक कांपता हो इसके जीव का...।

वह अचानक ही उसका चेहरा ध्यान से देखने लगे। झुरियां नहीं थी, पर झुर्रियों के आगमन की लकीरें त्वचा पर लिखी जा चुकी थीं। उसके हाथ फलियां खोल रहे थे और होंठों के बीच एक मुस्कान खुलने को तत्पर हो रही थी। मटर के कुछ नरम दाने उसकी मुट्ठी में आ गए थे और चेहरा खिल आया था।

'देखा न, मनु यहां होता तो सारे दाने चट कर जाता।'

'यह भी कोई हंसने वाली बात है, जिसपर तुम हंस रही हो घंटा भर से?'

'ओऽ...वोऽह! वह तो कोई दूसरी बात थी। मनु की बात पर याद आ रहा था कि अपना मनोज मनु को कैसे चिढ़ाता है कि 'मेरी मां के बाल चांदी के हैं, तुम्हारी मां के काले धुत्त' और वह चिढ़ भी जाता है। देखा नहीं था उस दिन...।'

बात की धार उन्होंने तेज़ी से चीरी, 'बस यहां बैठी-बैठी निहाल हुआ करो। अरे, मां-बाप का इतना ही दर्द है तो ले जाएं न अपने पास। यहां डाल रखा है चोरों हत्यारों के बीच।'

अब की बच्चों की मां ने गरदन उठाकर उन्हें सच में घूर कर देखा, 'अरे, तुम तो सच में गुस्सा रहे हो, पर पता तो लगे किस बात का गुस्सा! बच्चे अपने कामधाम पर जाएंगे या अपने घुटनों से लगकर बैठे रहेंगे? हमने क्या अपने वक़्तों को अपनी तरह नहीं भोगा? हम कौन-सा अपने मां-बाप को उठाकर ले आए थे अपने पास?'

वे संभल गए। बहते पानी की तरह बात कहां-से-कहां जा रही है। उनके गुस्से का अर्थ भी नहीं समझा जा रहा, 'पुरानी बातें छोड़ो...वह ज़माने और थे... ऐसी ख़तरनाक बातें तब नहीं होती थी।

'कैसी खतरनाक बातें ?'

'अरे, तुम्हें क्या पता अखबारों में क्या-क्या कुछ निकलता है...'

'पर हमारी कौन-सी किसी से दुश्मनी है।'

'मान लो नहीं है दुश्मनी।...कोई ज़रूरी भी नहीं दुश्मनी। भूखे हो गए हैं लोग चारों तरफ...एकदम हवसाए हुए।'

वह ऐसे बैठी रहीं जैसे किसी दूसरी दुनिया में बैठी हों। यह खूब रही इनके लिए हरदम छाता पकड़े खड़े रहो। साथ रहेंगी, साथ खाएंगी, साथ सोएंगी पर चिन्ता की थाली से एक कौर तक काटने को तैयार नहीं। सच कहते हैं औरतों की अक्ल...

एकाएक उठ खड़े हुए। यहां कुढ़ते हुए बैठे रहने से तो अच्छा है टहल आया जाए। जबसे निवृत्त हुए हैं आसपास की दलदल कुछ ज़्यादा ही दिखाई देती है।

कुरता उतारा। कमीज पहनी। कोट पहना। मफ़लर लपेटा। मोजे चढ़ाए। जूते बांधे। तैयार होते रहे और सोचते रहे। बाप-दादा के ज़माने अच्छे थे। घर हरा-भरा रहता था। अपना ही कुनबा नहीं कितने ही कुनबे साथ रहते थे। बहिनें, बेटियां, दामाद, चचेरे-मौसेरे भाई, चाचा-ताऊ, नातिने, दोहते-पोते, बचपन में ही विधवा हो चुकी बुआएं, नानियां, दादियां, नाते-रिश्तेदार, कामदार। उस रिज्जक पर पलते और भी चार-छह परिवार। हर वक़्त भरा-पूरा चहकता-महकता आंगन, और तो और तलब किया नहीं कि दर्जी, नाई, बढ़ई, मोची, धोबी तुरन्त-के-तुरन्त हाजिर।

फिर चीज़ें! एक से एक नायाब चीज़ें। बैठकें में अभी भी पीले हो चुके चित्र टंगे हैं। चित्रों के सुनहरी फ्रेम पर ऐसी महीन नक्काशी, लम्बी आरामदेह कुर्सियां, काबुल के कालीन, सुनहरी मूठ की छड़ियां, कामदार चोगे, कटावदार रकाबियां, पहियोंवाले बक्से, चांदी की गुलाबदानियां, जरदोजी की कलगी, पक्के मीने की आरसी, शीशम की अलमारियां, सुनहरे अक्षरों वाली काली किताबें, खनखनाते बोलते रुपए...क्या-क्या कुछ... कितना कितना कुछ। वैसा डर उनके बाप-दादा को क्यों नहीं था? चीज़ें जुटाते जाते थे और कहते जाते थे अगली पुश्तों को पता कैसे लगेगा कि उनके पहले का जमाना कैसा था; घर-दुआर रख-रखाव कैसा था।

दादा के जीवनदर्शन को निचोड़ने बैठे तो लगा कि वह सदा से कह रहे हैं, रखी रहने दो चीज़ें। उनपर छपने दो वक़्त के पैरों के निशान। जमने दो धूल। नई नस्ल की हथेलियां इन्हें झाड़-पोंछकर खुद-ब-खुद अपने अतीत का चेहरा देख लेंगी। ऐसा कर लेने पर वह कितना प्रफुल्लित होगी, फैलेगी, फूलेगी। यह करतब भी क्या कम है कि कोई इस तरह उस ज़माने में दाखिल हो सके जिसमें वैसे कभी दाखिल नहीं हुआ जा सकता।

ऐसा तो नहीं जीने-मरने, बनने-ढहने के नियम बाप-दादा नहीं जानते होंगे फिर भी कैसे इतना निर्दय बने रहे वे लोग! दुनिया का निजाम बदल जाने की कोई कातरता ही नहीं अपनी इज़्ज़त के साथ वक़्त के निरंकुश खिलवाड़ का कोई डर ही नहीं। दरोदीवार तक पर अपना नाम छोड़कर जाना चाहते रहे वे लोग। हवेलियों के मलबे से आज भी उस निर्भयता को छू लेना सम्भव है।

जब कि अपना यह हाल कि मकान में जो छोटा-सा आकाश का टुकड़ा है। उसपर जंगला कसवा लेना चाहते हैं। गेट से शुरू होती बाहर की दीवार के साथ लम्बी और ऊंची झाड़ियां उगवा चुके हैं। पिछवाड़े आंगन में चढ़ती बेल के नीचे नुकीली सलाखें और कांच के टुकड़े जड़वा चुके हैं। कोने में उसरता ऐसा फलदार पतीते का पेड़ परसों कटवा डाला। कौन जाने नुकीली सलाखों के बावजूद कोई इसके सहारे चढ़ता अन्दर कूद जाए। कई दिनों से मन में घुमड़ रहा है कि छत पर नौकर के लिए एक छाजन छवा दें। देवा दिन में जहां भी रहे, रात को घर के बाहर सोया करे। किसी की नीयत का क्या ठिकाना।

कुछ और सावधानियां भी दिमाग़ में हैं – गाड़ी में अलार्म, मीटर बॉक्स पर हैरीसन ताला, बगीची में स्टील की टोंटी पर प्लास्टिक का लोचदार शिकंजा जिसके बारे में वह कई दिन से अखबारों में पढ़ते आ रहे हैं। तीन बार बाहर से टोंटी चुराई जा चुकी है।

अब वे भीतर-ही-भीतर यह भी चाहते हैं कि लड़के-बच्चे आएं और उन्हें ले जाएं। उनकी जवानी के पहलू में दुबककर वे चैन से जिएं। इस जोखम-भरे शहर के जबड़े में फंसे बैठे कौन जाने कब क्या हो जाए; पर कितनी अजीब बात, इसी हवा-पानी में सांस लेते उनके बच्चे उनके डर को नहीं छू पा रहे हैं! वस्तुओं से उन्हें पाटते जा रहे हैं, जोखम बढ़ाते जा रहे हैं पर आने को नहीं कहते जब कि उनके मकान में दिनरात भांय-भांय करता एक डर सांस ले रहा है और अपने निजाम को फैलाता उनके सिर पर हावी हो रहा है। 'काश' जिस तरह से वह अपने पुरखों की निर्भयता को छू पा रहे हैं, उनके बच्चे भी उनके भय को छू पाते।

बाहर निकले तो खुलापन खुशगवार लगा। अन्दर बैठे-बैठे मन उत्पाती हो जाता है, तंगदिल। हर आहट को संदेह से देखता है। सौ गज गए होंगे कि पड़ोसी खोसला मिल गए। मिलते ही वही बातें, वसंतकुंज में लगातार होती हत्याओं की। जिस दिन जो कुछ अखबार की सुर्खियों में होता है, चर्चा का विषय बना रहता है सबके बीच।

खोसला कुछ और कहता इससे पहले ही उन्होंने अपनी बात दोहरा दी,

'मैंने तो पहले ही आपसे कहा था सबके फोन नम्बरों की लिस्ट हर घर में रेडी रहनी चाहिए। टाइप करवा के पूरी कॉलोनी में बंटवा दीजिए। इमरजेंसी आन पड़े तो अन्दर-ही-अन्दर सम्पर्क हो सकना चाहिए।'

'वह तो ठीक है पर जो लूटने मारने आएगा, वह क्या फोन की इजाजत देगा आपको? करने को एहतियात जो भी की जाए...अच्छा ही है। और सुनाइए शेखर कब आ रहा है?'

'अभी तो नहीं।' वह बुझ गए।

खोसला ने यह तो किया ही, यह कहकर उनकी चिन्ता और बढ़ा दी कि अगले दो महीने वे लोग बाहर रहेंगे...नीदरलैंड...भाई के पास।

'आजकल?...जाड़ों में?' वे चौंके।

'वह लोग भी तो सालों से वहीं रहते हैं...हर मौसम में।'

'तो फिर आपका घर? अनसेफ नहीं है क्या?'

'आप लोग जो हैं...' खोसला ने उन्हें आदर बख्शा।

'हैं तो सही...' उनकी आवाज़ एकदम मरियल जैसी हो गई।

'डरिए नहीं। मैंने इंटरनेशनल सिक्योरिटी स्क्वाड से एक आदमी एम्प्लाय किया है। चौबीस घंटे यहीं रहेगा।'

इतना भारी-भरकम नाम उन्हें किसी माफिया का नियन्त्रण करने वाले तन्त्र का लगा पर चुप रहे। ऐसा कुछ कहने से अपनी ही मूर्खता जाहिर होती है। वैसे रक्षक ही बेईमान हो जाएं तो कोई क्या कर सकता है...वह तो सबसे बड़ा भेदी होता है। ऐसे हादसे होते नहीं रहे।

'फिर मिलते हैं।' कहकर खोसला ने पार्क के सिरे से अपनी राह ली।

पार्क में टहलते रहे, पर टहलना ऐसे हुआ जैसे खुली हवा के उल्लास को अपने पैरों के नीचे रौंद रहे हों। घिरे-घिरे से घर आए। नहाए। पत्नी ने मटर छौंके थे। सूजी की लपसी और मेथी के परांठे।

और कोई समय होता तो खूब आनन्दित होते, पर आज निर्भाव बने रहे। मन एक ही भंवर में गोल-गोल घूम रहा है। सिर ओखली में दिए बैठे हैं, बैकसीट ड्राइवर की तरह जो ट्रैफिक की रफ़्तार से आतंकित तो होता है, पर हथेलियां

मलता पीछे बैठा रहता है। कहां तो अपने ही बच्चों से अपेक्षा पूरी नहीं हाती, कहां हिंसा के तन्त्र पर इतना बड़ा सवालिया निशान...!

पत्नी प्रसन्नचित्त थी। शायद मन-भावन भोजन को लेकर प्रशंसा की आकांक्षा के कारण। यह प्रसन्नता उन्हें अप्रिय लगी। यह सदा पेट के माध्यम से मन में घुसने का जतन करती हैं। वक़्त-बेवक़्त नहीं देखती हर समय उछलती रहती है जैसे सतयुग में सांस ले रही हो। जब देखो तब पड़ोसन से गप्पों की शतरंज पसारकर बैठ जाएगी; यह भी होश नहीं रहता कि दरवाज़ा खुला पड़ा है। सब्जीवाले से भाव-कुभाव करती अड़ी खड़ी रहेगी। एक डिब्बा खाली हुआ नहीं कि कबाड़ी हाजिर चाहिए। जानना ही नहीं चाहती कि यही सब बहुरुपिए चोर हैं...छिपे हुए कातिल। कोई आवाज़ सुनी नहीं कि झमझम चूड़ियां नचाती पट खोल देगी। यह सब आ-बैल मुझे मार-वाली बातें हैं। सख्ती से बरज देना होगा, वह भी तब, जब देवा सुनता न हो।

खाना खाकर उठते ही एक गाढ़ा-सा आदेश उन्होंने भीतर से खींचा, 'सुनो, खाली होते ही जरा ऊपर आना। कुछ ज़रूरी काम है।

'क्यों? अभी बता दो। मुझे 24 नं. में कीर्तन में जाना है।

'नहीं बता सकता।' उन्होंने तर्जनी से देवा की ओर इशारा किया। टेबल से उठते-उठते उन्होंने अखबार सावधानी से बगल में दबा लिया। दम्पती की हत्या की फोटो पत्नी को या देवा को नही दिखाना है, अलग-अलग कारणों से। पत्नी डरेगी, देवा हरकत सीखेगा।

पत्नी ने जिस अनमने भाव से उन्हें अच्छा' कहा, उससे वह खूब क्षुब्ध हुए। ऐसी औरत है कि महत्त्व की बात को सदा केन्द्र से विचलित करके देखेगी। देवा के बारे में पूरी ताकीद करनी होगी। गले की चेन भी उतरवा देनी होगी और वह बटुआ? जब देखो वह टाढ़ पर मुंह बाए पड़ा रहता है...ऊपर पैसे लेने आने में इसके पैरों की मेहंदी छूटती है। अखबार देखेगी तो होश ठिकाने लग जाएंगे।

इसी घुमेर में घूमते ऊपर सोने के कमरे में आए। कमरे में दीखती हर चीज़ उन्हें खतरे का बुलावा जैसी लगी...खुल्लमखुल्ला लालच; और घर है कि इन्हीं

चीज़ों से भरपूर। वे कब तक बचे की मलकियत को लेकर पहरेदारी में बैठे रहें। किस-किस चीज़ को लॉकर की छोटी-सी संदूकची में ठूसें। लड़कों-बच्चों से कह देंगे जहां भी रहना हो रहें, जो करना हो करें, पर अपनी चीज़ों का जुगाड़ खुद करें। यहां संभालने को उनकी मां ही बहुतेरी है। ऐसी अड़ियल औरत कि बुलाओ तो आने में घंटा लगा देती है। इमरजेंसी ख़ाक समझेंगे।

पैरों पर कम्बल डाला तो ध्यान आया कि घर में छह कम्बल और हैं। छुटका देश-विदेश से लाकर यहां पटक गया है, जब कि अभी भी उनका पुराना दुशाला उनसे ज़्यादा उम्र दराज निकलेगा। दो ट्रांजिस्टर, तीन कैमरे, चार घड़ियां, क्रिस्टल के फूलदान, चांदी के फोटोफ्रेम, एक-से-एक प्रलोभक चीज़ें। इन्हें देखते पहरेदारी का भाव ज़्यादा जागता है। कैसे समझाएं कि जब समय के ईमान को आग लगी हो तो कुछ भी बचना सम्भव नहीं।

कहां तो पत्नी की प्रतीक्षा में थे, कहां लगा कि नीचे खटपट तक बन्द हो गई है। देवा को तलब किया तो पता लगा कि महारानी साहिबा कीर्तन में जा चुकी है। साब को बता देना कहकर गई है।

'तो फिर तुमने बताया? पैर दुखते थे? सूअर का बच्चा...

'आ ही रहा था।' ऐसी अनपेक्षित प्रतिक्रिया से देवा सहम गया।

उन्हें अब इस छोटे-से कमरे में पंखों का फड़फड़ाना बन्द करना होगा। हद होती है किसी बात की। कमरे में एक-से एक विरल किताबें हैं जिन्हें इन दो वर्षों में उन्होंने बड़ी साध से जमा किया है। साध पढ़ने की थी या जमा करने की, यह अभी तय-सा नहीं। शायद ही कभी ऐसा हुआ हो कि पुस्तक को शुरू से अन्त तक पढ़ पाए हों। पुस्तक को हाथ में लेना...पन्नों को पलटना, छितराना...जहां-तहां अटकना, पढ़ना और रख देना। अखबार तो पूरी-की-पूरी निपट जाती है, बाक़ी सब-कुछ छिटका रहता है।

अभी तो ठीक से पता भी नहीं कि किस विषय में उनकी अन्दरूनी रुचि है। जब तक जीवनयापन की चक्की में रहे, अपने को माफ कर पाते रहे... लेकिन अब? अब रुचि की असलियत के रू-ब-रू होना पड़ता है। अपनी आंखों में तुलना पड़ता है, सो उम्र के तकाजे को सामने रखते विवेकानंद,

परमहंस, रजनीश और कृष्णमूर्ति की किताबें जमा करते गए हैं, इससे आनेवाले वर्षों की मन में एक समायोजित-सी तस्वीर भी बनती है जो अपने को अच्छी लगती है चाहे अक्षरों से रिश्ता उतना ही दुरूह बना रहता है। किताब हाथ में और मन देश-विदेश भटका करता है। पढ़ने-लिखने की भी एक आदत होती है। ज़िक्र चलने पर पिछली बार गोपालदास ने कहा था, तो फिर यात्रा पर क्यों नहीं निकलते?' अब यात्रा पर खाक निकलें। घर को क्या सिर पर उठाकर ले जाएं।

इधर उन्होंने एक तरकीब निकाली है। नोट्स लेने शुरू किए हैं। पुस्तक में जहां मन और मंशा अटकती है, उसी पाठ को नोटबुक में लिखने लगते हैं। लिखने लगने से पढ़ने और समझने में एक तारतम्य-सा बनने लगता है। अक्षरों से अर्थ उभरने लगते हैं तो मन संलग्न होने लगता है।

टेबल पर बैठे तो पहले बड़के को पत्र लिखने का विचार किया। कई दिन से टाल रहे हैं। उसने बच्चे के दाखिले के लिए जन्म के सर्टिफिकेट की कई प्रतियां मंगाई थीं और इंश्योरेंस पॉलिसी के स्थानान्तरण की कुछ सूचनाएं भी। एक व्यावहारिक-सा पत्र...सोचा था बैठेंगे तो झट लिख देंगे।

लिखने बैठे तो कुछ और ही लिखने लगे--माहौल का चिट्ठा, कहां-कहां क्या हो रहा है; कैसी असुरक्षा आतंक है। लिखा ऐसे, जैसे कि वह किसी दूसरे देश में रहता हो और समाचार-पत्रों का कोई देशव्यापी सिलसिला मौजूद न रहा हो।

पलटकर पत्र पढ़ा तो लगा उसमें एक याचक-सा डर थरथरा रहा है, पर जो है सो है, फिलहाल तो यही कुछ उनके पास है। अब बच्चों पर है समझें, न समझें।

लगा, लिखकर सुबह से सुलगता मन कुछ शान्त हुआ है। एक। निर्भाव जैसी शान्ति...याकि रिक्ति...कुछ कह नहीं सकते। रिक्ति में सरक जाने से बचने के लिए ही उन्होंने अपने सामने रखी पुस्तक खींची।

पृष्ठ जो खुला तो सिर झनझना गया, 'हम सब भयभीत और डरे हुए लोग हैं। जीवन का जो रूप हम देते हैं, मृत्यु के भय के कारण देते हैं। जब कि मृत्यु

से न हम मुक्त हो सकते हैं न उसे जीत सकते हैं। तब तक हम मृत्यु से भागते रहेंगे, डरते रहेंगे, हारते रहेंगे। जिस दिन निडर होकर खड़े हो जाएंगे वह विदा हो जाएगी। आप रह जाएंगे।'

पता ही नहीं कि मन्त्र हमें ढूंढ़ते हैं या हम मन्त्रों को ढूंढ़ने निकले होते हैं सदियों से। दलदल का लम्बा दरिया पार करते। काली अंधेरी सुरंग के अन्त में एक आलोकवृत्त मुंह बाए खड़ा होता है – चिर प्रतीक्षित, चिर प्रकाशित, पर हमें नहीं, हमारी तलाश को उसका ठीक पता होता है।

उन्होंने तो यह भी नहीं देखा कि पुस्तक किसकी लिखी हुई है। पुरानी तरकीब से काम लिया। नोटबुक खींची और लिखने को प्रस्तुत हुए। लिखा– एक बार, दो बार, तीन बार, पर यह तो नोटबुक है...कितनी बार लिखते।

पैड पर लिखना शुरू किया। हर नए पृष्ठ पर एक बार फिर वही इबारत...दो बार, तीन बार, दस बार...बारम्बार। जितनी बार दोहराया अर्थ से रिश्ता उतना ही प्रगाढ़ हुआ। आत्मसात किया।

लिखते सोचते रहे इतनी बार लिखा जा रहा है तो भी क्या? लिफाफे में भरकर टिकट लगाकर इस इबारत को वह हर मित्र, परिचित और पड़ोसी के नाम रवाना कर देंगे। हर किसी को कभी-न-कभी तो जानना ही पड़ेगा। कि यह बात जीवन-यापन की सबसे सर्वोपरि बात है...मान लो समय को बदला नहीं जा सकता, पर मन को तो निर्भय किया जा सकता है...अपने तप से...अपनी ताक़त से। ताक़त होती है...चाहती है तो समय को भी बदल लेती है।..किन्हीं चीज़ों को जान लेने से कहीं दूसरी चीज़ों की बाबत रोशनी मिलने लगती है।...

आगे लिखते चले जाने को उनके मन में कितना कुछ और उमड़ने लगा... अनायास; तो उन्होंने घबराकर कलम रख दी। वह क्या कोई सन्त-महात्मा

• • •